# LE NEVEU DE GASPARD

Du même auteur chez le même éditeur

*Notre-Dame-de-la-Gorge – Un sanctuaire au pays du Mont-Blanc*

*La Ligne bleue*

*1806-2006, Saint-Gervais : Deux siècles de thermalisme*

À paraître

*Le dernier tour du vieux Joseph*

Jean-Paul GAY

# LE NEVEU DE GASPARD

## Le roman d'un colporteur

Savoie poche

La Fontaine de Siloé

ISBN 978-2-84206-577-5


Couvent des Dominicains, Vieille-Rue
73801 Montmélian CEDEX
Tél. 04-79-84-27-24 -- Fax 04-79-84-21-86

# SOMMAIRE

# CHAPITRE I
## Août 1645...

Une immense nappe de soleil glissait imperturbablement de la montagne du Truc. Bientôt elle atteindrait le fond de la combe de Miage. Le temps d'un Pater, et elle serait là à caresser les bouquets de rhododendrons bordant le torrent. Quelques battements de paupières encore et elle viendrait lécher les murs de pierres sèches des deux chalets de l'alpage, blottis au pied du vallon remontant vers le col de Tricot.

Pour l'heure, des lanières de fumée se faufilant de tous les interstices des toitures de lauzes, créaient au milieu de l'alpage un cocon bleuâtre d'où s'échappaient des bruits de seaux s'entrechoquant et des lambeaux de jurons mêlés à des raclements de gorge. Il y avait déjà beau temps que les chozalands étaient à la tâche. Ils en avaient terminé avec la traite du matin et les bêtes venaient de reprendre possession des vastes herbages, que voici fort longtemps, Dame Béatrice avait octroyé aux gens de La Villette et de La Gruvaz.

À supposer qu'il ait pris le temps de musarder à ce moment-là, le gamin qui venait de conduire quelques laitières vers le fond de Miage, n'aurait pas manqué de repérer un détail étrange dans le paysage. Deux formes humaines gravissaient d'un bon pas la croupe de la moraine ; elles s'aventuraient là, où jamais personne n'allait. Celui qui marchait en tête pouvait avoir dans les trente ans, à sa démarche on comprenait qu'il avait passé beaucoup de temps sur les routes et les chemins. Il s'appelait Gaspard Revenaz et habitait les Granges, un hameau de Saint-Nicolas. De temps en temps il cherchait du regard l'adolescent qui l'accompagnait et qui depuis quelque temps ne semblait plus marcher avec le bel entrain qui l'avait animé jusqu'aux premières pentes dominant le torrent de Miage.

Gaspard décida une pause. Levant les yeux, il découvrit la masse du glacier de Miage. Cette fois il en était certain, le glacier avait grossi depuis la dernière fois où il l'avait approché, voilà quatre ou cinq années. Il gardait le souvenir très précis d'une cascade qui jaillissait dans un bruit d'enfer du ventre du monstre. Il n'y avait plus de cascade, un désordre de lames grises l'avait avalée et réduite au silence. Gaspard cherchait ce qui pouvait bien faire grossir et avancer cet ogre. Quelle force maléfique le nourrissait si bien ? Ce glacier serait-il bientôt assez sûr de sa force pour avaler les alpages de Miage ?

Il en était là de son questionnement lorsqu'il entendit un claquement de dents intempestif derrière lui :

– Jean-Baptiste... ça va pas ? demanda-t-il en posant sa main sur l'épaule de l'adolescent qui blêmit encore davantage lorsqu'il mesura la taille de la montagne gelée qui les dominait.

– J'irai pas plus loin, je veux redescendre... Tu ne m'avais pas dit que tu m'amènerais là où sont prisonnières les âmes du purgatoire ! Regarde autour de nous, il n'y a plus d'herbe qui pousse ! Le froid de la terre me remonte par les pieds et me serre tout le corps, alors qu'à Miage on est en chemise ! Si on avance encore, on entendra hurler tous ceux qui attendent le Jugement Dernier dans cette prison de...

Jean-Baptiste n'avait pas eu le temps de finir sa phrase, une gifle d'une violence inouïe l'en avait empêché. Il y eut un instant épais comme du granit. Seul le bruit du vent glissant de la face des Dômes de Miage s'interposait entre les deux hommes.

– Passe devant et avance, dit Gaspard d'une voix très calme.

Jean-Baptiste se remit en marche sans lever les yeux, il avait bien trop peur d'affronter la présence de ce chaos aux formes hideuses. Il avançait en écoutant seulement la voix de la moraine qui lui indiquait où mettre ses pas.

Gaspard scrutait le relief dans ses moindres détails comme pour y découvrir un indice. Il ne cherchait pas de ces cristaux qui parfois pointaient leurs têtes brillantes hors du sable. Même s'il savait qu'on pouvait les vendre un bon prix aux fabricants de lustres de Genève, aujourd'hui il n'était pas venu à la cueillette des cristaux. Il n'était pas là non plus pour tenter de lire la trace du passage d'un chamois ou d'un ours dans le sable élastique. Ce qu'il cherchait, c'était une plante. Une plante toute simple, fragile, discrète, mais pleine de pouvoirs fabuleux: ici on l'appelait l'herbe à bouquetin, à Genève il avait entendu dire qu'on la nommait armoise ou encore genépi. Dans la vallée de Montjoie, peu nombreux étaient ceux qui la connaissaient et osaient franchir la porte du royaume des pierres où elle s'épanouissait. Gaspard était de ceux-là. Il n'avait jamais eu peur d'approcher le glacier: il n'avait jamais redouté la présence des démons ou des êtres maléfiques qui soi-disant campaient là. Il avait appris à redouter les pierres qui dévalaient les couloirs en semant une odeur de poudre ou bien l'orage à la tunique d'éclairs; mais pour le reste il avait appris à regarder la montagne en face, attentif toutefois à ne jamais la provoquer par des attitudes de matamore.

– Là, Jean-Baptiste, là…

Gaspard venait de repérer la première touffe d'armoise dont les magnifiques petites fleurs jaunes éclataient comme de petits soleils dans ce désert minéral. Le gamin observa, écouta les conseils de son oncle pour couper les brins sans mutiler la plante. Il aurait voulu se sentir envahi par le désir de fouiller l'étendue de caillasses branlantes où se dissimulaient les touffes tant convoitées, hélas la présence de séracs à quelques toises au-dessus de lui le paralysait.

Gaspard mesura d'un regard l'angoisse de l'adolescent.

– On va casser la croûte en attendant le soleil. Regarde cette dalle, on dirait que le Bon Dieu l'a placée ici rien que pour nous. On y sera à l'abri du vent et mieux qu'en Paradis.

Lorsqu'il fut bien calé dans les pierres, face à la vallée, l'estomac réconforté par un morceau de lard et des noix, Jean-Baptiste sentit son corps s'apaiser peu à peu. Il s'amusait à suivre l'avance du soleil rampant parmi les arbrisseaux qui jalonnaient le bas de la moraine. Miage rayonnait dans son vallon. Les vaches ne semblaient pas plus grosses que des fourmis. Il s'en serait amusé s'il n'y avait pas eu là tout autour de lui un monde dont il n'aurait jamais pu imaginer l'existence : un monde sans odeurs où le silence avait une consistance étrange ; un monde où tous les repères qui balisaient son univers dans la vallée semblaient avoir été balayés par le petit vent coulis descendant des Dômes de Miage.

– Je suis au pays de l'ogre, Mon Dieu, faites que je puisse m'en retourner.

Cette petite phrase occupait toute sa pensée, elle arrivait même à gâcher le plaisir de manger un morceau de lard un jour de semaine !

Gaspard n'avait rien dit jusque-là, il n'en finissait pas de se demander comment et pourquoi un glacier dépourvu de vie pouvait avancer et grossir. Si c'était possible, il ne serait pas loin le temps où les sapins se mettraient à marcher et où l'on ne s'étonnerait pas de voir éternuer les cimes blanches. Gaspard venait de se lever et tout en soulageant sa vessie face au glacier, il dit :

– Allez ! au travail ! derrière ce champ de pierres, tu trouveras une langue de sable qui remonte jusqu'à un petit « coyu ». Vas-y !

Jean-Baptiste aurait reçu une nouvelle gifle qu'il n'en aurait pas été plus tourneboulé.

– Je ne vais pas y aller tout seul ? Gaspard, je ne veux pas mourir ici... réussit-il à bredouiller.

Une nouvelle onde de peur enveloppa tout son corps lorsqu'il vit son oncle galopant à travers un éboulis pour gagner un éperon rocheux s'échappant vers le ciel. Il était déjà trop loin, il ne reviendrait pas en arrière. Le soleil qui arrivait, posa un rayon sur l'épaule du gamin. Avec ce nouvel éclairage, le désert de pierres s'était métamorphosé, il dégageait une grande douceur qui rassura quelque peu l'adolescent. Tout en récitant des Ave et en se signant chaque fois qu'il passait sur un bloc instable, Jean-Baptiste atteignit la langue de sable où une multitude de touffes de genépi l'accueillirent tout sourire.

Deux heures durant, Gaspard et son neveu avaient arpenté les immenses pierriers qui prenaient leur source au pied de la muraille des Dômes de Miage. Les brins odorants qu'il accumulait dans son bissac de toile, semblaient avoir l'effet d'une médecine revigorante sur celui qui vivait sa première expérience montagnarde. La peur, comme une marée, avait reflué dans un coin profond de son corps, redonnant lentement à ses mouvements une aisance qui lui permettait d'apprivoiser peu à peu ce monde minéral dont il n'avait perçu jusque-là que l'hostilité. Parfois le glacier éructait comme pour faire savoir qu'il était toujours là. Une pierre se détachait pour plonger dans une crevasse, des craquements difficiles à localiser rayaient la nappe de silence. Instinctivement alors, Jean-Baptiste oubliait sa cueillette. D'un bond il se redressait et se signait, comme prêt à se voir happé par un être démoniaque surgissant d'une crevasse. Pourtant, au fil de la matinée, il avait quelque peu amadoué la crainte inspirée par la présence écrasante de la glace. Il était maintenant capable de laisser son regard se promener furtivement sur ce champ gelé et il s'était surpris à en trouver la couleur fascinante.

Régulièrement Gaspard avait suivi la course du soleil dans le ciel d'août au bleu si intense. L'astre du jour était passé au zénith depuis peu. C'était le signal indiquant que le moment de reprendre le chemin de la vallée était venu.

– Je voudrais bien que ceux de Miage ne nous voient pas passer, déclara Gaspard, un petit sourire aux lèvres. Ils ne manqueraient pas de nous demander ce qu'on a pu venir chercher dans ce coin et je n'ai pas envie de le leur dire. Par chance, je connais bien leurs habitudes, dans une heure ils feront la sieste et on pourra passer à Miage sans être repérés. De toute façon, quand on sera arrivés aux cascades, on fera une pause, et si on voit du monde s'agiter près des chalets, on remontera sur le Truc par un couloir.

Les deux herboristes entamèrent la descente. Gaspard avait tout lieu d'être satisfait de sa journée. D'abord la cueillette avait été bonne et facile puisqu'il n'avait pas été nécessaire d'aller explorer des vires entre ciel et terre où la mort joue de son œil de velours ; et puis l'expédition l'avait rassuré sur le comportement de son neveu. S'il avait emmené le gamin avec lui, c'était parce qu'il avait besoin de mesurer sa résistance mais aussi pour tenter de connaître un peu mieux son tempérament. Jean-Baptiste avait montré qu'il était capable de marcher du milieu de la nuit jusqu'au lever du soleil sans se plaindre ; et tant bien que mal, il avait réussi à tenir à distance cette peur ancestrale liée au monde des pierres. Maintenant Gaspard était plus confiant, il savait qu'il pourrait emmener le gaillard sur les routes « des Allemagnes » à l'automne prochain.

Les Allemagnes ! Pour la plupart des paroissiens de la vallée qui n'avaient pour tout univers qu'un hameau où leur triste vie était comme engluée, ce nom évoquait un ailleurs aussi difficile à imaginer que le Paradis dont le curé vantait les mérites, même si chaque famille de Saint-Gervais ou de Saint-Nicolas comptait un père, un fils ou une fratrie, qui un jour avait fait le grand saut. Quelques-uns possédaient assez d'ambition et de confiance en eux-mêmes pour qu'une simple pichenette du destin ait suffi à les précipiter sur les grands chemins. Beaucoup d'autres s'étaient simplement résignés à fuir les caresses répétées de Dame Misère. Sans illusions, ils avaient décidé de mettre leurs pas dans ceux d'un parent, d'un voisin dont ils avaient entendu tant et tant de fois les récits de campagne.

Gaspard était de ceux-là. Il y avait plus de quinze ans qu'il avait fait son entrée dans la grande famille des colporteurs. Et depuis, comme bien des habitants de la vallée de Montjoie dans la force de l'âge, aux alentours de la Saint-Michel, il se mettait en route avec l'espoir d'atteindre une fois encore les grandes plaines de Saxe où il avait coutume d'exercer le rude métier de trafiquant. Là-bas, le brouillard d'hiver était si dense, si pesant que l'on en oubliait l'existence du soleil. La terre résignée, écrasée par le froid, semblait morte à jamais. Selon un rituel immuable, tout au long de l'hiver, Gaspard visitait, maison après maison, des villages aux noms si rugueux qu'ils vous écorchaient la mémoire. L'espoir de vendre ici ou là quelques boutons d'étain, une aune de mousseline de Hollande ou un petit miroir à des villageoises méfiantes et austères le tenait debout.

Inutile de savoir lire dans les astres pour se faire une idée de ce qui constituerait son lot quotidien dans les mois à venir. Une fois encore, le froid et la faim l'accompagneraient comme de sinistres anges gardiens et il passerait plus d'une nuit avec la terre d'un fossé pour unique paillasse. Il savait aussi qu'il lui faudrait souvent ruser pour déjouer les pièges des faux-monnayeurs de l'amitié et ne jamais ôter trop tôt la cuirasse d'indifférence qui le protégeait des autres. Il redoutait d'avoir à traverser des régions où sévissaient la peste ou la guerre. En ces lieux d'Apocalypse, votre vie n'avait pas plus d'importance que celle de la pierre du chemin et seule la volonté de Dieu pouvait quelque chose pour vous. En vieux routier habitué à vivre toute la mauvaise saison sur les chemins, Gaspard acceptait avec beaucoup de soumission cette condition de colporteur, mais comment Jean-Baptiste réagirait-il face à cette litanie d'épreuves ? Le gamin aurait-il assez de force de caractère ou d'abnégation pour tenir ?

« Bah… Il ne sert à rien de laisser ce genre de pensées vous noircir l'entendement, pensa Gaspard. Le malotru n'a pas d'autre solution que de m'accompagner, plaise à Dieu que la maladie et la mort l'épargnent pour ce premier voyage. »

Les deux compagnons arrivaient en vue de Miage. Tout était désert, les vaches ruminaient le long du torrent à l'abri de ces aulnes verts que l'on appelle ici « varoces ». Au loin on distinguait des familles entières occupées à rentrer du foin sur la montagne du Vorassay.

Autour de la dizaine de fenils bâtis sur la vaste pente herbeuse dominant Miage, régnait une intense animation. Hommes et femmes affichaient l'ardeur de combattants. Luttaient-ils contre la montagne pour lui arracher quelques maigres balles de foin, ou bien expiaient-ils par ce travail harassant et peu rétribué par le Ciel quelque faute héritée de leurs aïeux ? Gaspard qui s'était arrêté pour observer la scène se le demandait. Décidément, chaque saison l'éloignait un peu plus de ce monde dévoué corps et âme à l'élevage. Il préférait maintenant son existence de colporteur où il fallait si souvent jouer carte sur table avec son destin. Gaspard avait beau asticoter sa mémoire, il ne parvenait pas à retrouver des images précises de son premier départ. Était-ce l'année de ses quatorze ans ou celle de ses quinze ans ? Cela importait peu, il retrouvait le souvenir d'une année de grande misère où un printemps sans force ne réussissait pas à terrasser l'hiver. Aux Rogations, l'herbe avait à peine reverdi ; c'est à cette époque de l'année que la peste avait fait son apparition. La femme d'Étienne Coquatrix des Pratz s'était couverte de bubons en une matinée. La nouvelle s'était propagée d'un bout à l'autre de la paroisse avec la rapidité d'un ruisseau d'avril, mais quand elle était arrivée à Saint-Nicolas, déjà un couple de Nant-Blanchet découvrait avec effroi qu'il était la proie de la terrible maladie.

Dès lors, pour de longues semaines, la peste était devenue le seul seigneur de la vallée. Elle courait de hameau en hameau, touchant de son doigt une maison ici ou là, cueillant les hommes sans distinction de fortune ou de raison. Gaspard se souvenait que cette année-là, dans la paroisse de Saint-Gervais, les morts étaient si nombreux qu'il avait fallu les ensevelir loin de l'église dans un champ de la plaine des Pratz. Au village des Vincents qui comptait une trentaine d'âmes, seule la femme de Jean Grandjacqoz avait été épargnée. D'autres hameaux, saignés à blanc, avaient basculé dans l'oubli. Gaspard ne put chasser de son esprit les images de ce jour de juin où l'épidémie avait frappé à la porte de la ferme familiale des Granges. Sa mère avait été emportée en quelques heures et ensevelie le jour même. Tous ceux qui vivaient sous le même toit, s'attendaient à grossir le butin réclamé par le Mal. Insensiblement, l'angoisse les avait métamorphosés en blocs de solitude. Pourtant personne ne trépassa aux Granges dans les semaines qui suivirent le décès de la mère de Gaspard. Les jours épais de silence et de solitude se succédaient. Malgré tout, peu à peu chacun se prenait à les parer de la couleur pastel de l'espoir. Dans la maison des Revenaz, on osait presque chuchoter quelques Pater pour remercier le Ciel de sa mansuétude, quand, sans crier gare, la peste franchit à nouveau le seuil de la ferme des Granges. Les frères et sœurs de Gaspard moururent les uns après les autres; puis ce fut le tour des grands-parents maternels. Ceux qui restaient en vie laissaient leur corps décharné aller sans but d'un lieu à un autre comme si leur esprit était déjà parti pour l'au-delà.

Le jour de la Sainte-Madeleine, alors que juillet vieillissait, chacun constata que depuis une semaine aucun décès n'avait été enregistré dans la paroisse: l'épidémie semblait desserrer son étau. On invoqua saint Roch et saint Sébastien avec encore plus d'ardeur tandis que dans toute la vallée les processions se succédaient. Lorsqu'arriva le jour de l'Assomption, les cloches n'en finirent pas de sonner pour annoncer la fin du tourment, mais ceux qui avaient survécu semblaient engoncés dans une carapace de torpeur qui empêchait la joie de vivre de s'infiltrer dans leurs corps éprouvés.

Sur les versants de la vallée du Bonnant les vivants n'avaient plus qu'un souci en tête: se réorganiser pour affronter la mauvaise saison à venir. L'esprit de survie dictait ses solutions : celui-ci abandonnait sa maison pour apporter ses bras à la famille décimée d'un frère ou d'une sœur ; cet autre, qui avait perdu femme aux premières semaines de l'épidémie, cherchait une âme sœur pour rebâtir au plus vite un foyer. Gervais Revenaz, le père de Gaspard, était dans cette situation. La peste lui avait ravi son épouse et six de ses huit enfants. Il était hors de question d'écouter son cœur ou de barguigner en prêtant l'oreille aux sirènes des sentiments. Guillemette Raddaz, qui vivait à deux maisons de celle des Revenaz, devait élever quatre marmots et ce n'est pas son père aveugle qui pouvait la seconder. L'affaire fut vite arrangée et le curé bénit cette union au milieu de septembre, le jour de l'Exaltation de la Sainte Croix, au grand dam de Gaspard qui ne voyait pas d'un bon œil l'arrivée de cette marâtre sous le toit familial. Gervais s'était bien vite aperçu que Guillemette et son aîné ne s'entendraient pas et il ne mit pas longtemps à trouver une solution. Son cousin Simon Roux de Véroce, colporteur depuis plusieurs années, voulait bien se charger d'apprendre le métier au bouillant adolescent en échange de l'hivernage de deux chèvres. L'affaire avait été vite conclue et dès lors, Gaspard tantôt ébahi tantôt effrayé, avait endossé un nouvel habit pour tenir son rôle sur la scène du théâtre du vaste monde…

Alors que les deux compères venaient de traverser le village de La Villette pour rejoindre la route menant à Saint-Gervais, Jean-Baptiste, muet jusque-là, brisa net le fil des souvenirs du colporteur :

– Oncle Gaspard, tu ne m'as toujours pas dit ce qu'on ferait de cette herbe à bouquetin…

– Ne t'en soucie pas pour le moment… répondit le Saint-Nicolatain, mais prends grand soin de tes brins en arrivant à la maison. Mets-les sécher à l'abri du soleil sur une planche bien propre et ne t'amuse pas à les tourner et retourner comme si c'était du regain… ajouta-t-il en affichant un sourire moqueur.

Jean-Baptiste commençait à trouver la journée exténuante. Il marchait d'une manière mécanique, essayant d'oublier qu'il avait faim, soif, mal aux pieds et qu'il lui faudrait sans doute en arrivant chez lui prendre sa part aux travaux du soir. Il avait tenté de leurrer sa fatigue en ressuscitant des images de sa folle journée mais le souvenir de ce bougre de glacier déclenchait chez lui un grand tourment ; alors il s'était décidé à réciter des Ave, et s'en trouvait beaucoup mieux.

L'oncle et le neveu arrivaient à l'aval du village de Bionnay où moulins et martinets rivalisaient d'entrain ; c'est là que leurs chemins se séparaient, Gaspard remontant vers Saint-Nicolas et Jean-Baptiste regagnant le hameau des Pratz où il résidait avec sa mère.

– On se reverra au pèlerinage de La Gorge ! cria Gaspard déjà engagé sur le pont branlant qui enjambait le Bonnant, j'aurai une surprise…

Jean-Baptiste était au beau milieu d'une prière, une brume étrange opacifiait son cerveau : la Sainte Vierge marchait sur une moraine… l'Enfant-Jésus cueillait des fleurs jaunes… D'un geste de la main il salua vaguement son oncle, continuant à marcher en semant le long du chemin des bribes de prières qui tombaient sans bruit comme des flocons d'été.

# CHAPITRE II
## Préparatifs

Depuis le milieu de la nuit, la pluie martelait le toit d'ancelles de la ferme des Pratz. C'était une pluie arrogante, désireuse de faire étalage de sa force. Arrivant du diable vauvert, elle bourrait de coups les croupes du Mont-Joly qui entravaient sa course avant d'inonder de sa colère la vallée de Montjoie. Aux premières heures du jour, Jean-Baptiste avait été saisi par le froid que cette pluie aux allures de mégère portait dans son bagage. « L'automne est là… » pensa-t-il dans son demi-sommeil tout en remontant sous son menton une mauvaise couverture de laine. La soupente où il dormait surplombait un coin de l'étable ordinairement occupé par trois brebis. C'était là son domaine, un lopin d'espace bien à lui qu'il préservait vaille que vaille, même si à plusieurs reprises les siens lui avaient fait sentir que cette manière d'afficher son goût pour l'individualisme agaçait.

Aurait-on proposé à Jean-Baptiste de quitter cette soupente pour dormir dans une vraie chambre comme il en existait au presbytère ou dans la maison-forte de la Comtesse, qu'il eût refusé avec empressement. Les brebis prodiguaient assez de chaleur pour rendre le lieu agréable, et, avec le temps, la compagnie de ces animaux était devenue indispensable à l'adolescent. Jamais il ne gagnait sa couche sans avoir adressé un mot gentil à l'une ou l'autre de ses protégées. Et au milieu de la nuit, si une peur soudaine brisait son sommeil, pour retrouver sa quiétude, il lui suffisait d'entendre monter jusqu'à lui le bruit d'un piétinement ou quelques bêlements baignés d'une forte odeur d'urine et de suint.

En cette mi-septembre, les moutons n'avaient pas encore regagné la vallée, ils finissaient d'engraisser à la Borgia, un alpage de misère accroché aux schistes du Mont-Joly.

« Si la neige se met à tomber là-haut, je sais ce qui m'attend… » songea Jean-Baptiste. À l'arrivée des premiers flocons, les pauvres bêtes semblaient perdre raison. Allez comprendre pourquoi elles croyaient trouver leur salut en choisissant d'atteindre un domaine où elles devenaient des proies faciles pour le verglas et la tourmente. Plus le temps devenait exécrable et plus elles s'entêtaient à fuir vers les hauteurs. Jean-Baptiste, comme beaucoup de ses semblables, pensait qu'une cohorte d'esprits à la solde du Malin régnant sur ces sommets, savait enjôler les moutons pour les amener à pénétrer dans une caverne où ils seraient sacrifiés au cours d'un gigantesque sabbat. À la même époque de l'année, voici trois ans, Jean-Baptiste avait dû accompagner son père à la recherche d'un troupeau perdu dans le mauvais temps. Il leur avait fallu « châler » la neige des heures et des heures, et sans les conseils de François Raddaz, un chasseur de La Villette, ils n'auraient pu ramener le troupeau sain et sauf dans la vallée. Si dans les jours à venir il devenait nécessaire de partir une nouvelle fois en quête d'animaux égarés, cette fois le père de Jean-Baptiste ne serait plus à la tête de l'escouade. Une crise de « miserere » l'avait emporté à la fin de l'hiver dernier.

Trois jours après la Saint-Benoît, alors que le soleil de mars faisait les yeux doux au moindre bourgeon, Jean-Antoine Brondex s'était levé en se plaignant d'une douleur qui lui mordait le ventre. Tant bien que mal, il s'en était accommodé au cours de la journée... Las ! au soir, elle était si vive qu'il ne pouvait plus poser la main sur son côté. La tisane de bourrache qu'il ingurgitait depuis le midi ne lui avait été d'aucun secours et à présent il était la proie d'une fièvre intense qui secouait tout son corps et qui donnait à son visage une couleur de parchemin. Toute la nuit, les gens du village des Pratz s'étaient relayés au chevet du malade pour invoquer saint Roch ou pour psalmodier des formules que l'on jetait à la face du mal ; mais au mitan de la nuit, bon nombre de ceux qui entouraient le père de Jean-Baptiste étaient résignés : l'espoir avait déserté la maison pour de bon. Un incendie gigantesque semblait consumer le corps du pauvre laboureur, une douleur indicible lui rongeait les entrailles sans répit. Il n'y avait plus qu'à attendre que la camarde se décide à franchir le seuil de la demeure et mette un terme au tourment du malade. Toutefois, Jean-Antoine Brondex était un gaillard de trente-huit ans qui avait affronté plus d'une épidémie au cours de son existence. La peste, le typhus ou le croup l'avaient frôlé à plusieurs reprises. Son corps lutta encore deux jours. Son esprit, lui, laissait faire ; il donnait l'impression de s'être désolidarisé de ce corps qui enflait et qui craquait de toutes parts. L'habitant des Pratz trépassa, laminé par ce mal d'entrailles devant lequel tout un chacun était désarmé ; il laissait une femme désemparée chargée de quatre marmots dont Jean-Baptiste était l'aîné.

– Debout, malotru ! on a à faire ce matin !

Jean-Baptiste avait reconnu la voix de son oncle Gaspard qui venait de passer la porte de l'étable. Quelle idée étrange venait-il de tirer de son cerveau farci de coquecigrues ? Qu'est-ce qui amenait une visite aussi matinale un jour placé sous le signe du déluge ? En trois bonds, Jean-Baptiste venait de quitter sa soupente pour se retrouver face au gaillard trempé qui lui ouvrait les bras. Ils ressortirent tous deux de l'étable pour passer dans le « pêle » minuscule où se concentrait toute la chaleur de la ferme.

– Anne, ma sœur, sers-nous un bol de lait et on y va.

On ne pouvait pas donner d'âge à la pauvre femme qui venait de passer dans la « coz'na », une pièce qui faisait office de cuisine, pour y chercher le lait et les écuelles. Son visage sale et ridé affichait tous les stigmates de la misère quotidienne, et les hardes crasseuses qu'elle portait accentuaient cette allure de pauvresse.

– Où tu m'emmènes ? demanda Jean-Baptiste à la fois curieux et quelque peu inquiet.

– Chez le curé. Un matin comme ça nous sommes sûrs de le trouver au nid, répondit Gaspard.

– Chez le curé ? mais on s'est confessé pour le pèlerinage de La Gorge à la « miou », protesta le gamin.

– Ça n'a rien à voir avec tes péchés qui ne doivent pas t'alourdir les poches, si on va le voir c'est pour le certificat qu'il te faut pour aller dans « les Allemagnes ». Je t'expliquerai tout ça sur la route du presbytère.

Puis il ajouta à l'intention de la mère de Jean-Baptiste qui venait de revenir avec un pichet de lait :

– Anne, au nom de tous les saints du paradis, je t'en supplie, ne fais pas cette tête de carême dès que je parle des « Allemagnes ». Je te l'ai expliqué maintes fois depuis ce printemps. Il n'y a pas d'autres solutions.

La pauvre femme s'était réfugiée dans un coin du « pêle » où elle s'était mise à pleurer en silence, se disant que depuis qu'elle était sur terre elle avait moins parlé que versé de larmes.

Gaspard ne savait ni ne voulait trouver les mots capables d'apporter un peu de baume au cœur de sa sœur. D'une longue goulée il vida son écuelle de lait et se leva, déjà prêt à se mettre en route.

– Prends ta cape, gamin, ce matin la Sainte Vierge pleure encore plus que ta mère. Nous aurons du mal à passer entre les gouttes.

Jean-Baptiste buvait son lait à petites gorgées, il aurait bien pris le temps d'y faire tremper un peu de pain sec pour ne pas mettre de mauvaise humeur son estomac qui se réveillait ; mais avec cet oncle qui ne tenait jamais en place et qui montrait déjà tant d'impatience, il n'était pas question de faire un pas vers la huche où le pain était serré.

– Dépêche-toi, je l'entends qui s'impatiente... grogna Gaspard.

– Tu vas pas me faire croire que d'ici tu entends le curé ! s'exclama l'adolescent.

– Qui te parle du curé ? Celui qui s'impatiente, il est devant la porte !

Jean-Baptiste avait abandonné son écuelle et déjà il traversait la « coz'na » pour aller vérifier la présence de Lexandre, le mulet du colporteur.

Ah ! ce fameux mulet ! Jean-Baptiste n'était pas près d'oublier son arrivée en fanfare dans la vallée, trois jours après le grand pèlerinage de La Gorge qui marquait traditionnellement la fin des gros travaux de l'été.

Tout au long de l'année, de fort loin, des escouades de pèlerins marchaient vers la source miraculeuse de La Gorge, tant sa renommée était grande. À deux pas d'une église qui paraissait oubliée des hommes, dans une grotte agrippée au flanc de la montagne et constamment à la merci des flots du Bonnant, jaillissait une source miraculeuse qui passait pour guérir les goitreux depuis des siècles. Avec le temps, la sagesse populaire lui avait découvert d'autres vertus, si bien que par n'importe quel temps, ceux qui souffraient d'une mauvaise fracture ou ceux qui criaient misère à cause d'une douleur de la charpente accouraient à La Gorge pour y implorer la Reine des Cieux et faire provision d'eau miraculeuse. Mais le jour de la fête de l'Assomption, appelée par tous les habitants de la vallée la « miou », une formidable liesse embrasait ce lieu reculé. Ce matin-là, arrivaient vers ce vallon du bout du monde non seulement les habitants de la vallée de Montjoie mais aussi des pèlerins venant du Beaufortain ou des divers mandements de la province de Faucigny. Tout le jour, on parlait beaucoup, on priait encore plus, ce qui obligeait bon nombre de pèlerins à s'humecter le gosier sans retenue. Chacun engrangeait une appréciable provision de nouvelles qu'il aurait tout loisir de moudre et remoudre une fois de retour dans son hameau. Dans la grande prairie à l'ombre du petit sanctuaire, parfois on prenait langue avec un compère pour acheter ou vendre une brebis, un cochon, voire une vache; et pourquoi le taire, quelquefois aussi on s'acoquinait avec plus pauvre que soi pour échafauder un vol ou un délit qui vous vaudrait peut-être la corde. Le pèlerinage de La Gorge était un de ces moments privilégiés de l'année où, pour des êtres marqués au fer rouge de la solitude quotidienne, un foisonnement de rencontres éphémères et souvent inattendues apportait plus de secours à l'âme que l'eau miraculeuse qui coulait à un jet de pierre de là.

Gaspard Revenaz n'était jamais le dernier à quitter le vallon de La Gorge au soir de la « miou »; non qu'il ait été particulièrement dévot, mais ce grand rassemblement de populace lui permettait de croiser en quelques heures tout ce que la région comptait de migrants s'apprêtant à quitter la vallée pour aller trafiquer dans les pays du nord. Autour d'une cruche de cidre ou d'un flacon de brandevin, certains échangeaient des itinéraires, d'autres dévoilaient un projet pour la saison à venir. Parfois, ce jour de grande presse permettait même de s'aboucher avec un associé qui partagerait le bours et le débours de la prochaine campagne. Les membres de la confrérie des colporteurs étaient intarissables, quand, entre deux processions, ils entreprenaient de conter les avatars de leurs vies d'errants ou lorsqu'ils se mettaient à bâtir châteaux en Allemagne devant un parterre bon enfant qui n'en croyait pas ses oreilles.

Cette année Gaspard s'était quelque peu tenu à l'écart de la compagnie des colporteurs, il était resté plus longtemps que de coutume avec sa sœur et ses enfants. Tous, ils avaient prié pour le repos de l'âme de Jean-Antoine et le colporteur avait mis à profit cette journée pour emporter définitivement la décision de sa sœur : à l'automne, quand il partirait une nouvelle fois pour les Allemagnes, Jean-Baptiste l'accompagnerait. Durant l'interminable hiver qui étoufferait bientôt la vallée, il y aurait une bouche de moins à nourrir dans la ferme des Pratz.

Le soleil venait de basculer derrière les crêtes du Joly et déjà par petits groupes bien des fidèles venus du Beaufortain ou du Prieuré de Chamonix reprenaient le chemin de leur village où ils n'arriveraient pas avant le milieu de la nuit. La grande prairie s'étendant le long du Bonnant, résonnait des cris et des rires s'élevant d'une multitude de petites assemblées qui donnaient au vallon l'aspect d'un gigantesque bivouac. Gaspard depuis un moment passait d'un groupe à l'autre. Ici il saluait un compère, là il s'inquiétait de la moisson sans toutefois jamais perdre l'idée de glaner un renseignement de plus sur une superbe jouvencelle de Combloux, remarquée pendant le Rosaire du début de l'après-midi.

C'était à la fin de cette cérémonie que Gaspard avait assuré sa sœur qu'il se chargerait de la raccompagner aux Pratz avec sa maisonnée dès le coucher du soleil. Anne s'était empressée d'accepter, pensant que l'occasion était trop belle si elle voulait reprendre l'avantage dans la bataille dont Jean-Baptiste était l'enjeu. Pour ce faire, il ne fallait pas que son frère fasse une de ces rencontres qui aurait tôt fait de lui faire oublier sa promesse. Elle avait donc assigné à son aîné une tâche délicate : surveiller les pérégrinations du colporteur dans le vallon, qui insensiblement se drapait d'ombres violettes, depuis que le soleil s'en était allé finir sa course derrière les crêtes du Joly. Jean-Baptiste s'était assis sur un « murger », un de ces amoncellements de cailloux où, depuis la nuit des temps, chaque printemps, on entassait les pierres dont quelques mauvais génies à la solde du Malin s'étaient plu à parsemer les prés à l'entour pendant l'hiver. De ce promontoire il suivait les allées et venues de la foule qui ne paraissait pas pressée de lever le camp. Comme on approchait pourtant de vêpres, les fidèles les plus âgés s'agrégeaient à des escouades de boiteux, d'aveugles ou de pèlerins contrefaits qui, la mort dans l'âme, se décidaient à se mettre en branle pour quitter ce havre de quiétude en psalmodiant des bribes de cantiques.

L'arrivée à son côté d'un gamin d'une douzaine d'années avait contraint la sentinelle à se montrer moins vigilante. Celui qui en trois bonds était venu s'asseoir près de Jean-Baptiste était un petit rouquin aux allures de fouine, il se nommait Nicolas Grandjacquoz et connaissait de longue date le fils de Jean-Antoine Brondex pour avoir passé de longues heures en sa compagnie sur le communal où les adolescents de la paroisse menaient paître leurs vaches.

– Alors comme ça, tu pars aux Allemagnes cet automne ? questionna-t-il plein de malice. Puis, comme pour montrer qu'il en savait déjà long, il ajouta : « C'est Gaspard qui l'a dit chez nous... Paraît que vous partez trois jours après la Saint-Michel ! »

Jean-Baptiste se sentit soudainement envahi par une bouffée de contrariété. Voilà que la nouvelle de son départ courait d'un village à l'autre. Il en ressentait un fort dépit, tant il aurait voulu partir en catimini ; se dissoudre dans le temps et l'espace sans avoir à répondre à une multitude de questions sur ses projets ou ses craintes ni écouter religieusement les litanies de conseils que chacun lui donnerait en guise de viatique.

– T'occupe pas de ça, et si tu as quand même envie de tout savoir, cours après Gaspard, c'est lui le grand ordonnateur. Il vaut mieux toujours s'adresser au Bon Dieu plutôt qu'à ses saints ! répondit sèchement l'adolescent.

– Espèce de grand « décroche-bacon » ! répliqua le petit rouquin, c'est d'avoir prié toute la journée qui te remplit la bouche de venin ? Monsieur a l'humeur en fagot d'épines depuis qu'il est sûr de rejoindre la compagnie des pieds-poudreux ?

Il n'en fallut pas plus pour que les deux gamins s'empoignent. Bientôt ils roulèrent au bas du « murger », entraînant dans leur chute une cascade de cailloux de toutes tailles.

La lutte allait bon train sous les yeux de badauds qui se réjouissaient de la scène. Elle aurait duré longtemps tant les deux compères mettaient du cœur à l'ouvrage, mais le Ciel avait voulu que la rixe se déroule à quelques coudées d'une petite assemblée où se trouvait un vicaire de Saint-Nicolas. Le ministre n'avait rien perdu de la scène. Quittant ses ouailles, il s'était précipité sur les lieux du pugilat et saisissant les deux comparses par les cheveux il les avait séparés puis les avait copieusement bourrés de coups de pied jusqu'à ce qu'ils demandent grâce. Les tenant toujours à pleines mains par les cheveux, il les avait conduits au sanctuaire pour y faire repentance. Quand il avait jugé la contrition suffisante aux yeux du Créateur, à nouveau il avait empoigné par les cheveux les deux malandrins qu'il avait ramenés au pied du « murger » en leur intimant l'ordre de remonter toutes les pierres.

Jean-Baptiste n'était qu'une boule de colère et de honte mêlées mais il mettait toute son énergie à faire bonne contenance ; la note payée par son amour-propre était assez lourde comme cela.

Quand, après l'échauffourée, il se mit en devoir de retrouver la trace de son oncle, il eut beau arpenter la prairie, faire la tournée des échoppes de fortune où l'on étanchait la soif des gobeurs de lune et des chevaliers de la menterie : rien. Gaspard avait disparu.

Il retrouva sa mère et ses trois sœurs acagnardées contre le mur sud de la chapelle, profitant de la chaleur dont les pierres s'étaient repues tout au long de la journée.

Jean-Baptiste se garda bien d'entamer une longue plaidoirie expliquant pourquoi et comment il avait perdu la trace de son oncle ; sa mère le saurait bien assez tôt. Avant longtemps, une de ces bonnes chrétiennes qui passaient leur temps à peser les péchés de chacun (des fois que le Bon Dieu ait un moment de distraction) se ferait une joie de lui narrer en détail la rixe de tout à l'heure d'où sa fierté était ressortie cruellement écornée.

Pour sa part, Anne supposait que son frère avait réussi à gagner les faveurs d'une quelconque ribaude qu'il devait lutiner pour l'heure dans une grange des environs. Elle ne tenait pas à faire étalage de sa pensée devant ses enfants, aussi, sans plus attendre, elle donna l'ordre du départ.

À ce même moment, Gaspard était déjà bien loin. Il venait de franchir le col du Joly, passage immémorial entre la vallée de Montjoie et le Beaufortain. Aiguillonné par le souci d'atteindre Hauteluce avant que la nuit épaisse ne masque tout relief, il filait sur le chemin de son pas de colporteur, laissant un à un derrière lui les petits groupes de fidèles endimanchés qui tâchaient d'oublier la faim et la fatigue en jetant à la face des étoiles des cantiques à la gloire de la Vierge. Cette escapade dans la vallée voisine n'avait rien d'une foucade, elle répondait à une nécessité. Depuis la fin de l'hiver dernier, Gaspard était en possession d'une missive destinée au curé d'Hauteluce; elle lui avait été remise par un habitant d'Annuit établi en Brisgau. Voyant arriver à grands pas l'heure d'un nouveau départ, le colporteur s'était dit qu'il était grand temps de remettre le courrier à son destinataire. Il espérait bien faire d'une pierre deux coups en mettant à profit son court séjour dans la vallée du Dorinet pour y conclure une affaire bien préparée le matin même à La Gorge…

Trois jours plus tard, vers les quatre heures de relevée, le trafiquant avait fait sa réapparition aux Pratz. Il tenait par la bride un mulet de belle taille, qui ne semblait guère s'émotionner de la présence d'une dizaine de villageois qui l'accompagnaient en lui tournant autour comme un nuage de mouches.

– Jean-Baptiste ! Sors un coup de cidre ! s'exclama Gaspard dès qu'il eut franchi le seuil de la ferme. Il nous faut fêter l'arrivée du vaillant Lexandre qui partagera nos joies et nos peines cet hiver !

Tout ce que le village des Pratz comptait de gens valides s'agglutinait autour de la bête de somme. Admiratif, curieux, envieux, jaloux, chacun détaillait la morphologie de l'animal pour y déceler une qualité ou un défaut. Guillaume Louvier, plus hardi que tous les autres, s'avisa de retrousser les lèvres du mulet afin de juger de l'état de sa dentition, Gaspard le repoussa calmement mais fermement.

– Laisse, Guillaume, c'est une bête de quatre ans qui vient d'Hauteluce où l'on élève les meilleurs mulets de toute la Province.

Puis commençant à déharnacher Lexandre, il ajouta :

– Bon, ne m'accusez pas d'être sorcier, mais je devine ce qui se passe sous vos crânes, je sais ce que vous vous demandez tous... Combien le Gaspard a bien pu débourser pour cette bête ? Je ne vais pas me défiler et vous le dis tout net, cette « miôle » m'a coûté quatre-vingts florins et j'espère qu'elle m'en fera gagner bien plus...

L'étonnement se lisait sur les visages des pauvres bougres pour qui la possession d'un pécule de quelques deniers vous ouvrait les portes du Paradis. L'achat de ce mulet venait de métamorphoser le trafiquant aux yeux des laboureurs du village des Pratz. Jusque-là il n'était qu'un simple sujet de la confrérie des porte-balles du Val Montjoie, ceux qui, par tous les temps, n'avaient que leur dos pour coltiner leur maigre négoce. Grâce à son achat, Gaspard venait d'acquérir des lettres de noblesse lui ouvrant les portes de la petite caste des trafiquants affichant une belle aisance.

En regagnant leur logis un peu plus tard, tous les habitants du village n'avaient qu'une question en tête… Comment ce diable de Revenaz avait-il bien pu gagner tant d'argent ? Hélas, ils auraient beau se torturer l'esprit la nuit durant, le monde des colporteurs leur était si lointain, ses règles si différentes de celles qui régissaient leur vie de laboureur, qu'ils n'en sauraient jamais rien et il ne faudrait pas compter sur Gaspard pour étancher leur curiosité.

# CHAPITRE III
## Le jour de la Saint-Michel

Depuis plus d'une heure, en ce matin de la Saint-Michel, les cloches de la vieille église de Saint-Gervais sonnaient à la volée et de partout on voyait affluer vers le sanctuaire tout ce que la vallée de Montjoie comptait de migrants. Du négociant averti, se préparant à une nouvelle campagne avec sérénité, jusqu'au plus humble des gagne-deniers de la région, chacun venait solliciter ou implorer la protection divine à la veille du grand départ. Des quatre coins de l'horizon, les fidèles eux aussi accouraient vers le bourg, personne ne voulant manquer la grande procession des roulants : la fête de l'Au Revoir. Une dernière fois avant que l'hiver n'emprisonne toute vie dans son étau, chacun désirait se réchauffer le cœur au contact de ces visages connus, aimés ou détestés, avec lesquels, bon gré mal gré, il fallait jouer une scène ou deux de la comédie humaine avec pour estrade un village serti de « monts affreux ».

La nef de l'église était pleine comme un œuf. Les merciers, les plus nombreux, occupaient les premiers bancs, et le costume de voyage qu'ils arboraient pour l'occasion en disait long sur l'état de leur fortune respective. Toutefois, celui qui en ce jour pouvait couvrir ses épaules d'un manteau en drap de Lodève, n'affichait aucune condescendance envers les pouilleux aux hardes crasseuses qui le côtoyaient : le jour de la Saint-Michel, tous les merciers étaient égaux aux yeux de Dieu.

Derrière eux, avait pris place la famille des chaudronniers, des raccommodeurs d'étain et des étameurs. Ils avaient laissé sous bonne garde devant l'église la hotte dans laquelle ils transportaient leur attirail, mais on les reconnaissait aisément grâce à la mèche d'étoupe indispensable à l'exercice de leur art, qu'ils portaient en guise de cravate.

Près de l'autel dédié à saint Joseph, se tenait une poignée de charpentiers et de maçons qui escomptaient passer la mauvaise saison à rebâtir un couvent, une halle, un pont peut-être, dans une ville de la Diète germanique. Sans les traiter avec dédain, on ne leur accordait que peu de considération. Ils n'étaient pas assez hâbleurs pour faire le récit de leurs voyages à la manière de bateleurs et comme on ne les voyait guère fanfaronner dans les assemblées, souvent on les laissait à leurs chimères.

Enfin, quelque peu en retrait, une imposante compagnie de gueux occupait une travée entière de l'église. Ces valets de Dame Misère prêts à arpenter les chemins du vaste monde avec, pour unique pactole, un lot de petits catéchismes, quelques peignes ou un paquet de couteaux à manche de corne, se souciaient comme d'une guigne de mourir de faim ici ou ailleurs. Ils voyageaient depuis si longtemps avec la Mort à leurs trousses qu'ils en avaient perdu le sens du mot espoir. Ils souhaitaient seulement qu'au plus profond de ces villages des Allemagnes où la Faucheuse risquait de les colleter, il puisse y avoir un prêtre capable de leur tenir la main quand il faudrait passer de l'autre côté du miroir.

Nombre de paroissiens avaient fait le trajet pour demander à Dieu de se montrer magnanime envers un parent, un voisin, absent pour de longs mois. Plus d'un dans sa dévotion était hanté par l'image des visages de tous ceux qui jamais n'étaient revenus de leur périple. Chavirés par ces souvenirs, ils en arrivaient à craindre de trop laisser s'attarder leur regard sur les présents, convaincus qu'ils risquaient de leur jeter le mauvais œil.

Pour conduire la cérémonie, le Chapitre de Sallanches avait délégué Ponce de Chissé, un chapelain au visage émacié donnant l'impression de flotter dans la chasuble qu'il avait revêtue pour l'office. Sa voix monocorde, aspirée par la lumière des cierges et les volutes d'encens, n'était pas entendue au-delà du chœur. Imperturbable, il ne semblait avoir cure du brouhaha qui enveloppait la nef et depuis plus d'une heure il continuait sa conversation avec Dieu d'une manière flegmatique.

Aux derniers accents de l'Ite missa est, les merciers avaient quitté leurs bancs et aussitôt l'assistance avait été prise d'un accès de grand désordre, chacun voulant atteindre la sortie au plus vite afin d'être assuré de trouver une bonne place dans la procession. Déjà deux clercs venaient d'avancer la mule de Ponce de Chissé sur le parvis de l'église. Faisant montre de beaucoup de prévenance, les curés de Saint-Gervais et de Saint-Nicolas l'entouraient avec sollicitude. Promptement, chaque mercier venait de reprendre la caisse qui lui servirait bientôt à transporter son négoce. En hâte, les magnins avaient mis la hotte à l'épaule et après moult palabres épicés de quelques horions, l'immense litanie des candidats à l'exil s'ébranla en direction de l'oratoire du Nant Ferney.

– Deux deniers la médaille de saint Christophe ou de saint Raphaël, deux deniers et le Ciel sera à vos côtés ! criait un camelot qui cliquetait de tout son corps à chaque mouvement, tant il portait de médailles épinglées à sa veste et à son chapeau.

Jean-Baptiste, hypnotisé par toutes ces petites écailles qui dansaient dans le soleil de septembre, avait failli perdre de vue son oncle Gaspard tandis que la marée humaine traversait le village de La Forêt. À dire vrai, Jean-Baptiste ne savait pas très bien ce qui se passait en tête du cortège… Des bribes de cantiques, des semblants de formules latines lui parvenaient bien avec retard, mais tant de conversations bruissaient à l'entour qu'il ne réussissait pas à décrypter ces signes nés trop loin de lui. Il espérait que le Bon Dieu lui soit comptable de ses bonnes intentions étouffées par la trop grande presse.

Il ne devait donc pas être loin de sexte, quand la tête du cortège déboucha dans une vaste clairière où s'élevait l'oratoire du Nant Ferney. La foule mit quelque temps à s'installer sur les gradins de verdure dominant le petit édifice. Ponce de Chissé, assis sous un dais tenu par quatre clercs, attendait impassible. Le roulement du torrent reprit lentement possession des lieux. Quand enfin le chant des eaux domina la rumeur ambiante, le représentant du chapitre, satisfait, se leva et commença à s'adresser à l'assemblée :

– Vous qui dans les prochains jours allez quitter pour de longs mois le village qui vous a vus naître, vous qui allez connaître le froid et la solitude de contrées parfois inhospitalières, et vous tous qui resterez privés d'un être cher tout au long de l'hiver, au nom du Seigneur je vous bénis.

La plupart des présents tombèrent à genoux, étreints d'une émotion qui n'avait rien de factice. Ponce de Chissé laissa aux fidèles le temps de se relever puis il ajouta :

– Il y a parmi vous six jeunes hommes qui, pour la première fois de leur existence, vont s'en aller apprendre le métier de colporteur sur les routes des Allemagnes ; je leur demande de venir à mon côté.

Six adolescents se détachèrent de la foule et vinrent s'agenouiller près du chapelain. Jean-Baptiste était du lot.

Avec une douceur dont on aurait pu croire dépourvu le personnage, le prêtre bénit les adolescents puis remit à chacun une pièce papier en disant :

– Si le Seigneur décide de vous rappeler à Lui lors de votre campagne, ce certificat de baptême vous ouvrira les portes de sa Maison, ayez-en du soin. Que la Vierge et tous les saints intercesseurs vous accordent leur protection lors de votre voyage ; qu'ils vous tiennent à l'écart de régions abîmées par l'épidémie et la guerre, et enfin qu'ils inspirent les adultes que vous suivrez. Amen.

Un gigantesque hourra répondit aux propos de Ponce de Chissé, alors que des dizaines de fidèles se mettaient à agiter au-dessus de leurs têtes de grosses crécelles dont les crépitements résonnaient dans tout le vallon. Émus jusqu'au plus profond de leurs os, les six apprentis colporteurs venaient de se relever, serrant contre leur poitrine leur passeport pour l'Éternité. Jean-Baptiste eut le temps de confier le sien à son oncle avant qu'un gaillard le charge sur ses épaules. En moins de temps qu'il ne faut pour le dire, ses cinq compagnons eux aussi s'étaient retrouvés juchés sur des épaules amies. Dans un joyeux désordre le cortège se reformait vaille que vaille derrière les héros du jour. La procession reprenait la direction du bourg où l'on avait bien l'intention de fêter dans l'allégresse la grande famille des colporteurs.

Gaspard avait regagné le bourg, aiguillonné par la vision du pot de cidre qui allait étancher cette soif qui le tenaillait depuis un moment. Il en était à se demander avec qui il partagerait son breuvage quand une gigantesque tape sur l'épaule ébranla sa carcasse.

– Abel ! s'écria-t-il en serrant le nouvel arrivant dans ses bras.

– On peut dire que c'est le Bon Dieu qui t'envoie, je cherchais quelqu'un pour m'aider à vider un pot de cidre, eh bien j'ai trouvé ! Je te connais depuis assez longtemps pour savoir que ton aide sera efficace !

Tout comme l'oncle de Jean-Baptiste, Abel Gouttry, originaire de Saint-Roch près de Sallanches, trafiquait dans les pays germaniques depuis des lustres et même s'il exerçait un métier fort différent de celui de Gaspard Revenaz, à plusieurs reprises les deux hommes avaient fait route de concert sur les chemins de l'émigration. Abel, comme plusieurs des habitants d'un hameau de Saint-Roch, était maître dans l'art de châtrer les poulains et les étalons. Sa grande dextérité l'avait conduit, dès son plus jeune âge, à sillonner les routes du Nord pour y vivre de son savoir-faire. Hélas pour lui, voici trois ans, il avait reçu un méchant coup de sabot qui lui avait fracassé l'épaule gauche ; cet accident l'avait décidé à ne plus fréquenter les Allemagnes et leurs montures ombrageuses. Depuis lors, il voyageait moins loin et proposait ses services à des éleveurs des Franches Montagnes dans la Comté. C'est là qu'il s'était pris d'affection pour les belles cavales qui faisaient la fierté de la région, et secrètement il rêvait de rentrer un jour à Saint-Roch tenant par la longe une superbe pouliche du pays de Saignelégier.

Les deux migrants s'étaient attablés devant une pinte de clairet sous une de ces échoppes de fortune qui fleurissaient autour de la halle. Ils ne furent pas longs à parler de leurs projets.

– Je crois que je pars pour ma dernière campagne, annonça Abel avec une certaine lassitude dans la voix. Je n'ai plus la poigne de mon jeune temps et quand il faut immobiliser un étalon qui a vite compris que j'étais là pour lui couper les grelots il m'arrive de pas faire le fier… Je voudrais pas que ma main se mette à me jouer des tours. Toi tu repars, bien sûr…

Gaspard tarda à répondre, comme embarrassé. Il frotta son menton mal rasé et prit le temps de vider son gobelet :

– Oui je repars, faut bien… Ce qui m'inquiète un peu, c'est que j'aurai la charge de mon neveu Jean-Baptiste. Il a quinze ans, il est temps qu'il roule sa bosse mais je ne sais pas du tout comment il va…

– Tatata… s'exclama Abel, tu crois que la première fois où Simon Roux t'a pris à son service il ne s'est pas demandé s'il te ramènerait entier ? C'est le cours des choses, un ancien t'a formé, à toi maintenant de faire passer ce que tu as appris, comme je l'ai fait pour mes deux fils. C'est pas un « moin-ni » toujours à se plaindre, ton Jean-Baptiste ! Montre-le moi !

Gaspard chercha son neveu dans l'intense animation qui donnait encore au bourg un air de kermesse. Il ne fut pas long à le repérer assis contre un muret de pierres sèches dominant le champ de foire. Il le désigna à son ami :

– Tu vois le gamin avec la longue veste marron assis contre le petit mur ? C'est lui…

– Jean-Baptiste ! hurla le hongreur d'étalon, amène-toi !

Le gamin s'approcha en courant, craignant de se faire houspiller pour une action méprisable.

– Alors c'est toi qui pars pour les Allemagnes avec cet hérétique de Gaspard ? C'est toi qui vas être obligé d'apprendre à mentir pour filouter les paysannes du Palatinat ou d'ailleurs ? C'est toi qui vas jouer le rôle de la bourrique et porter la balle de ce mécréant ?

Jean-Baptiste n'osait plus bouger… Encore quelques litanies de ce fort en gueule et il allait être changé en statue de sel comme dans cette histoire que racontait le curé lors de son prône.

Gaspard se tordait de rire, il en allait de même pour toute la compagnie qui maintenant tendait l'oreille et se délectait du discours du Saint-Rochain :

– Jean-Baptiste ! continua le châtreur d'étalons, te voilà acoquiné au plus fieffé enjôleur de toute la vallée qui porte dans sa balle bien plus de péchés que de rubans ! Mais puisque le Ciel en a décidé ainsi, soit ! Moi, Abel Goutry, poursuivant la Fortune sur les routes du vaste monde depuis six lustres, je t'intronise dans la grande famille des colporteurs et je demande à la Reine des Cieux de te couvrir de son manteau !

Ce disant, Abel se leva et vida d'un trait son gobelet sous les vivats des tablées voisines.

Jean-Baptiste n'osait faire le moindre geste, il sentait qu'il était sur le point de mouiller ses chausses ; sous le feu de ces dizaines de regards il n'était pas plus fier que le saint Sébastien transpercé de flèches qu'il avait vu dans l'église de Saint-Nicolas.

Il ferma les yeux et entendit la voix de son père qui lui chuchotait : « Tiens bon ! mon gamin, tiens bon… »

– Assieds-toi avec nous, malotru, tu ne le regretteras pas. Ce disant, Abel Goutry avait tiré à lui une musette et avec une lenteur calculée, il en avait sorti une superbe paire de bottes à revers. Essaie-les… dit-il, tout sourire.

Jean-Baptiste n'avait jamais vu pareille paire de bottes, et pourtant Dieu sait si son esprit observateur avait eu le loisir de lorgner sur celles que portaient tous les gens d'importance de la paroisse, mais ventrebleu, des bottes à revers de la sorte ! Jamais il n'aurait pu en soupçonner l'existence. Il chercha le regard de son oncle pour y puiser un encouragement sur la conduite à tenir.

– Allez, essaie-les ! Ne te soucie pas de Gaspard, s'exclama Abel en lui posant la main sur l'épaule.

L'adolescent ne se fit pas prier plus longtemps et se résolut à enfiler la paire de bottes.

– Une merveille ! s'extasia l'amateur de cavales. Elles te vont au pied comme si le bottier les avait faites à ta mesure ! J'ai rarement vu un cuir si souple et si résistant ; cela te changera de tes « sôcques », et, comble de bonheur, il n'en coûtera que trois florins à ton oncle qui ainsi t'aura chaussé pour presque rien.

– Oh là ! canaille de Saint-Rochain, comme tu vas vite en besogne ! Trois florins pour cette paire de bottes ? Tout beau, tout beau... répondit Gaspard qui venait de prendre un air suspicieux, je n'ai jamais vu pareil modèle dans une échoppe de savetier ou sur un étal de forain. Ce cuir ne vient pas d'Allemagne, et je me demande quel bottier a pu manier l'alène de la sorte. J'ai assez usé ma salive dans les foires de Schaffhouse ou de Besançon, pour y avoir vu toutes sortes de chaussures, eh bien je l'affirme,

Abel, jamais je n'ai vu pareil modèle ! D'où ramènes-tu ces bottes, fripouille ? Tu n'aurais pas détroussé un Persan par hasard ? Oh ! et puis de toute façon je ne veux pas savoir d'où tu les tiens…

Jean-Baptiste qui suivait l'échange avec attention pensa que l'affaire n'irait pas loin, mais son oncle reprit la parole :

– Enfin si tu es vraiment décidé à t'en dessaisir on peut peut-être s'arranger. Regarde, Abel…

Gaspard venait d'ouvrir sa chemise, un sachet de cuir pendait autour de son cou, il le détacha, le posa sur la table et l'ouvrit.

– Cornedieu ! jura Abel, de l'herbe à bouquetin !

– Renifle-moi ça… reprit Gaspard, l'air onctueux. Ces brins ont un tel pouvoir que l'hiver prochain, ta main ne risque point de défaillir quand il te faudra soulager un étalon de ses bijoux de famille ! Un florin et ce paquet de genépi pour la paire de bottes, et je ne te demande même pas ni où ni comment tu as pu te les procurer !

– Tope là maraud ! s'exclama le hongreur en remplissant à nouveau son gobelet, maintenant que l'affaire est faite, approche-toi, gamin, je vais te le dire d'où elles viennent mes bottes, cela soulagera ma conscience…

Avec un air de conspirateur il susurra à l'oreille de Jean-Baptiste que le dernier à les avoir portées était un des soudards à la solde du roi de Suède qui jouaient de la dague et du mousquet dans le pays de Besançon. Le jeune Saint-Gervolain n'avait jamais entendu parler ni des Suédois ni de Besançon mais il avait aux pieds des bottes qu'on allait lui envier dans tout le mandement.

L'apprenti colporteur regagna sa maison des Pratz peu avant vêpres. Déjà des légions d'ombres bleues coulaient du versant d'Arbois distillant une onde de froidure qui saisissait le moindre brin d'herbe. Le fond de la vallée était moucheté de nappes de fumée paresseuses emmaillotant chaque maison. Tel un joueur de dames plein d'assurance, le soir d'automne s'emparait lentement de tous les hameaux de la paroisse.

Jean-Baptiste se rendit directement à l'étable ; il savait y trouver sa mère et Nicolarde, l'aînée de ses sœurs. L'une était occupée à traire tandis que l'autre donnait à boire aux brebis.

– Maman, j'ai vraiment regretté que tu ne sois pas venue à la procession, je n'ai pas assez de mots dans ma tête pour te raconter tout ce que j'ai vu depuis ce matin. Je suis plein d'images mais je n'arrive pas à mettre de l'ordre sous mon crâne pour tout expliquer... s'exclama-t-il, dès la porte franchie.

Seul le bruit du lait giclant dans la seille lui répondit.

Mal à l'aise il gagna la cuisine où ses deux autres sœurs surveillaient la soupe de fèves qui chauffait doucement dans la « borne », cette cheminée à la taille démesurée dont l'activité rythmait le quotidien de la maison. Son œil avisé s'aperçut que le coffre à bois était presque vide, aussi ressortit-il bien vite pour le réapprovisionner. Cette tâche accomplie, il se saisit de deux seilles et courut les remplir au petit bassin. La journée qu'il venait de passer, pleine de rires et d'agitation, le laissait couvert d'une mauvaise conscience fort poisseuse. Il tentait de s'en défaire en se jetant sur le moindre petit travail qu'il repérait.

La mère de Jean-Baptiste était harassée. Depuis l'aube, elle avait consacré toutes ses forces à pétrir et à cuire la trentaine de pains de seigle qui nourriraient la famille pendant huit à dix semaines.

Aux Pratz, un seul four servait aux besoins des foyers du village. Si on entourait de tous les soins possibles ce petit édifice bâti un peu à l'écart du hameau, on redoutait ses sautes d'humeur dévastatrices. Personne n'était prêt d'oublier le jour de l'automne passé où, soudainement, il s'était mis à cracher des bouffées d'escarbilles qui avaient bien vite embrasé deux fermes. Sa mise en route constituait une entreprise longue et coûteuse. Une demi-journée de labeur était nécessaire pour que la pierre du fournil atteigne la température idéale à la cuisson d'une fournée, et une quantité de bois monstrueuse arrivait à peine à calmer l'appétit de cet ersatz d'enfer. Aussi lorsque le premier utilisateur en avait terminé avec sa cuisson, il était de règle qu'un voisin prenne sa succession et maintienne le four en activité.

La veille de la procession, Anne avait senti ses jambes flageoler lorsque Melchior Gindre lui avait apporté le petit pain de levain qui la désignait pour prendre son tour dans la ronde du pain. Immanquablement, son cœur de mère s'était mis à saigner, en réalisant qu'elle n'irait pas à la procession ; qu'elle ne pourrait prier pour son petit qu'en malaxant la pâte mouillée de ses larmes. Cependant, une fois encore elle s'était résignée en se disant que si telle était la volonté de Dieu, il n'y avait rien à dire.

C'est au printemps dernier, à la mort de son mari, qu'elle avait dû apprendre à boulanger dans l'urgence. Les conseils de son beau-frère Damien lui avaient été précieux lors de cet apprentissage. C'est lui qui lui avait enseigné à écouter la pâte, à se tenir à l'affût du moindre message montant de la maie où une étrange alchimie était en cours. Si la première fournée n'avait pas été du goût de tous, à présent Anne n'avait plus à rougir de son travail et il lui arrivait même d'éprouver une réelle fierté quand, sous les regards du voisinage, elle chargeait sa fournée sur le « bayar » qui servait à tous les transports à bras.

En mangeant sa soupe de fèves d'une manière mécanique, Anne tentait de repousser les idées noires qui la cernaient de toutes parts. La mort de Jean-Antoine son époux, couturait maintenant son cœur d'une large cicatrice mais cette peine n'était rien au regard du tourment qu'elle éprouvait face à cet avenir béant qui se dérobait sous ses pieds. Elle serait seule pour affronter le prochain hiver, seule pour faire face à toutes les tâches et veiller sur trois filles dont la plus grande devait avoir onze ans. Seule durant toutes les nuits glaciales de la mauvaise saison sans le souffle de l'autre pour conjurer la peur. Seule aussi, quand il faudrait montrer les dents pour défendre sa fierté ou son honneur. Pourquoi Gaspard, son frère, s'était-il montré si intraitable ? N'avait-il pas compris qu'elle avait besoin des bras mais aussi de la joie de vivre de son fils pour simplement rester en vie ?

Anne se surprit à rester la cuiller en suspens sous le regard interrogateur de ses enfants. Jean-Baptiste ne fut pas long à lire son angoisse :

– Ne crains rien, maman, Gaspard a trouvé une vache à hiverner, vous aurez chaud, vous ne manquerez pas de lait et…

Anne lui coupa la parole :

– Et si les choses vont mal je pourrai aller chez le notaire du Pontet à Saint-Nicolas où une somme m'attend. Dieu bénisse ce bienfaiteur qui est capable de vous voler votre fils et de vous proposer à la place une vache et quelques ducatons pour arriver devant saint Pierre la conscience aussi blanche que neige, des fois que le Seigneur le rappelle pendant l'hiver.

Jean-Baptiste fut tourneboulé par ces quelques phrases. Sa mère n'était pas coutumière de si longs discours, il ne comprenait pas. Abasourdi, il se leva, gagna son refuge et s'allongea dans le noir en caressant la paire de bottes dont il aurait voulu faire la surprise à tous à la fin du repas. Au moment où le sommeil l'enveloppait, il se promit d'emporter dans son bagage un petit morceau de ce pain de seigle cuit par sa mère en ce jour de procession. Il était intimement persuadé que dans quelques semaines, il lui suffirait de tenir au creux de sa main ce simple croûton pour être immédiatement réchauffé par toute la douceur maternelle qui y serait emprisonnée.

# CHAPITRE IV
## Genève

De lourds nuages gris stagnaient au-dessus de la campagne genevoise, ils paraissaient désorientés, ne sachant s'ils allaient filer en direction du Jura ou s'ils iraient plutôt frotter leur dos contre les falaises délavées du Salève. Sans conviction, le soleil tentait de trouer leur carapace ; affaiblis par les premiers jours d'octobre, ses rayons ne se montraient guère combatifs. Chaque jour, l'automne s'essoufflait un peu plus mais pour l'heure en ce début d'après-midi, une grande douceur enveloppait toute chose libérant une foule d'odeurs qui suintaient du sol détrempé.

Gaspard avançait d'un bon pas, suivi de Lexandre le mulet, Jean-Baptiste fermait la marche. Le petit équipage parti à l'aube de Bonneville venait de traverser le village de Chêne, quittant ainsi les États de Savoie pour pénétrer sur les terres de la république de Genève.

Reprenant son mulet par la bride, le colporteur laissa le grand chemin qui conduisait à la porte de Rive pour s'engager sur une voie semée d'ornières montant en direction d'une petite colline. Quand il arriva au sommet du petit promontoire, Jean-Baptiste n'en crut pas ses yeux : là devant lui, s'étendait une ville aussi belle que la Jérusalem Céleste : Genève.

– On va « croustiller » ici au calme ; un morceau de pain et de sérac nous feront le plus grand bien, décida Gaspard en déharnachant sa monture pendant que Jean-Baptiste mettait à sécher manteaux et chemises sur une clôture voisine. Une fois assis le dos contre le tronc d'un gros frêne, les deux compères passèrent un long moment sans rien dire, simplement occupés à détailler l'anatomie de la belle cité.

Avec une pointe d'anxiété dans la voix, Jean-Baptiste demanda :

– Combien de temps comptes-tu rester ici ?

– Trois ou quatre jours, répondit Gaspard, le temps que je règle quelques affaires... Tu auras tout le temps de musarder à ton aise dans les différents quartiers. Mais tu sais, il faut du temps et de la prudence pour apprivoiser une ville...

– Et on va loger dans cette fourmilière ? interrogea l'adolescent soudain inquiet.

– Certes oui ! Et d'ici je peux même te montrer où. Suis-moi bien, je t'explique...

Le roulant se fit pédagogue :

– À ma main gauche, tu vois, c'est la ville haute qui se blottit contre la cathédrale Saint-Pierre, c'est le quartier où habite tout ce que la cité compte de gens de bien. C'est dire si ce n'est pas pour nous ! À ma main droite, entre le lac et la ville haute, repère les rues basses. Ça y est ? Bon, tu les suis, tu arrives à la tour de l'Île, d'accord ? Là, tu traverses le Rhône. De l'autre côté tu vois le clocher ? C'est l'église Saint-Gervais. Eh bien, nous logerons tout près, à l'auberge du Rouge Coq ; j'y fais étape à chacun de mes passages.

Jean-Baptiste opina du chef mécaniquement, occupé par une grave question : combien avait-il fallu de brouettes de pierres pour bâtir les remparts qui corsetaient la ville ? Plus il se concentrait pour apporter une réponse à ce problème, plus il se sentait gagné par une torpeur apaisante. Il avait du mal à empêcher ses paupières de tomber, des poids invisibles écrasaient ses membres et la voix de son oncle se faisait de plus en plus lointaine.

Lorsque Gaspard revint avec la miche de pain et le fromage serrés dans un torchon, Jean-Baptiste dormait comme une souche.

Le colporteur ne s'en offusqua pas, pour son premier départ Jean-Baptiste n'avait pas été à la noce. Au lendemain de la fameuse procession de la Saint-Michel, le mauvais temps avait établi son cantonnement dans le val Montjoie. Une pluie teigneuse obligeait chacun à se claquemurer en son logis. Gaspard avait fini de mettre en ordre ses affaires à Saint-Nicolas puis il s'était installé aux Pratz, guettant le moindre présage de beau temps donnant le signal du départ.

Il avait rongé son frein une semaine, priant avec conviction pour hâter le retour du soleil mais chaque jour la Sainte Vierge continuait de pleurer. Même le mulet commençait à regarder le ciel d'un air mauvais.

– J'avais prévu de partir le jour des Saints Anges Gardiens, annonça un matin le roulant, nous voilà avec quatre jours de retard, que ce déluge cesse ou non, on part cette nuit.

Durant son court sommeil Jean-Baptiste avait rêvé que l'Arche de Noé venait d'accoster devant la ferme et qu'il y montait avec Lexandre…

À l'heure du départ au mitan de cette nuit spongieuse, il n'y avait eu ni longs discours ni effusions particulières ; chacun avait gardé pour lui sa peine et son angoisse. Il pleuvait assez sans qu'on y ajoute encore des larmes. Des flocons gros comme des têtes de chat saluèrent le départ du marchand et de son aide et leur firent bonne escorte jusque dans la vallée. Quand ils arrivèrent à Sallanches peu avant prime, Gaspard et son neveu étaient trempés jusqu'aux os. Grossie par ces pluies incessantes, l'Arve avait quitté son lit et il fallut patauger jusqu'à mi-mollet dans une eau glacée pour aller traverser le pont de Saint-Martin. Imperturbable, Gaspard avançait sans rien dire, seulement préoccupé par le rythme de la marche. La journée avait été ainsi ponctuée de haltes rapides dans un paysage laiteux saturé d'eau. Quand, au terme de cette étape éprouvante, le capitaine de route aperçut la masse débonnaire du château de Bonneville, il pensa qu'il avait deux raisons de se réjouir. Lexandre était un mulet de premier ordre. Pas une fois il n'avait renâclé ni fait montre d'une quelconque mauvaise humeur. Jean-Baptiste, lui, avait supporté le trajet sans mot dire. Jamais il n'avait laissé transparaître ni sa fatigue ni la peur qui lui nouait les tripes dans les brefs instants où il réalisait qu'il venait d'être précipité en un monde dépourvu de repères.

Un immense feu dans une salle d'auberge, un bouillon de poule et de la paille sèche, furent la récompense que le Destin octroya au jeune roulant. Après une nuit réparatrice il avait enfilé ses habits humides sans mot dire, prêt à écrire une nouvelle page de son voyage.

– Hé gamin ! Faudrait voir à « t'abader » si tu veux que nous puissions entrer à Genève ce soir, la garde ne laissera pas la porte de Rive ouverte pour nous attendre !

Gaspard venait de secouer gentiment son neveu qui fut sur pied en un clin d'œil tant il avait à cœur de ne pas décevoir son oncle à l'aube de cette campagne.

Bien vite le petit équipage se retrouva sur le grand chemin descendant vers Genève, au milieu de la foule de tous ceux qui avaient passé la journée à travailler la campagne avoisinante et qui regagnaient la ville avant la fermeture des portes pour la nuit. Outils sur l'épaule ou poussant des brouettes chargées de carottes et de raves, les journaliers allaient par petits groupes conversant dans cette langue aux accents chantants qui ne manquait pas d'étonner Jean-Baptiste. Parfois Lexandre devait s'écarter pour laisser le passage à un attelage qui arrivait à grande allure, annoncé par force claquements de fouets et autres sifflets de cochers. Par trois fois, il lui avait fallu laisser la voie libre à de lourds charrois tirés par des bœufs qui remontaient vers les terres de Savoie après avoir livré leur chargement de blé dans la ville de Calvin. L'animal ne paraissait nullement impressionné par l'agitation qui s'amplifiait au fur et à mesure que l'on approchait des remparts.

« Si seulement cette bestiole était douée de la parole, elle pourrait me faire le récit de ses voyages, je suis sûr qu'elle a vu autant de villes que moi… » pensa Gaspard. La porte de Rive franchie, la petite escouade fut happée par une houle sonore et colorée qui les porta cahin-caha de la place du Mollard vers les ponts du Rhône. L'apprenti colporteur tâchait de faire bonne figure, il s'efforçait d'avancer en affichant un détachement destiné à prouver que cette presse lui était familière. Aurait-il été chagriné si on lui avait fait remarquer que cet effort n'était peut-être pas nécessaire puisque personne ne semblait se préoccuper de sa présence ?

Les relents nauséabonds des tanneries annoncèrent le passage du premier pont. Gaspard se retourna et s'exclama :

– Tu ne te doutais pas qu'on puisse passer sa vie sur un pont, eh bien, ouvre grand tes yeux !

Une cohorte d'habitations serrées comme harengs en caque se tenaient en équilibre au-dessus de l'eau. L'épouvantable odeur des peaux se faisait encore plus insistante alors que les pas du mulet claquaient sur les traverses du pont. C'est à ce moment que les cloches de Saint-Gervais se mirent à carillonner, indiquant à chacun que la journée arrivait à son terme. Les ombres s'allongeaient, un petit vent venant du lac poussait devant lui des effluves indéfinissables. Le bourdon de l'église semait au vent ses dernières notes quand Jean-Baptiste découvrit l'enseigne du Rouge Coq.

– Ah ! Revenaz ! Te voilà enfin ! Je te croyais mort ! lança un petit homme au visage rubicond qui se tenait campé sur le seuil.

– Mais c'est que monsieur est maintenant à la tête d'un vrai équipage : un mulet et une ordonnance… ajouta-t-il en grattant sa panse rebondie.

– Margairaz, je suis content de te revoir, répondit Gaspard en conduisant son mulet dans la cour intérieure de l'auberge. Je te présente Jean-Baptiste, mon neveu à qui je vais apprendre le métier, et puis Lexandre, le meilleur mulet du duché, je crois même qu'il sait lire la Bible, mais ne le répète pas sinon les Ministres de la ville haute seraient capables de me le garder.

Jean-Baptiste horrifié se signa, en pensant que ce propos vaudrait à son oncle quelques siècles de purgatoire supplémentaires.

– Entrez, j'ai pas grand monde ce soir, reprit l'aubergiste, on pourra discuter. Jean Gobet est déjà passé trois fois, il t'attend…

Gaspard coupa la parole du Genevois et s'adressa à Jean-Baptiste :

– Gamin, va t'occuper de Lexandre, tu lui poses son bât, tu le bouchonnes et tu l'installes à l'écurie.

Jean-Baptiste se leva sans broncher et sortit pour soigner le mulet. L'expression qu'il avait eu le temps de lire sur le visage de son oncle le préoccupait. Que voulait dire le ton cassant qu'avait employé Gaspard à son adresse ? L'adolescent réalisait que, tout compte fait, il ne connaissait pas grand-chose au tempérament de son oncle et qu'il lui faudrait de la patience pour apprendre à déchiffrer les réactions d'un personnage certainement fort différent de celui qu'il croyait connaître.

Visiblement satisfait des soins qui lui étaient prodigués, Lexandre tapa avec conviction du sabot sur le sol de sa loge.

Lorsque le jeune palefrenier regagna la salle d'auberge, la table était mise. L'hôtesse, une matrone courte sur pattes et au sourire édenté, venait de poser sur la table une soupe de pois. Gaspard était en grande discussion avec Margairaz et deux bateliers qui gagnaient leur vie à convoyer des cargaisons de pierres jusqu'au port de Genève. Jean-Baptiste se fit discret et une fois son repas avalé il gagna sa paillasse où il s'écroula comme une masse.

Au matin, l'agitation de l'auberge le tira de son sommeil, il constata que Gaspard était déjà debout et il descendit dans la salle d'auberge pensant le retrouver.

La femme Margairaz l'accueillit avec gentillesse :

– As-tu bien dormi, petit Savoyard ? Tiens un bol de lait, ça t'aidera à reprendre des forces. Ton oncle est loin depuis la pique du jour. Il a dit qu'il rentrerait tard. Ne crains pas de te morfondre en l'attendant. Ce matin tu donneras la main à Judith et Samuel pour griller des châtaignes. Après la relevée ces deux marauds t'emmèneront au port, t'as pas dû voir beaucoup de bateaux dans tes montagnes maudites !

Jean-Baptiste passa donc la matinée à décortiquer des châtaignes, se brûlant les doigts plus souvent qu'à son tour à la grande joie de Judith et Samuel, les enfants de l'aubergiste. Bien que seulement âgés d'une douzaine d'années, ces deux sacripants avaient la langue bien pendue. En moins d'une heure, avec force détails, ils expliquèrent au jeune migrant pourquoi il faisait fausse route en suivant l'enseignement du curé de son village. Jean-Baptiste apprit tout à trac que le purgatoire était une fadaise, les saintes reliques une escroquerie et la messe une mascarade. Il avait beau éclater en menaces à chaque révélation, rien n'arrêtait ces suppôts de l'Antéchrist qui tout en grillant des châtaignes s'appliquaient à accroître son tourment. Seigneur Dieu ! Se pouvait-il qu'à une grosse journée de marche de son clocher il y ait des gens mal pensants de la sorte, capables d'inventer une nouvelle langue pour parler au Bon Dieu ? Si le jeune migrant éprouvait une vive colère à l'encontre de ceux qui voulaient bousculer ses convictions, il fulminait aussi contre son oncle qui s'était bien gardé de le prévenir des idées funestes rampant dans cette cité.

Gaspard était loin de se douter que son neveu souffrait mille maux face aux attaques de deux enfants de la Réforme, tout occupé qu'il était par divers négoces. Il s'était d'abord rendu chez Jacob Bovier, un fabricant de lustres tenant commerce derrière la place de la Fusterie. Il lui avait proposé plus de cinq livres de cristaux de roche arrachés aux contreforts du glacier de Miage. La marchandise était de belle qualité, la rouerie de l'acheteur égalait celle du vendeur ; il n'en fallait pas plus pour que la tractation occupe une bonne part de la matinée. Le colporteur céda enfin son lot de quartz pour une somme qu'il jugea convenable et fila derechef chez un apothicaire de la rue des Peyroliers où il fit l'emplette de grains d'orviétan, diverses infusions de plantes vulnéraires et quelques mélanges de plantes narcotiques capables d'apaiser n'importe quelle douleur.

Ces achats écornèrent de belle manière le bénéfice retiré de la vente des cristaux, mais Revenaz trafiquait depuis assez longtemps pour avoir appris à connaître quels atouts il fallait avoir dans son jeu si on ne voulait pas que la camarde rafle la mise avec trop de facilité.

Gaspard prit le temps d'avaler un pâté chaud près de la Porte Neuve avant de prendre langue avec deux drapiers chez qui il s'approvisionnait depuis plusieurs saisons. Discuter encore et toujours; supputer l'accueil que feraient les paysannes de Saxe à cette serge de Londres ou à cette mousseline de Hollande; dénicher le tissu paré de toutes les qualités qu'il serait le seul à sortir de son bagage au milieu d'un public de vieilles commères. L'expérience avait enseigné au roulant combien cette escale genevoise était déterminante pour sa campagne à venir. Il lui fallait acheter avec clairvoyance même si cette année il misait sur un stock de dentelles de Megève pour se tailler un beau succès dans les fermes des plaines du Nord. À la fin de l'été, au soir de la foire de la Sainte-Croix, il en avait acheté pour trente florins sans barguigner. Une folie? L'avenir le lui dirait mais c'était moitié moins que ce que lui aurait coûté le même lot de dentelles de Lorraine.

Le trafiquant regagna la pension du Rouge Coq peu avant vêpres. Il trouva Jean-Baptiste la mine grave, assis sur la paille de l'écurie.

– Que fais-tu là, malotru, seul comme saint Antoine au désert ? questionna Gaspard.

– Je prie, répondit l'adolescent.

– Ça, c'est une saine occupation ! Nous en avons grand besoin mais on dirait que ces Pater te navrent jusqu'à l'os ! s'exclama Revenaz tout en flattant son mulet du plat de la main.

– Point tant, répondit Jean-Baptiste, mais voilà une journée que deux teigneux me traitent de papiste et d'idolâtre ! Je n'en peux plus ! Qu'ils me traitent de poltronneur, de flanquedouille ou de chiasseux, la chose ne me fera point saigner la cuirasse mais papiste ou idolâtre, je ne sais point ce qui se cache derrière ces mots et cela me gâte l'humeur !

Gaspard se frotta le menton en hochant doucement la tête. La journée avait été longue, il ne se sentait pas le courage de revêtir son habit de pédagogue pour expliquer à son neveu les arcanes de la Réforme. Il s'appliqua à minimiser l'incident :

– Au siècle dernier, les Genevois ont choisi d'emprunter d'autres chemins que ceux que nous suivons pour honorer Dieu, on ne va pas ce soir chercher à savoir s'ils ont tort ou raison. Quand nous aurons quitté Genève, en route, je tâcherai de t'expliquer ce que je sais de cette controverse pour que tu puisses y voir plus clair, mais…

Gaspard s'était interrompu ; un bruit de sabots inhabituel résonnait sur les pavés de la cour intérieure de l'auberge. Il entrebâilla la porte de l'écurie et discerna la présence d'un homme tenant par la bride un âne portant une charge de bois.

– C'est Jean Gobet, une connaissance, attends-moi ici, dit le colporteur en rejoignant le visiteur tardif.

Il n'y eut ni effusion, ni démonstration marquant la joie des retrouvailles. Les deux hommes échangèrent simplement quelques paroles en déchargeant le bois qu'ils empilèrent sous un appentis. Bientôt, Gaspard fut de retour à l'écurie, portant un paquet enveloppé dans une pièce de tissu. « Ce sont des livres », confia-t-il à Jean-Baptiste. Il dissimula le paquet sous la paille et ressortit bien vite pour retrouver Gobet. La discussion reprit toujours à mots feutrés avant que les deux hommes ne gagnent la salle d'auberge.

Jean-Baptiste ne savait ni lire ni écrire, le seul livre qu'il eût jamais approché, c'était un antiphonaire trônant dans le chœur de la vieille église de Saint-Gervais. L'arrivée impromptue de ces ouvrages dans sa vie plongea le gamin dans une grande perplexité. Il se demanda si les livres voyageaient toujours en catimini et s'il était nécessaire de les serrer dans une charge de bois pour les transporter. Allait-il apprendre à vendre des livres, lui qui ne savait même pas reconnaître le dessin de son nom ? Il faudrait bien que Gaspard lève sans tarder un coin du voile.

Il régnait dans l'écurie une bonne chaleur qui rappelait au jeune voyageur la soupente de la maison des Pratz. Il avait dans sa poche une poignée de châtaignes qu'il partagea avec Lexandre, puis creusant un nid dans la paille fraîche il se coucha sur le paquet mystérieux.

Il pensa à sa mère, à ses sœurs, se demandant si l'une d'entre elles savait ce qu'étaient un papiste et un idolâtre. « Tout compte fait, l'explication se trouve peut-être dans ces livres que je tiens bien au chaud », pensa-t-il. Définitivement rassuré, il s'endormit.

# CHAPITRE V
## Et la bise se leva…

Margairaz l'aubergiste du quartier Saint-Gervais ne pouvait commencer la journée d'un bon pied sans avoir fait son petit tour dans les rues basses. Au matin il aimait tâter le pouls de sa ville. La voir s'ébrouer, dégourdir un à un ses quartiers, lui procurait une joie simple mais intense. Palper cette vie s'écoulant de chaque immeuble le rassurait et le revigorait. Ce matin pourtant Genève se raidissait dans ses murailles. La bise s'était levée avec le jour. Léchant les remparts, la diablesse s'engouffrait par les portes et menait grande cavalcade du Bourg du Four jusqu'à la Fusterie, glaçant ceux et celles qui allaient faire provision d'eau à la fontaine du Molard. Margairaz gagna les rues basses où les échoppes s'ouvraient une à une. Cette bise avait du bon, elle lui dérouillait l'entendement. Grâce à elle, il aurait pu le jurer, il venait de décider du choix du fricot qu'il proposerait aujourd'hui à ses hôtes : ragoût et haricots. Il ne restait plus qu'à se mettre en quête de quelques bas morceaux de mouton et le tour serait joué...

Lorsqu'il arriva sur la place du Molard, une animation inhabituelle agitait l'endroit. Il flottait dans l'air une tension inaccoutumée pour ce moment de la

journée.

– Que se passe-t-il ? demanda-t-il à une femme repartant de la fontaine avec ses deux seaux.

– On vient de repêcher le corps d'un homme dans le port. Paraît qu'il a été assassiné, lâcha la Genevoise sans se retourner.

Margairaz se devait d'en savoir un peu plus. Si un aubergiste n'était pas capable de saisir au vol les nouvelles, petites ou grandes, qui éclataient comme des bulles au-dessus du terreau de la ville, qui allait le faire ?

Il descendit vers le port, tout émoustillé par l'événement. Sur le quai un attroupement lui signala bien vite l'endroit où il trouverait de quoi satisfaire sa curiosité morbide. Il joua un peu des épaules pour apercevoir le cadavre que trois sergents de ville avaient du mal à soustraire à la curiosité de la populace.

Ses jambes faillirent le trahir quand son regard rencontra le visage du malheureux : Jean Gobet ! Celui qui avait passé la soirée avec Gaspard au Rouge Coq, gisait là, sur le pavé. Sa gorge n'était qu'une longue estafilade mais la plaie lavée et relavée par les eaux du lac avait quelque chose d'irréel. Margairaz aspira une énorme goulée d'air et fouilla jusqu'au tréfonds de lui-même afin d'y trouver une lichette de sang-froid, capable de maîtriser son corps qui souhaitait se carapater au plus vite. Tant bien que mal son visage continua à afficher une indifférence de bon aloi. En pure perte, il tenta de trouver un compère pouvant lui apporter quelques détails sur les circonstances du drame. Quelque peu déçu, il se décida à remonter vers la place du Molard, passant d'un étal à l'autre avec toujours l'espoir de trouver une pièce de mouton à sa convenance. Cette fois, il avait envie de courir sur ses mauvaises jambes, de rentrer au triple galop pour que ce maudit Savoyard l'aide à réfléchir. Son cœur battait la générale, ses poumons appelaient à l'aide et voilà qu'un vieux mal de dent se réveillait et lui emportait la mâchoire. Les caresses acidulées de la bise n'arrangeaient rien. Il se dit que face à la même situation, son grand-père n'aurait fait qu'un saut à Saint-Gervais pour y prier sainte Apolline, voire pour y faire brûler un cierge de deux sols; mais depuis longtemps les Ministres avaient jeté les statues aux orties, laissant les uns avec leur mal de dent et les autres avec leur fièvre quarte… Margairaz, l'humeur en fagot d'épines, rentra en maudissant la terre entière.

Pernette, sa femme, qui s'activait à soigner son feu mis à mal par les attaques de la bise, comprit bien vite que quelque chose n'allait pas.

– Où est Revenaz ? bougonna l'aubergiste. Il a le feu au manteau, il faut qu'il prenne ses cliques et ses claques au plus vite si nous ne voulons pas finir nos jours au gibet de Plainpalais.

– Que me chantes-tu là, buvetier ! répondit la femme Margairaz, reprends ton souffle et arrange tes idées pour les rendre présentables, on dirait que la bise t'est rentrée par l'oreille et qu'elle t'a chahuté le cerveau !

Elle n'eut pas le temps de réaliser ce qui lui arrivait, son homme l'avait empoignée et la secouait avec un bel entrain, accompagné par le concert donné par trois chaudrons qui valsaient dans la salle de l'auberge.

– Écoute ce que je vais te dire, oiseau de malheur ! vociféra Margairaz. Jean Gobet, celui qui m'a livré le bois hier soir, celui qui depuis une semaine nous tannait le cuir pour savoir si Revenaz arrivait bientôt, celui qui copain comme cochon avec ce saint Jean Bouche d'or de Savoyard vida je ne sais combien de flacons avec lui ici même, eh bien cette nuit on l'a trucidé proprement. D'un délicat coup de poignard on lui a tranché la gorge pour qu'il respire avec plus de facilité, et puisqu'il n'avait plus besoin de ses poumons on l'a jeté dans le lac pour voir si des ouïes lui avaient poussé ! Et je peux te dire que ce n'est pas un débutant qui l'a envoyé ad patres, un de ces apprentis en école de mauvaiseté qui s'essayent sur le promeneur égaré. Non, je l'ai vue, l'estafilade : de la belle ouvrage, du cousu main. Celui qui a estourbi Gobet a de la pratique, un écorcheur de première ! Bon, où est ce damné Revenaz ? Je compte sur lui pour éclairer notre quinquet, ajouta le gargotier, s'apercevant soudain qu'il n'avait plus mal aux dents.

– Il est parti depuis un bon moment avec son mulet. Il n'a pas emmené le gamin avec lui. Va savoir si on le reverra avant ce soir… Ces colporteurs, c'est mystère et j't'embrouille… un sourire à quatre dents, une parole de vraie pour trois onces de mensonge, tous les mêmes… ils vendraient des parcelles de purgatoire aux Ministres de Calvin.

– Arrête de bagouler, tonneau de harengs ! Aide-moi plutôt à trouver ce qu'on va dire, si d'ici peu une poignée d'argousins viennent nous caresser le museau avec leurs mousquets afin de savoir si on n'aurait pas partagé l'omelette avec Gobet.

Alors que les époux Margairaz tentaient d'échafauder un système de défense imparable, Jean-Baptiste se trouvait sur le port. Il avait réussi à fausser compagnie à Judith et Samuel qui dès la pique du jour avaient assommé le jeune Saint-Gervolain de remarques venimeuses sur les papistes, allant même jusqu'à appeler à l'aide le Dieu des tempêtes pour occire sur le champ le jeune Savoyard.

Venant d'une vallée où ce vent glacé ne tentait que de rares incursions, l'adolescent n'avait pas l'expérience de ces redoutables journées où, sans relâche, la bise lacère, gifle ou égratigne tout ce qu'elle rencontre comme pour donner à chacun un avant-goût des affres de la nuit éternelle. Il avait cherché longtemps comment se protéger des assauts de cette bougresse, mais ni les vastes porches ni les recoins nauséabonds de la cité ne lui étaient apparus comme des boucliers efficaces. Par chance, la Providence venait de mettre sur la route de Jean-Baptiste une pile de poutres en attente d'embarquement. Il eut tôt fait de se rencogner à l'abri de ce rempart providentiel d'où il était aux premières loges pour profiter du spectacle offert par le port. Les eaux du lac moutonnaient et clapotaient avec force contre la jetée. Il semblait à notre spectateur que le lac respirait de plus en plus fort, maîtrisant avec peine une rude bouffée de colère. Les embarcations genevoises, plus timorées que leurs sœurs des mers du ponant, restaient sagement à attendre que le courroux des eaux s'apaise pour reprendre leur course. Aussi, en ce matin, l'animation des berges du lac était quelque peu souffreteuse, ramassée autour de deux barcasses au ventre lourd de blocs de pierres promis à la construction des fortifications de la ville. Une poignée de gaillards s'activait à leur déchargement et cette effervescence à elle seule suffisait à nourrir la curiosité de Jean-Baptiste. La grue de bois captivait l'attention du gamin. Pour un peu, il aurait couru aider les deux hommes enfermés à l'intérieur d'un cylindre de bois, qui tels des Sisyphes, ahanaient à faire tourner leur prison autour de laquelle s'enroulait lentement la corde liée à une impressionnante mâchoire de métal emprisonnant un bloc de pierre blonde. La flèche de grue grinçait d'une manière sinistre. La poulie gémissait à chaque mouvement de corde. Lentement le bloc s'élevait au-dessus de la cale de la barcasse. Deux autres journaliers se préparaient à faire osciller la machine pour déposer la roche sur un lourd chariot dont l'attelage, composé de trois paires de bœufs, attendait placidement les ordres du bouvier.

L'apprenti colporteur n'avait pas assez de ses deux yeux ni de ses deux oreilles pour faire son miel du spectacle que lui offrait le ventre de Genève. Fasciné, ébahi, il était pris de vertige en réalisant qu'en quelques heures, il venait de découvrir plus de choses nouvelles, de croiser plus de visages inconnus que pendant tout le temps qu'il avait déjà passé sur cette pauvre terre. Pourtant sa curiosité était loin d'être repue. Il aurait voulu suivre l'attelage de bœufs qui partait vers le chantier des Bastions et là-bas se fondre dans la société des carriers, des tailleurs de pierres pour rafler quelques miettes de leur savoir-faire. Il aurait aussi voulu pousser la porte d'un de ces énormes moulins installés sur le Rhône, afin de découvrir quels mécanismes inquiétants pouvaient produire ces bruits sourds, faisant trembler le pavé avec la régularité d'un métronome. Il lui suffisait de quelques pas dans une de ces rues grouillantes pour qu'aussitôt une kyrielle d'interrogations nouvelles traverse son esprit. Quel pouvait bien être le goût des poissons que l'on vendait sur cet étal ? De quoi pouvaient bien s'entretenir ces deux vieillards tout vêtus de velours noir, croisés aux abords de la place du Molard ? Et de quel étrange pays pouvaient bien provenir ces éponges qu'il n'avait jamais vues jusqu'ici ? Par quel mystère pouvaient-elles se gorger d'eau à volonté quand une pierre ou un morceau de bois en étaient incapables ?

La grosse cloche de Saint-Pierre qui venait de se mettre en branle le tira de sa rêverie, elle lui rappela la cloche de son village natal quitté voici déjà trois jours. Avant de la retrouver, cette cloche qui l'accompagnerait du berceau à la tombe, il se dit qu'il en entendrait des dizaines d'autres, îlots de bon secours dans un monde inconnu empli de vouivres et de créatures démoniaques où il lui faudrait nager et nager encore en évitant d'être entraîné vers les grands fonds. Il se mit à prier saint Roch, celui qu'il appelait invariablement dans les moments de crainte ou d'angoisse jalonnant sa vie.

Tout en récitant sa prière, il sentit sa gorge se serrer. L'image de ceux qu'il avait laissés à Saint-Gervais bâtissait son nid dans un coin de sa tête, il lui fallait dissiper cette émotion qui le gagnait imperceptiblement ; aussi décida-t-il de reprendre sa marche et de rentrer à l'auberge du Rouge Coq.

Jean-Baptiste continua un bon moment encore ses pérégrinations dans les rues basses de Genève sans se soucier outre mesure des récriminations de son estomac. La bise mordante poursuivait sa chevauchée. Plus on approchait des ponts sur le Rhône donnant accès au quartier Saint-Gervais, plus la diablesse faisait preuve d'arrogance. Transi, le jeune Savoyard se décida à presser le pas pour gagner au plus vite son port d'attache. Soudain une voix connue l'obligea à se retourner :

– Mais je le connais, ce drôle ! M'est avis que je l'ai déjà rencontré une paire de fois du côté des Pratz, rière la paroisse de Saint-Gervais dans le mandement de Montjoie !

Gaspard rentrait lui aussi, suivi du fidèle Lexandre toujours aussi peu impressionné par l'agitation ambiante.

– Bonne nouvelle, malotru, ajouta le colporteur, j'ai bouclé mes achats. Comme tu me vois, je reviens de chez un drapier des Eaux Vives où j'ai négocié au mieux un rouleau de serge qui devrait séduire plus d'une des sujettes de l'Électeur palatin. Avant, j'étais passé au Pré de l'Évêque chez Melchior Ranne pour y acheter de la belle ratine dont sont friands les vieux notables saxons.

– Alors, on se met en route demain matin ? questionna l'adolescent impatient.

– Tout doux, mon beau ! reprit Gaspard. Comme on dit chez nous, il y a encore des jours derrière les montagnes ! Demain on réglera toutes nos affaires, je te montrerai comment bien charger le mulet, et puis on tâchera de te trouver deux paires de bas et une veste convenable. Après on verra ce que le Bon Dieu nous conseille. En attendant on va retrouver Margairaz ; une assiette de soupe ne nous fera pas de mal… D'ici là raconte-moi où tes pas t'ont conduit…

Jean-Baptiste ne se fit pas prier tellement fier d'avoir pu découvrir quelques facettes de Genève sans être chaperonné par Judith et Samuel. Gaspard l'écoutait avec bienveillance, flatté de se rendre compte que son neveu avait la tête assez près du bonnet et qu'il ne se jetterait pas tête baissée dans toutes les chausse-trappes que tout colporteur devait éviter s'il voulait avoir une chance de devenir vieux.

Dès qu'ils eurent passé la porte du Rouge Coq, Margairaz abandonna sa souillarde où il rinçait quelques gobelets et sautillant comme un dindon affolé il vint se planter devant les arrivants :

– Revenaz ! Revenaz ! Sais-tu la nouvelle ? Gobet… couic, un billet de retour pour la maison du Père Éternel ! Estourbi… Couic.

Jean-Baptiste n'aurait rien compris sans les mimiques du cabaretier, qui avait depuis la fin de matinée joué la scène de l'assassinat une bonne dizaine de fois.

– Ah, laissa échapper Gaspard avec une totale indifférence. S'asseyant il ajouta d'une voix neutre : « Sers-nous une écuelle de soupe, ça nous réchauffera. »

– C'est tout ce que tu trouves à dire ! glapit l'aubergiste. Me prends pas pour un dépendeur d'andouilles avec trois cailloux à la place du cerveau. Tu vas éclairer ma lanterne, je ne veux pas que les corbeaux de Plainpalais me picorent les yeux pour leur réveillon ! Le sergent de la garde était assis à ta place il y a peu et il voudrait bien que je l'aide…

Le colporteur venait de planter son regard dans les yeux porcins de Margairaz, sa voix très calme prit une coloration métallique :

– Écoute-moi bien, mon gaillard ; il te faut reprendre tes esprits au plus vite sinon tu vas souiller tes braies tant la peur te malmène la tripaille. Hier Gobet t'a livré une demi-corde de bois, c'est entendu, je l'ai aidé à la décharger car je suis un bon chrétien ; nous avons vidé quelques flacons parce que j'aime le commerce des hommes et que je n'ai pas le cœur serré comme un cul de poule. As-tu entendu que nous nous disputions ? Serais-tu prêt à conter au sergent que nous nous cherchions querelle ?

– Non, bien sûr, répondit Margairaz qui retrouvait un peu de son calme. Mais alors, dis-moi pourquoi Gobet semblait si pressé de te voir.

– Pour ça ! cria Gaspard en ouvrant brusquement sa chemise et en jetant sur la table un sachet contenant de l'herbe à bouquetin. Cette herbe est une médecine que l'on trouve dans les montagnes de par chez nous. Au printemps dernier en rentrant des Allemagnes, ici même j'avais rencontré Gobet, je lui en avais promis une poignée. Chose promise...

Puis il reprit :

– Sur l'heure je vais aller voir ton sergent, je vais lui raconter la même chose que ce que je viens de te dire car je n'ai rien à craindre de la justice des hommes, ni à Genève, ni en Savoie ni dans les pays d'Allemagne où je trafique depuis des lustres. Je ne crains que la justice de Dieu mais je ne dois pas être le seul, tu crois pas ?

Margairaz à petits pas de dindon venait de repartir ver sa cuisine d'où il ramena deux écuelles de soupe.

D'un air bonhomme, Gaspard ajouta :

– Je me suis un peu emporté, excuse-moi, aubergiste, mais sois rassuré, tu ne crains rien, ni pour toi, ni pour ton auberge, ni pour les tiens. Il y a des années que je fais étape chez toi à l'aller ou au retour de mes campagnes ; on s'est toujours bien entendu et c'est pas cette année que les choses vont changer. Apporte un flacon et deux gobelets.

Gaspard garda la direction des opérations, sa soupe promptement avalée il vida cul sec deux gobelets de vin et il mit à exécution le projet qui lui tenait à cœur : rendre visite au sergent.

Comme il l'avait affirmé à Margairaz, il récita son histoire avec une conviction patinée par la longue pratique du métier de colporteur. Quand arriva le couplet sur l'herbe à bouquetin, Gaspard mit beaucoup de conviction à vanter les mérites de cette médication et à exalter son effet aphrodisiaque. L'exposé ne laissa pas indifférent le représentant de l'ordre. Le Savoyard joua avec son auditeur comme un pêcheur le fait avec sa prise. Il le fatigua, l'enjôla si bien qu'en moins de temps qu'il ne faut pour dire une petite messe, le sergent avait écarté Gobet de ses préoccupations pour tout savoir de la cueillette de l'herbe magique, de la confection de sa liqueur et du bon usage de celle-ci. Le temps encore de dire trois Ave, et Gaspard glissait discrètement au sous-officier un sachet garni de genépi.

Le colporteur regagna le Rouge Coq avec des gestes d'automate. Son cerveau vidé, son corps laminé, n'aspiraient qu'à plonger au plus vite dans un océan de sommeil lustral. Il traversa la salle d'auberge sans un mot, grimpa à l'étage d'un pas lourd et s'effondra sur sa paillasse.

Jean-Baptiste ne posa aucune question, il gagna l'écurie pour bouchonner Lexandre et lui donner sa ration. Pétrie d'odeurs animales, la chaleur à nulle autre pareille qui suintait de partout, procura une bouffée de bien-être à l'adolescent. Tous ces effluves qui montaient du foin, de la paille, du pissat ou du crottin de mulet s'additionnaient pour tresser ce lien ténu, qui, au cœur de la ville, amarrait le petit voyageur au monde qui l'avait vu grandir. La maigre lumière diffusée par une petite lampe à huile ne lui permit pas de fairel'inventaire des marchandises acquises par son oncle. Il se contenta de caresser quelques étoffes et de palper divers paquets de mercerie. Cet examen ne lui procurait aucune émotion particulière ; le seul paquet digne d'intérêt à ses yeux dormait sous la paille à portée de sa main. Il ne voulait pas croire que les livres qu'il contenait puissent avoir un rapport quelconque avec la mort de Gobet, et pourtant... le doute gîtait en lui. Il avait beau essayer de l'enfumer avec toute sa candeur, il ne réussissait pas à le déloger. Cette nuit-là, Jean-Baptiste ne connut qu'un sommeil fragile comme le givre, peuplé de mille démons.

Le lendemain la bise était tombée, cédant la place à la pluie d'automne légère comme une mélodie enfantine. Gaspard décida de consacrer cette journée aux ultimes préparatifs de son équipée.

– Avant toute chose il me faut ce matin commencer ton éducation d'apprenti colporteur, lança-t-il d'une voix sentencieuse, dès que le jour pointa le bout de son nez.

Rapidement, le fond de l'écurie prit l'allure d'une échoppe à l'image de celles des meilleurs quartiers de la cité genevoise. Des tissus aux couleurs variées jonchaient la paille, d'autres étoffes pendaient sur une corde tendue entre deux poutres. Gaspard jubilait. Il passait de l'un à l'autre avec à chaque fois un commentaire destiné à instruire son neveu :

– Là, regarde ! de la serge de Liège... légère à souhait pour mettre en valeur la douceur d'une épaule de pucelle ! Et ce drap acheté aux Eaux Vives ! Le bourgeois qui le portera, le gardera jusqu'au jour du grand voyage... à moins qu'il n'ait pris trop de panse à user les bancs des auberges et des tavernes !

La femme Margairaz s'était campée dans la porte de l'écurie, trop heureuse d'assister à la représentation. Gaspard la tenait à distance. Pas question que ses mains douteuses n'aillent tripoter des étoffes, encore moins que la commère ne s'avise de se draper dans un velours ras pour oublier un instant son quotidien sans attrait.

– Tu sais bien, la mère, que le consistoire de votre religion interdit ces affiquets ! claironna le colporteur, mais console-toi… Sais-tu ce qu'on dit dans le royaume du roi Louis ? Robe de foin, ventre de velours !

La gargotière dépourvue de malice éclata d'un rire qui illumina sa trogne de pomme ridée. Jean-Baptiste quant à lui ne perdait pas une miette de la bonne humeur ambiante ; pourtant il lui fallut vite déchanter quand son mentor le questionna :

– Allons, voyons mon élève… Qu'est-ce que je te montre ici ? Je te l'ai dit de long en large, il n'y a pas le temps d'un sablier…

Le gamin restait d'un mutisme digne d'un anachorète, ce qui ne manqua pas de déclencher l'ire de son parent :

– Espèce de grand décroche-bacon ! Tu n'imagines pas qu'il va te suffire de mettre tes pas dans les miens en attendant de voir revenir les beaux jours. Si tu as l'esprit enchiffonné au point de ne rien digérer de mes leçons, je vais te bâter sur l'heure et je m'évertuerai à faire bénéficier Lexandre de mon savoir…

– Un moment, mon oncle, s'insurgea le gamin, as-tu la souvenance de ton premier départ avec Simon Roux ? Est-ce que dans l'espace qui sépare deux dimanches tu savais reconnaître les mille choses qu'il transportait dans sa balle ? Laisse-moi le temps de ruminer toute cette nouveauté si tu ne veux pas que ma tête ne gonfle et n'éclate…

Gaspard se frotta la joue en essayant d'enrayer le petit sourire qui lui tirait les lèvres :

– À la bonne heure ! Mon associé a la langue fort déliée et quand son entendement aura reçu l'onction de saint Christophe, il lui sera facile de distinguer la serge de Liège de celle de Lorraine ! Dieu fasse que ma prière soit entendue…

La journée passa à grande allure. Gaspard décidait et aussitôt les gestes, les allées et venues s'enchaînaient. Avec une rigueur où se lisait la longue habitude du métier de roulant il exposa à Jean-Baptiste l'art d'arranger la charge sur le bât. Il veilla à ce que tout soit équilibré afin que le mulet ne souffre pas. Cette opération demanda beaucoup de réflexion et bien des tâtonnements. L'apprenti colporteur se tenait prêt à apporter son concours ; parfois il osait une suggestion, essayant de mémoriser la place dévolue à chaque parcelle du négoce ambulant.

– Je ne t'ai pas vu ranger les livres, tu ne les as pas oubliés au moins ? hasarda le jeune Saint-Gervolain qui s'aperçut immédiatement que cette question était fort malvenue.

Son oncle venait de lui décocher un regard mortifiant comme si cette question anodine cachait un blasphème prometteur de flammes éternelles.

Jean-Baptiste baissa les yeux et fit de son mieux pour faire glisser au plus vite son propos malheureux aux oubliettes. L'arrivée de Margairaz venant s'enquérir de l'état d'avancement des préparatifs fit diversion.

– On est toujours là, mon brave ! Tu n'imagines pas que nous quittions ton auberge à la cloche de bois, s'exclama Revenaz. Je n'ai plus l'âge de finasser pour épargner quelques sols à ma bourse ! Elle en aurait pourtant grand besoin... Si je t'annonçais la somme qu'il m'a fallu engager pour payer cette marchandise, tu me prendrais pour un fou.

– Bah, répondit le buvetier, je te connais depuis assez longtemps pour t'avoir vu grimper quatre à quatre les échelons du négoce. Je ne vais pas pleurer aujourd'hui toutes les larmes de mon corps pour te plaindre... Si tu engages une grosse somme, c'est que tu as l'espoir que comme une bonne truie, elle te donne une belle portée de petits cochons !

Cette remarque suscita une franche gaieté sous les voûtes de l'écurie. Satisfait de son bon mot, Margairaz reprit :

– Gaspard, avant que tu te mettes en route, il faut m'expliquer quelque chose...

Pourquoi que ton mulet s'appelle Lexandre ? ça me tracasse...

– Tout simple, répondit le colporteur. Celui qui me l'a vendu l'été dernier lui avait donné ce nom. Paraît qu'il y a longtemps, dans un pays dont je n'ai pas retenu le nom, il y avait un roi qui s'appelait Alexandre et qui adorait les chevaux. Mon vendeur avait appris à lire en déchiffrant la vie de cet illustre monarque et depuis il appelait tous ses mulets Lexandre. Moi j'ai rien voulu changer.

– Ah... ah... lâcha l'aubergiste comme englué dans une intense réflexion. Puis il ajouta : « Tu vois, à mon goût, ça fait trop original... »

– Foin de tes doctes réflexions, l'ami ! Ne va pas te tourner les sangs pour choisir le nouveau nom de baptême de mon mulet ! Ton auberge s'appelle bien le Rouge Coq et jamais je n'y ai mangé de cette volaille en quinze ans... Allez ! à tes gamelles ! Laisse-moi finir de préparer mon fourniment !

L'étape genevoise arrivait à son terme, Jean-Baptiste pria longtemps pour remercier la Vierge de l'avoir protégé jusque-là. Pour la première fois de sa vie il venait de passer plusieurs jours dans une cité dont la taille et la diversité dépassaient tout ce qu'il aurait pu imaginer. Cette immersion, il l'avait vécue comme la première épreuve d'une longue série devant le conduire aux portes d'un monde nouveau : le monde des roulants, des trafiquants ; ces aventuriers assez hardis pour oser abandonner l'univers sécurisant de leur paroisse. Revoyant défiler dans sa tête la foule d'expériences inhabituelles vécues en quelques tours d'horloge, il pensait qu'il y aurait bien d'autres épreuves redoutables sur sa route. Il les acceptait par avance avec fatalisme. Ce bref séjour genevois ne lui laissait qu'un seul regret : ne pas avoir franchi la porte d'un temple afin de découvrir comment les protestants pouvaient bien s'y prendre pour prier Dieu.

# CHAPITRE VI
## Rencontres

Une série de hennissements vigoureux avertit les quelques paysans occupés dans les vignes dominant la route reliant Genève à Lausanne, de l'arrivée d'un équipage. Au pas des chevaux, au bruit des essieux, ils comprirent que ce n'était ni une voiture de remise ni le carrosse d'un hobereau du voisinage. Abandonnant leur fossoir, ils s'octroyèrent un petit répit pour regarder à loisir le bel attelage de quatre comtoises qui s'approchait, conduisant vers Lausanne, ou plus loin encore, trois barriques ventrues pleines jusqu'à la bonde d'un nectar inaccessible. Les cavales semblaient prendre plaisir à avancer de concert. À voir la complicité qui les liait dans l'effort, on comprenait sans détour qu'elles avaient passé de longues années côte à côte sur le trimard.

– On est bientôt à Morges, dit le charretier, c'est là que nos routes se séparent, Savoyard !

– Dommage, t'es un bon compagnon… Avec toi la route paraît moins longue… répondit

Gaspard. Si je devais pas passer par Besançon, on aurait fait route ensemble jusqu'à Murten.

La veille, le colporteur avait rattrapé le charroi transportant les fûts au sortir de Genève et grâce à son entregent, il n'avait pas mis longtemps à se lier avec Jean Berthoud, charretier de son état, au service d'un bourgeois vaudois depuis une paire d'années. Dès lors, Lexandre avait calqué son pas sur celui des comtoises sous l'œil bienveillant de Jean-Baptiste qui fermait la marche. En ce premier jour, le roulier et Gaspard avaient choisi de faire halte à Rolle ; l'étape n'avait rien eu d'un chemin de croix ni pour les bêtes ni pour les hommes. Le petit Savoyard avait ainsi pris le temps de faire son miel des mille petits riens qu'il picorait au long de cette odyssée dans la campagne bucolique s'étirant entre lac et Jura.

La matinée avait été cotonneuse, un brouillard aux plis saturés d'odeurs de vase remontant du lac emmaillotait toute la campagne. La marche s'était déroulée dans une atmosphère irréelle et intemporelle. De cette expérience, Jean-Baptiste avait retiré une certitude : le lieu où il passerait ses années de purgatoire serait sûrement une contrée baignée par ce même brouillard. En fin de matinée, avec des mines empruntées et des coquetteries irritantes, l'épaisse brume s'était dissoute et d'un coup Jean-Baptiste avait découvert un pays beau comme la Jérusalem Céleste. L'automne embrasait les feuillages. Sur l'échiquier d'une campagne cossue les gros bourgs, les demeures bourgeoises tenaient lieu de pièces de jeu, et à tout moment on s'attendait à voir une main de géant s'en saisir pour les faire manœuvrer.

Et puis il y avait ce lac, cette immense nappe de douceur seulement rayée pour un moment par le sillage de quelques barques. Sa présence avait à coup sûr une action émolliente sur le comportement des voyageurs : elle rabotait toute rudesse dans leurs propos et donnait à leur pas une indolence particulière.

– Petit ! s'était écrié le charretier peu après Nyon, tu vois ces montagnes, de l'autre côté de l'eau ? Ce sont les montagnes de Savoie. Je suis sûr qu'en cherchant bien on trouverait celles qui t'ont vu naître. Garde bien leur image dans ton cœur car tu ne les reverras pas avant longtemps…

À l'écoute de ce présage, Jean-Baptiste avait senti son cœur se serrer. Si à ce moment précis une fée lui avait prêté des ailes pour une paire d'heures, il n'aurait pas hésité et se serait mis à voler au-dessus de ce lac malgré l'appréhension que suscitait en lui la présence de toute cette eau. Il aurait volé jusqu'à ce que ses poumons soient en feu pour gagner au plus vite ces monts encapuchonnés de neige où se nichait sa ferme des Pratz, pleine de la douceur du regard de sa mère et de la chaleur de ses brebis. Hélas ! les fées n'avaient pas été au rendez-vous et l'apprenti colporteur profita des quelques lieues le séparant de Rolle pour prendre auprès de Lexandre les leçons de placidité indispensables à une meilleure acceptation de son sort.

Ils avaient fait étape dans un caravansérail situé à un jet de pierres d'un château bâti si près de la rive, qu'il pouvait satisfaire sa coquetterie en se mirant sans répit dans les eaux du lac. Une bande de pèlerins lyonnais en route pour l'abbaye de Saint-Maurice-d'Agaune avait mené grand tapage jusqu'à une heure avancée de la nuit, mais la paille avait été bonne et la soupe réparatrice…

Au fil des jours Gaspard retrouvait avec satisfaction le rythme imposé par la route. Levé bien avant que le jour ne soit là, sans un mot, avec des gestes qui semblaient caresser le silence il avait soigné le mulet, préparé la charge et vérifié chaque détail de son équipage. Jean-Baptiste observait encore et toujours, sachant que bientôt il aurait sa part de ces tâches fastidieuses mais indispensables au bon déroulement de l'étape.

Berthoud le charretier était fait du même bois et de son côté il avait agi de même avec son précieux chargement et son bel attelage.

Ce matin encore le brouillard suintait des quatre horizons, obligeant la petite escouade à tailler sa route dans la nuit laiteuse. Une aube grisâtre pleine de nonchalance avait fini par écarter les ténèbres. Chacun avançait sans mot dire, replié sur ses pensées.

Soudain le charretier avait arrêté son attelage et il était resté un long moment l'oreille aux aguets :

– T'as entendu, Savoyard ? On aurait dit que quelqu'un appelait à l'aide…

Gaspard avait alors huché avec conviction et bien vite une voix lointaine lui avait répondu :

– Ohé ! de la route, attendez-moi ! j'ai perdu mon chemin dans cette maudite brume ! Par saint Christophe, aidez-moi à me retrouver !

Après force sifflets et autres cris de ralliement, les trois associés d'un jour virent déboucher sur la route un homme long comme un jour sans pain, portant une hotte sur le dos. Il pouvait avoir une trentaine d'années et son visage glabre paraissait raviné par un reste de fièvre.

– Mais tu serais pas colporteur comme nous ? interrogea Gaspard en le dévisageant.

– Que nenni ! Je m'appelle Guillaume Coppel de la paroisse de la Côte-d'Arboz en Chablais. J'ai perdu ma femme et mes cinq enfants dans l'incendie de ma maison le mois dernier. Tout ce qui me reste est dans cette hotte et je m'en vas vers un pays qu'on appelle l'Alsace ; paraît que le roi Louis y donne des terres à ceux qui sont bons catholiques...

– Et qu'est-ce que tu faisais de si bonne heure perdu dans la campagne vaudoise ? questionna à son tour Jean Berthoud.

– Tu sais, j'avais jamais quitté mon village jusqu'à avant-hier... J'ai traversé en bateau jusqu'à Nyon, après j'ai marché... marché... J'ai dormi un moment le long d'une haie et puis le froid m'a réveillé alors je suis reparti mais avec la nuit et le brouillard...

– Allez, t'as pas l'air d'un mauvais bougre, dit Gaspard, on peut faire route ensemble jusqu'à Besançon, ça sera toujours ça...

Le brouillard avait fini par rendre grâce, découvrant les croupes roussâtres contre lesquelles s'adossait la vallée de l'Orbe. Gaspard et ses acolytes avaient laissé filer Berthoud vers l'est tandis qu'eux remontaient vers le nord. Les vignes qui se refusaient à s'aventurer dans ce paysage austère laissèrent partir les Savoyards en direction des contreforts du Jura.

– On va faire étape à Romainmôtier, j'y connais une grange où nous pourrons passer la nuit, avertit Revenaz.

– Là ou ailleurs je te fais confiance, acquiesça Coppel, béni soit Dieu qui t'a placé sur ma route.

Jean-Baptiste avait eu tout loisir pour détailler l'allure de ce bloc de misère qui les accompagnait. Quelques épaisseurs de haillons couvraient son corps chétif, et ces lambeaux d'étoffe qui s'agitaient à chacun de ses pas lui donnaient une allure de rapace malade. Il puait encore plus qu'un bouc et en le voyant ployer sous le poids de sa hotte on aurait cru rencontrer le Christ le jour de sa Passion. Avec détachement Gaspard soupesa l'avenir de leur compagnon : il eut bien vite la conviction que ce croquant ne reverrait jamais son village pas plus qu'il n'atteindrait l'Alsace. Discrète et patiente, la grande Faucheuse le suivait à la trace.

Des cohortes d'ombres violettes messagères de la nuit glissaient des montagnes voisines quand les roulants débouchèrent au-dessus de l'abbaye de Romainmôtier. Sa découverte émerveilla Jean-Baptiste ; même l'église du Chapitre de Sallanches n'avait pas aussi fière allure que cette fille de Cluny. Il s'attendait à entendre s'élever au-dessus du vallon les chants accompagnant vêpres. Rien. Seul un silence dérangeant enveloppait l'abbaye et ses dépendances.

– Ici, il n'y a plus de moines depuis fort longtemps... expliqua Revenaz. Le jour où les Protestants ont imposé leurs idées, abbé, novices et convers ont dû faire leur bagage... Dommage pour nous, une abbaye c'est toujours bon pour le voyageur... regretta-t-il.

Ils traversèrent le bourg en gradins dominant l'abbaye, et, un peu à l'écart du chemin remontant la vallée, ils trouvèrent une grange à la carcasse pleine de rhumatismes qui résistait tant bien que mal aux hivers du haut pays. Elle faisait le plus souvent office de bergerie, mais à l'occasion on l'utilisait aussi pour entreposer quelques outils et diverses pièces de bois qui séchaient là en toute quiétude.

– On sera ici à l'abri de la gelée blanche et de l'humidité de la nuit... dit Gaspard en déchargeant son mulet.

Jean-Baptiste n'était pas mécontent d'arriver au terme de cette étape ; chacun de ses mouvements était empreint d'une lourdeur inhabituelle et une grande lassitude ternissait son visage d'adolescent. Pour une tasse de lait chaud il eût trouvé la force de chanter laudes et complies, mais il savait bien que ce soir, il n'aurait pour toute pitance qu'un morceau de lard et quelques noix. Les trois voyageurs flairèrent sans attendre un petit territoire et chacun eut tôt fait de pousser la porte de la nuit pour basculer dans un sommeil dépourvu de rêves.

Un long braiment catapulta Gaspard dans la réalité. Le froid qui rampait dans la grange signalait que le jour n'était pas loin. En quelques secondes l'œil du colporteur s'habitua à la pénombre ambiante et bientôt il put déchiffrer chaque détail de son environnement. Coppel n'était plus là, sa hotte non plus. D'un bond Gaspard s'était levé. Sous son crâne, son cerveau s'était mis à galoper comme un poulain dans le mois d'avril : en un éclair tout était devenu limpide : le compère avait joué les filles de l'air ! Un coup d'œil vers les paquets qui composaient son négoce lui suffit pour comprendre que le gueux n'était pas parti les mains vides. Deux bonds encore et Revenaz était dehors, plongeant dans l'avant-jour grisâtre avec des gestes de chasseur. Il ne fut pas long à trouver ce qu'il cherchait : la trace laissée par le maraud se lisait dans l'herbe de la prairie. Elle remontait vers une lisière de chênes. « Faut jamais « châler » l'herbe quand on veut se faire oublier… » constata-t-il.

Dans ce matin d'automne ordinaire, l'homme qui traquait un de ses semblables dans une prairie du pays de Vaud se mua en un félin souple et rapide prêt à fondre sur sa proie.

Coppel, handicapé par le poids de sa hotte, n'avançait pas assez vite. Il avait le regard fixé sur le petit bois où il pensait trouver son salut. Il cherchait au tréfonds de sa carcasse les miettes d'énergie qui lui permettraient d'atteindre la chênaie au plus vite. Déjà il sentait quelques glands rouler sous son pas… Trop obnubilé par le souci de fuir, il n'entendit pas arriver le colporteur, qui, mettant à profit la pente du champ, le saisit à la cheville et le fit basculer sur le sol où il tomba à plat ventre. Le pauvre hère tenta une esquive mais il n'était pas de taille à lutter. Gaspard venait de l'immobiliser en s'agenouillant sur son bras gauche tandis que d'une main il écartait l'autre bras de Coppel. À bout de souffle le fuyard éructait des mots informes exprimant peut-être la haine ou la peur. Revenaz maîtrisait la situation avec détachement. Sa main gauche restait libre, elle glissa le long de sa jambe et saisit le coutelas qui ne quittait jamais sa botte.

– J'ai tout de suite pensé en voyant ta face de carême que tu n'arriverais pas en Alsace… Remarque, il y a des coins plus vilains en notre bas monde pour dire au revoir à l'existence…

Tout alla très vite… D'une main Gaspard bâillonna la bouche de Coppel et de l'autre il lui trancha la gorge sans l'ombre d'une hésitation. Un flot de sang jaillit et se mêla à la rosée automnale. Le corps du traîne-misère fut secoué de spasmes très brefs, un étrange chuintement s'échappa de sa gorge béante et son corps s'immobilisa définitivement. Aussitôt, le colporteur se releva, prit le temps d'essuyer son coutelas dans l'herbe et de le replacer dans sa botte.

Aucun signe de vie à l'entour, il fallait faire vite. Il empoigna la hotte et descendit vers la grange à folles enjambées.

Jean-Baptiste fut envahi d'un étonnement mêlé d'inquiétude quand il vit son oncle débouler dans l'abri où ils avaient passé la nuit.

– Amène-toi, gamin... murmura le roulant. Va falloir que t'aies du cœur au ventre. Ne réfléchis pas. Fais ce que je te dis, un point c'est tout, on parlera plus tard.

Le jeune Savoyard avait reconnu dans la voix de son oncle ce calme froid comme la glace dissimulant une violence qu'un rien pouvait libérer. Il n'était pas question de dire quoi que ce soit.

Tous deux remontèrent dans la prairie jusqu'à l'endroit où gisait le corps de Coppel. Un chien lapait le sang mouillant l'herbe. Revenaz laissa l'animal à sa sale besogne.

– Prends ce gueux par les pieds et droit à la grange. Allez !

Le transport de la dépouille du candidat à l'exil se fit sans encombre, le brouillard s'avérant être un précieux complice.

– Maintenant tu t'occupes de Lexandre. Tu le harnaches, tu prépares la charge et tu commences à filer. Pendant ce temps je me charge d'enterrer ce jean-foutre sous la litière des moutons. Je vous rejoindrai après. Allez ! fais ce que je te dis.

Jean-Baptiste tremblait de tout son corps, ses jambes flageolaient. Il ne savait pas s'il allait vomir, souiller son pantalon ou les deux à la fois. Toutes les horloges de son corps s'arrêtaient une à une. C'est alors qu'une gifle aussi violente que celle qu'il avait reçue sur la moraine de Plan Glacier le jour de la cueillette du genépi, ébranla sa tête.

– Allez, fais ce que je te dis... répéta Gaspard avec une étrange douceur dans la voix.

Jean-Baptiste avait quitté la grange maudite alors que son oncle s'employait à faire disparaître les reliefs de son forfait avec un sang-froid impressionnant. Pour l'heure il en était à escamoter un tas de terre dont la présence insolite aurait à coup sûr éveillé la curiosité des habitués de la grange. L'apprenti colporteur s'était dit qu'à marcher sur ce chemin remontant le cours de l'Orbe le long de collines ventrues couvertes de hêtres, il pourrait mettre un peu d'ordre dans ses idées. Mais plus il avançait, plus il constatait qu'une seule pensée menait la sarabande dans sa pauvre tête : son oncle avait bafoué le premier commandement du Seigneur, il avait tué un de ses semblables et lui, pauvre écolier du négoce, se trouvait condamné à partager ce terrible secret. Le jeune Saint-Gervolain se sentit subitement assailli par un chagrin irrépressible et il éclata en sanglots. Pleurant comme une fontaine, il avança encore un temps au côté du mulet, jusqu'au moment où ce dernier s'arrêta tout net, comme s'il prenait conscience que quelque chose n'allait pas. « Après tout tu as raison, Lexandre, il y a une rivière, des fayards qui nous fourniront l'ombrage, on va attendre ici que Gaspard nous rejoigne », pensa Jean-Baptiste. Il débâta son fidèle compagnon et s'écroula dans la prairie, brisé par un mélange de fatigue physique et de tension nerveuse.

Quand une série de piaffements et d'ébrouements guillerets le réveillèrent, il n'aurait su dire s'il avait dormi quelques minutes ou une paire d'heures. Cette question d'ailleurs ne lui embarrassa pas l'esprit longtemps car avant tout, il lui fallait découvrir d'où pouvait provenir cette fantastique odeur de graisse fondue qui lui chatouillait l'odorat. À cinq pas de lui,

Gaspard cuisinait avec affairement, s'apprêtant à frire une bonne demi-douzaine d'œufs. Serein, il tourna vers son neveu un visage souriant :

– Viens te remettre de tes émotions, gamin, dit-il. J'ai échangé une hotte contre quelques coquets, un pain de deux livres, une fillette de vin blanc et une provision de pommes. Allez ! à table !

Il avait constaté que le visage de Jean-Baptiste s'était immédiatement rembruni dès qu'il avait parlé de hotte et abandonnant un instant la préparation du repas il ajouta :

– Si tu veux rester à jeun afin de prier pour le repos de l'âme de celui qui voulait nous détrousser, libre à toi... Mais je vais te donner un conseil... Sur la route qui sera la nôtre, tu ne pourras pas passer ton temps à soupeser toutes nos actions, à comptabiliser les bonnes et les moins bonnes dans l'attente du Jugement Dernier. Puis il reprit : « Va savoir... C'est peut-être bien la volonté divine qui a placé Coppel sur notre chemin, simplement pour que maintenant, tu apprennes à te méfier de ton prochain encore davantage qu'au pied du Mont-Joly. »

Le grésillement s'élevant de l'ustensile de cuisine brisa net le discours de Gaspard :

– Oh là ! À trop faire de la morale, j'allais laisser griller mes coquets ! s'exclama-t-il en reportant toute son attention sur le contenu de sa petite poêle.

Jean-Baptiste mangea ses œufs avec délectation. Il profitait de chaque bouchée et se remémorait les moments de son existence où des périodes de quête obsessionnelle de la nourriture avaient enfin laissé place à un premier vrai repas, celui qui contentait votre estomac en procurant à votre esprit un océan de bien-être. Avoir faim était une de ses grandes hantises et il redoutait que le chapitre de sa vie qu'il était sur le point d'écrire aux côtés de Gaspard, ne soit ponctué de ces multiples épisodes où il entendrait son estomac hurler comme un animal blessé.

Les deux compères firent bonne chère sans échanger plus d'une dizaine de mots. Chacun maintenant croquait sa pomme à belles dents en laissant son regard musarder et détailler la lointaine campagne du Pays de Vaud encore imbibée d'une fine brume automnale.

Soudain, Jean-Baptiste s'arrêta de mordre dans sa pomme. Le geste en suspens, il se tourna vers son oncle et lui demanda tout à trac :

– Gaspard, s'il te plaît, explique-moi pourquoi à Genève tu as coupé la gorge de Jean Gobet ? Pourquoi as-tu supprimé cet homme ?

Le temps d'un battement de cil, Revenaz parut décontenancé ; il s'attendait à devoir justifier par le menu l'assassinat de Coppel, leur infortuné compagnon de route, mais Gobet…

Bien vite il retrouva une grande assurance et posant une main amicale sur l'épaule de son neveu, il le regarda au fond des yeux :

– Depuis quand as-tu compris ?

– Ce matin, répondit l'adolescent. Quand j'ai vu la gorge entaillée du pauvre Coppel, il m'est revenu une phrase prononcée par Margairaz l'aubergiste. Il avait dit quelque chose comme…

Gaspard l'interrompit :

– Gobet…. Couic, un billet de retour pour la maison du Père Éternel ! Estourbi… Couic… fit-il en accompagnant son propos d'un geste évocateur.

Il resta de longues secondes à se frotter le menton, puis, comme émergeant péniblement d'une réflexion éprouvante, il reprit :

– Tu sais, petit, le monde des colporteurs est un monde de bêtes féroces, celui qui veut rester debout doit mordre, celui qui non content de rester debout veut s'enrichir, s'habitue à ne pas faire de cadeaux à son prochain… Après vingt années sur les routes je suis toujours debout, assez riche pour posséder un mulet, subvenir aux besoins des miens restés au pays, et ne pas avoir de dettes… Écoute, malotru, ce soir nous bivouaquerons ici et j'en profiterai pour essayer d'éclairer ta lanterne, même si ce n'est pas facile. En attendant tu sais ce qu'on va faire ?

Jean-Baptiste ouvrait de grands yeux et se demandait quelle idée lumineuse venait de traverser l'esprit de cet oncle fantasque.

– Eh bien on va se laver ! Il est à peine deux heures de relevée, le soleil ne pique pas, alors profitons-en ! dit-il en sortant de son bagage un savon.

Jean-Baptiste s'écria :

– Se laver ? Pour ça non ! Je me sens bien portant et je ne vois pas ce que…

Il n'eut pas le temps de terminer sa phrase, son oncle l'avait saisi à bras le corps avec une facilité déconcertante et en trois bonds il avait atteint le bord de la rivière. L'Orbe à cet endroit se faufilait sans empressement dans une succession de petits bassins peu profonds.

– Ce n'est pas le Jourdain mais tant pis ! Au nom de tous ceux qui jouent à cache-cache avec Dame Misère sur les routes qui mènent vers les Allemagnes, je te baptise ! cria le roulant en laissant tomber son neveu dans l'eau calme.

Bientôt les deux acolytes se retrouvèrent nus comme des vers, se frottant la couenne avec un bel entrain ; tantôt avec du sable fin tantôt avec du savon. En maugréant, Jean-Baptiste avait eu bien du mal à ôter ses habits trempés ; heureusement qu'avant la collation il avait eu la bonne idée de poser les fameuses bottes auxquelles il tenait tant. Sans cela la journée eût été vraiment désastreuse.

– Comment tu peux aimer l'eau à ce point ? demanda-t-il à son mentor qui s'ébrouait dans la rivière avec un enjouement digne d'un jeune chien. Le froid qu'elle dissimule dans ses entrailles risque bien de nous gâter le corps, et depuis que je suis tout gamin on m'a appris à me méfier des forces malignes qu'elle cache sous sa peau de serpent…

– Voilà la plus belle ânerie qu'il m'ait été donné d'entendre depuis notre départ ! s'exclama Revenaz. Tu verras… je te ferai découvrir les étuves de Zursach et d'Augsbourg, et là, tu auras une idée de ce que peut être le Paradis ! Je n'appartiens plus à la cohorte des pouilleux, des traîne-guenilles qui respirent la misère par tous les pores de la peau. J'en ai fait partie, je ne suis pas près de l'oublier, mais c'est une vieille histoire… Aujourd'hui je suis trafiquant ; je vis de mon négoce et je ne tiens pas à passer pour un loqueteux qui n'inspire que crainte ou méfiance. Qui veut vendre, doit faire bonne impression, voire inspirer le respect, et pour cela il faut être propre…

C'était la première fois que Jean-Baptiste entendait un tel discours, qui allait à l'encontre de tout ce que la tradition lui avait enseigné jusque-là. Gaspard éclata de rire en voyant la mine déconfite de son élève, une nouvelle fois il l'empoigna et lui plongea la tête sous l'eau. Quand il revint à la lumière et qu'il put aspirer sa première goulée d'air après ce bref voyage au pays des vouivres, Jean-Baptiste crut bien qu'il venait d'apercevoir la porte de l'Enfer. Éructant, toussant, il se précipita sur son oncle pour le bourrer de coups de poing mais une main invisible l'arrêta tout net : comment aurait-il pu porter la main sur celui qui lui tenait lieu de père sans se couvrir d'infamie ?

# CHAPITRE VII
## Auberge

En vieux routier des bivouacs Gaspard avait déniché une prairie grande comme un mouchoir de poche, bien abritée du vent et assez à l'écart du grand chemin pour que des voyageurs puissent y dormir l'esprit en paix. Pour agrémenter le dîner il lui avait suffi de puiser dans sa mémoire quelques souvenirs culinaires acquis sur les routes du négoce. Aussi, quand il avait vu son oncle envelopper de belles pommes reinettes d'une mince couche d'argile puis les faire cuire sous la cendre, Jean-Baptiste avait ouvert des yeux de la taille de la pièce d'un ducat.

– Voilà qui t'étonne, bonhomme... Eh bien, avec une pointe de cassonade, tu m'en diras des nouvelles ! Un hiver j'ai fait route avec une bande de bohémiens qui avaient l'habitude de cuire quantité d'aliments de la sorte... J'ai même mangé un hérisson et je peux te dire que mes papilles s'en souviennent encore tant il était fameux !

– Attends, Gaspard, l'interrompit son neveu, tu m'as promis de m'expliquer pourquoi il t'a fallu trucider Gobet et tu t'apprêtes à me conter comment cuisiner les hérissons…

– C'est vrai… acquiesça le colporteur, tout d'un coup moins volubile. Laisse-moi prendre mon souffle… Tu sais, l'histoire n'est pas simple… Suppose que tu aies à tes pieds un vitrail brisé et qu'il te prenne l'idée de vouloir le reconstituer… Tu aurais là une belle énigme à résoudre… eh bien, tu n'as pas une tâche plus facile en voulant comprendre pourquoi Gobet a fait le grand voyage. Mon récit te sera d'un petit secours et puis tu dois déjà avoir une poignée d'indices dans ta besace : ceux que tu as picorés le long de la route en mettant tes pas dans les miens depuis une semaine… Tout cela devrait t'aider mais je crains qu'il ne te manque une clé ou deux pour décadenasser l'affaire… Ces fameuses clés, tu ne les posséderas que dans des mois ou des années : quand tu te seras assez frotté à la multitude d'idées qui bouillonnent et agitent le vaste monde. Prends ton temps pour digérer ce que tu entends et ce que tu vois, sois patient. Tu as quitté l'univers d'un village où à force de tourner en rond entre Arbois et Prarion chacun peut s'appuyer sur des certitudes aussi solides que les monts maudits pour expliquer le monde… Je t'ai tiré de ce milieu pour te plonger dans l'univers des roulants ; ici les certitudes sont comme la neige de chez nous : éphémères, changeantes et parfois pleines de traîtrise.

Jean-Baptiste arrêta le discours de son parent, à la fois émerveillé par cette facilité à caresser les mots, cette aisance à tisser un discours aussi doux qu'un Ave, mais aussi quelque peu agacé de voir Gaspard peu pressé de venir au fait.

– Je veux bien suivre ton conseil, mon oncle, mais pour que je puisse retrouver un peu de paix et marcher d'un pas léger, il me faut savoir pour quoi Gobet est mort…

– Je me demande si tu n'es pas aussi bourrique que Lexandre ! s'exclama Gaspard en remettant un peu de bois au feu. Enfin… Je ne cherche point à me dédire et je vais tâcher d'éclairer ta lanterne…

Et aussitôt il enchaîna :

– Tu t'es aperçu combien Genève est une ville singu-lière ; on l'appelle la Rome des Protestants. C'est un titre qui lui vaut d'être adulée par les uns et honnie par les autres. Voilà bien un siècle qu'on y a aboli la messe, fracassé les statues des saints que nous vénérons, et fait quelques accrocs au manteau de la Vierge. Leurs ministres et leurs docteurs réfutent tous les enseignements de notre Église et ils ont la plume facile, les bougres ! Il ne se passe pas un mois sans qu'une diatribe ou un pamphlet ne voient le jour au pied des tours de Saint-Pierre de Genève. À quoi serviraient ces ouvrages qui sentent le soufre si on ne les diffusait pour faire vaciller les consciences branlantes de quelques-uns de nos frères catholiques ou pour conforter la foi des Réformés des quatre horizons ? C'est là qu'entrent en scène des gens comme Gobet… Eux, ils n'écrivent rien mais connaissent des tas de gens dans la place : des pasteurs, des hommes de plume, des commanditaires, des imprimeurs et que sais-je encore… Ces rusés qui ont plus d'une once de bon sens sous le chapeau, savent que Genève fourmille de voyageurs de toute condition de toute région. Ceux qui remontent vers le nord croisent ceux qui s'en vont vers Lyon après avoir vidé un gobelet ou deux avec quelques compagnons arrivant de par-delà les monts avec des nouvelles de Rome ou de Turin. Pas difficile parmi ces pousse-cailloux et ces mange-lieues de débusquer des commissionnaires au grand cœur qui se chargent de véhiculer discrètement les écrits des disciples de Calvin contre une poignée de monnaies de France ou d'ailleurs.

« On risque gros à ce petit jeu, tu t'en doutes… Au printemps dernier à l'autre bout du Jura deux colporteurs ont fini sur le bûcher parce qu'on avait trouvé cinq ouvrages interdits dans leur bagage…

Jean-Baptiste sursauta :

– Tu veux dire qu'on risque de périr par les flammes si quelqu'un découvre le paquet de livres que t'a remis Gobet ?

– Certes, mais on peut tout aussi bien se faire occire sur la route, attraper la peste dans un village infecté ou se faire dévaliser par les chiens de guerre qui dévastent la Comté.

Cette phrase aux couleurs d'apocalypse plongea le jeune auditeur dans un grand émoi, mais Gaspard reprenait déjà le cours de son récit :

– Hé oui, je dois le confesser, depuis six ans déjà, je fais partie de la confrérie des passeurs d'ouvrages interdits. Cette année-là, je venais de faire une mauvaise campagne. Le Bon Dieu avait placé sur ma route toutes les misères qui peuvent s'abattre sur un colporteur… Aussi à l'automne quand je suis repassé par Genève je n'avais plus un liard pour acheter ma marchandise. Dame Misère me faisait les yeux doux et me tirait par les pieds… Heureusement pour moi un drapier du quartier de la Porte Neuve m'a mis le pied à l'étrier en me faisant rencontrer François Vauthier. Je me suis mis en affaire avec lui et j'ai accepté de transporter des livres mis à l'index. J'ai travaillé avec cet homme d'une droiture exemplaire pendant plusieurs saisons. À force de l'écouter, je m'étais même pris d'amitié pour lui. Ce que j'aimais chez ce pourvoyeur d'ouvrages sulfureux, c'est qu'il agissait autant par conviction pour ses idées que par goût de l'aventure. Hélas, il a fini par tomber malade. Un hiver il s'est mis à cracher du sang et quand je suis repassé par Genève au printemps, il m'a présenté son beau-frère Gobet en me disant qu'il lui passait la main. Il ne m'a pas fallu longtemps pour réaliser que ce dernier n'avait pas la tête assez près du bonnet pour prétendre succéder à Vauthier... Pas assez finaud... et puis incapable de tenir sa langue au chaud quand il avait bu un coup de trop. Pour arranger les choses, le bruit des écus qui lui passaient dans les mains n'a pas tardé à lui chavirer l'esprit... Bientôt la tête lui a enflé et de gourmand en affaires il ne lui a pas fallu longtemps pour devenir une fieffée fripouille...

« Quand nous sommes arrivés à Genève, tu l'as bien vu ; il m'a confié un paquet de livres avec mission de les apporter à un converti de Besançon en Comté. Pour ce service, je devais recevoir la moitié du salaire au départ et l'autre moitié en arrivant à bon port.

« Jusque-là, chaque fois que j'avais travaillé avec Gobet, tout s'était passé à la régulière, enfin à peu près... Mais cette fois, il a essayé de me flouer en me payant ma moitié de salaire en monnaie de singe. Grâce au ciel, je m'en suis aperçu assez tôt ; au moment où je faisais provision de ratine chez Melchior Rane. Il ne m'a pas été trop difficile de remettre la main sur cette crapule de Gobet pour une explication. La chose a mal tourné et je me suis retrouvé au milieu de la nuit avec un corps à faire disparaître, mais ça c'est une autre histoire et j'en rendrai compte au Tout-Puissant quand il m'appellera... Rassure-toi toutefois, il se trouvera bien peu de monde pour regretter l'intermédiaire véreux... Avec un soupçon de chance, on risque même de mettre sa mort au débours des sbires du roi Louis qui sous des dehors d'honnêtes commerçants donnent la chasse au petit monde s'employant à diffuser la littérature religionnaire.

L'optimisme du colporteur n'arrivait pas à réchauffer la moelle de Jean-Baptiste qui venait de trouver en travers de son chemin un fléau inconnu de lui jusque-là : le livre. Il était persuadé que cette calamité, dont ni son père ni quiconque ne lui avait appris à se méfier, pouvait à tout moment le conduire vers l'abîme. L'épidémie, la disette, le feu du ciel, il en acceptait la fatalité puisque depuis que le monde est monde, ces malheurs accompagnent chacun du berceau à la tombe. Mais pourquoi diable

Gaspard se croyait-il obligé de défier le destin en transportant dans son bagage des livres qui n'étaient que des passeports pour l'Enfer ! Jean-Baptiste cherchait intensément quel saint il pourrait bien invoquer pour étouffer les effets néfastes des brochures remises par Gobet. Après un temps de réflexion, il sortit de son silence pour demander à son oncle :

– Dis-moi, Gaspard… Quand je garde les vaches et que l'orage arrive, je sais qu'il me faut prier saint Guérin. Si le feu s'empare de mes entrailles j'appelle sainte Catherine à mon secours, mais quel saint devons-nous prier pour que les ouvrages qui sont dans notre bagage n'attirent sur nos têtes le courroux du ciel ?

– Tu raisonnes de travers, gamin… répondit Gaspard. Tu fais fausse route en imaginant que les livres ne sont que des outils au service de Satan. S'il en était ainsi on n'en verrait pas de plus en plus circuler de par le monde. Jamais tu n'as eu l'occasion d'en tenir un dans tes mains et personne ne te le reprochera, car pour mener une vie de laboureur au pied des glacières un livre n'est d'aucun secours. Pourtant, j'en ai le pressentiment, bientôt arrivera le jour où même chez nous on en trouvera dans quelques maisons. Tu sais, j'ai déjà croisé autour de Munich des colporteurs qui parcourent les campagnes pour y vendre des fascicules parlant de la marche des planètes ou donnant des conseils sur l'utilisation des simples. Je crois qu'ils les appellent des almanachs ou quelque chose comme ça…

– Et il y a des gens qui les achètent en sachant qu'ils risquent les flammes pour savoir si la lune sera pleine ou si on n'en verra qu'un croissant ! s'exclama l'adolescent.

– Gros « badian » ! Voilà un bon moment que je transpire pour t'expliquer que tous les livres ne conduisent point aux portes de l'Enfer… Que tous les saints du Paradis m'en soient témoins ! Ma leçon n'a pas l'air de te faire beaucoup de profit. Ah ! si j'avais ton âge, pour sûr que le voyage au pays de la lecture me tenterait… Enfin, crois-moi, si cet hiver l'occasion se présente, je me débrouillerai pour que tu puisses apprendre à déchiffrer l'abécédaire !

Jean-Baptiste faillit s'étrangler :

– Ah ! je serai bien avancé quand il me sera donné de comprendre ce que les Ministres de Calvin écrivent. Le Dieu qui est le nôtre me convient, je vénère les saints qui l'entourent, et même si un jour on nous traite d'idolâtres au retour du pèlerinage de La Gorge, jamais je n'aurai le rouge au front…

Gaspard se leva en soupirant ; il alla soulager sa vessie en fouillant la nuit pour y découvrir un indice présageant du temps pour le lendemain. Une douceur inhabituelle enveloppait ce soir d'automne et le ciel impassible s'était drapé dans un manteau noir d'encre. Le colporteur n'avait pas besoin de plus d'oracles pour deviner que la pluie serait leur compagne sur les chemins menant vers Pontarlier.

Au mitan de la nuit, Gaspard fut tiré de son sommeil par le claquement sec d'une grosse goutte s'écrasant sur la toile huilée faisant office de couverture de bivouac. L'averse était là. D'un coup de coude il réveilla son neveu :

– Saute dans tes bottes, mets ta cape et harnache Lexandre. Je t'aiderai à le charger dès que j'aurai fait disparaître la trace de notre séjour dans ce coin de paradis. Moins on repérera notre passage, mieux ça vaudra.

Jean-Baptiste encore passablement ensommeillé se réfugia à la lisière d'une chênaie et tout en s'activant auprès du mulet, il pensa qu'une nouvelle fois il lui faudrait commencer l'étape le ventre vide. Bientôt, avec une violence à peine retenue, la pluie se mit à tambouriner à tout va sur les ramures à l'entour, portant l'estocade à des feuillages à bout de souffle.

Les deux colporteurs levèrent le camp au plus vite et rejoignirent le chemin qui montait avec une belle régularité au flanc de croupes couvertes de fayards.

Gaspard ne disait rien. Les sens aiguisés, il s'appliquait à ne pas perdre sa route. La chose n'était pas facile car dans ce chaudron de nuit épaisse, la présence de langues de brouillard se poursuivant sans répit comme des lutins en sabbat gommait le moindre repère.

Salués par des rafales de pluie glaciale, ils arrivèrent enfin sur une ligne de crêtes.

– Maintenant on n'a plus qu'à se laisser descendre jusqu'aux Hopitaux-Neufs, annonça Gaspard. Puis se mouchant bruyamment d'un doigt il ajouta :

« Commence à saliver en pensant à la tasse de lait chaud qu'on boira bientôt ! Toutefois, fais attention… avec cette pluie et les feuilles qui recouvrent le sol, on peut vite se retrouver les quatre fers en l'air. Je passe devant ; toi, tu prends Lexandre à la bride, mais ne le tiens pas trop court, il n'aime pas ça… »

Ils marchèrent ainsi deux bonnes heures sans voir âme qui vive. Mollement, le jour avait fini par se lever, néanmoins un épais brouillard noyait ce qui devait être une vallée assez large. Alors que la petite caravane venait de traverser une coupe toute fraîche, le mulet fit montre d'une soudaine nervosité. Percevant le changement d'attitude de sa bête, Gaspard se retourna brusquement pour découvrir quatre individus en haillons armés de gourdins qui approchaient dangereusement. Il arrêta Lexandre, et sans ménagement poussa Jean-Baptiste derrière lui. Il avait déjà son coutelas au bout de la main :

– Arrière, bande de chiens ! hurla le colporteur. Le

premier qui avance, je le crève… Remisez votre mauvaiseté et on pourra s'entendre… Il y a un réal pour vous tous et une bouteille de goutte à partager si vous me donnez quelques renseignements sur la situation du pays. Réfléchissez pas longtemps… Mon coutelas me démange, dit-il, tout en faisant remuer entre ses doigts la pièce espagnole qu'il venait de sortir de son habit.

L'un des assaillants ne parut pas se soucier des propos du colporteur. La nature l'avait doté d'un corps d'hercule mais le ressac des temps de guerre avait fini par saper cette falaise de muscles. Il déplaçait sa carcasse avec une démarche animale des plus inquiétantes, avançant avec détermination comme s'il était sûr qu'une main invisible le mettait à l'abri de tout danger. Gaspard le fixait sans inquiétude,

étonné de l'inconscience de son attitude. « Ce pauvre bougre n'a pas dû détrousser beaucoup de voyageurs dans sa vie… » pensa-t-il.

Serrant son gourdin le malandrin continuait à progresser droit devant lui et arrivait à la hauteur de Lexandre.

– Lèva ! lèva ! cria soudain Revenaz.

Aussitôt le mulet, sans paraître gêné outre mesure par le poids de sa charge, lança une fantastique ruade qui percuta de plein fouet la poitrine de l'agresseur imprudent. Il y eut un bruit étrange où se mêlèrent l'impact du coup de sabot et un sinistre craquement d'os. Projeté à six pas le pauvre individu retomba en contrebas du chemin à la manière d'un pantin désarticulé. Sa bouche esquissa un hurlement de douleur alors que tout son être semblait dire à quoi bon, et bientôt la pluie aspira les ultimes parcelles de vie tapies au creux de ce corps de misère.

– J'ai dit qu'il y avait un réal et une bouteille de goutte pour ceux qui veulent bien discuter, assura Gaspard avec un calme sidérant.

Il ne lisait plus aucune trace de témérité ou de hardiesse dans l'attitude de ceux qui lui faisaient face. Le plus jeune jeta un regard à ses deux autres compagnons puis il s'avança de quelques pas en laissant tomber son gourdin.

– On habite la paroisse de Longevilles, mais ça fait trois semaines qu'on est dans les bois. Je veux bien te raconter notre histoire, mais je préfère qu'on soit au sec pour ça. Il y a pas loin une falaise avec un surplomb, nous pourrons nous y abriter et faire du feu.

Gaspard se contenta d'opiner du chef. Il fit tourner bride à son mulet et tout en restant sur ses gardes il emboîta le pas des hommes des bois. Tel un automate, Jean-Baptiste suivit la petite troupe, secoué d'un tremblement irrépressible causé par le froid et la peur. Il eut du mal à détacher son regard du corps qui gisait sur le matelas de feuilles détrempées. Personne n'avait proposé de donner une sépulture à cette pauvre créature victime de la ruade imparable. La vision de ce corps bientôt mutilé par les renards et les corbeaux taraudait son esprit. Mais que faire ? Plus il avançait dans son voyage vers les Allemagnes, plus il découvrait avec frayeur que les comportements et les démarches de ceux qu'il côtoyait, répondaient à un code de valeurs étranger à celui qui régissait la vie de tous les jours dans sa paroisse. Fallait-il laisser chaque jour un cadavre derrière soi pour avoir le droit d'aller plus loin ? Son oncle avait tué, Lexandre aussi... Est-ce qu'à son tour il devrait bafouer le premier commandement afin de continuer sa route ? Il plongea la main dans la poche de sa pèlerine et serra très fort le croûton de pain de seigle cuit par sa mère le jour de la procession. Son cœur cessa lentement de battre la chamade. Le visage de sa mère qui se recomposait lentement dans son esprit réussissait à dissoudre une à une les pensées morbides bouillonnant sous son crâne.

Le restant de la matinée se passa sous un surplomb qui depuis des siècles avait dû offrir un toit de fortune aux chasseurs et aux bûcherons de la région. Chacun avait rivalisé d'adresse pour trouver quelques poignées de bois à peu près sec et choyer un feu longtemps resté entre la vie et la mort. Maintenant un faisceau de flammes vigoureuses prodiguait une chaleur suffisante pour sécher les vêtements de chacun. Gaspard avait d'abord partagé un reste de morceau de lard, puis le reste de la provision de pommes calma pour un temps les ventres affamés.

– Qu'est-ce qui vous a fait quitter votre village, la peste ? Les Gris ? questionna le colporteur en débouchant son flacon de casse-poitrine.

– Non, répondit celui qui paraissait être le porte-parole de ces miséreux. Cette fois ce n'est ni la peste ni les soldats de Saxe-Weimar… mais c'est pas mieux. Un peu après la Saint-Louis, au village, une femme et son gamin sont morts emportés en quelques heures par un mal étrange. On les a retrouvés au milieu de leur cuisine, le ventre gonflé comme des outres et la bouche remplie d'une matière qui ressemblait à du riz au lait… Personne n'y a fait plus attention que ça... Une semaine plus tard, c'est la famille du forgeron de Mont-d'Or qui y est passée. Ils se sont vidés de leurs entrailles les uns après les autres et eux aussi ils avaient la bouche débordante d'une étrange matière blanche. C'est à ce moment qu'avec mon père et mes deux cousins on est parti dans la forêt du Crêt pour préparer des bois de charpente. On y est resté dix jours. Quand on est rentré, y avait plus de morts au village que de fruits dans les vergers. À Malbuisson pareil, à Montperreux aussi. Pour que l'épidémie les épargne, ceux de Pontarlier avaient fermé les portes de la ville... On a fait comme beaucoup, on s'est sauvé dans les bois pour éviter les miasmes en se disant que le Bon Dieu nous prendrait peut-être en pitié... On a tenu le coup en mangeant des myrtilles et quelques bestioles, mais depuis au moins trois jours on n'a rien avalé, c'est pour ça que lorsqu'on vous a entendus on s'est dit que...

Gaspard fit tourner le flacon de goutte. Il resta un long moment sans piper mot, confronté à un problème épineux. Il n'était plus question de passer par Pontarlier. Il en était sûr, le choléra tissait sa toile dans la région. Quel village était infesté, quel autre ne l'était pas ?

L'habitant de Longevilles mesura l'embarras du voyageur :

– Si tu veux éviter Pontarlier, t'as une solution. Ce soir tu peux être aux Fourgs sur le plateau ; là-haut y sont pas contaminés... Après tu traverses la montagne du Larmont, tu descends jusqu'à Mouthier, de là tu iras où tu voudras...

– T'as pas une mauvaise idée, reprit Revenaz, je connais l'auberge des Fourgs... Tu me guides pour y arriver, t'as un réal de plus...

– Tope là ! répondit le Comtois, et on se met en route quand tu veux car on a un bon bout de chemin à faire.

Plus d'une fois dans l'après-midi le colporteur bénit le Ciel d'avoir placé cet homme des bois sur sa route. Le croquant était si peu disert qu'on aurait pu croire qu'il avait scrupule à dépenser le maigre capital de mots que lui avait octroyé le Bon Dieu le jour où il l'avait envoyé sur terre ; mais on pouvait le suivre les yeux fermés tant il faisait montre d'une connaissance animale de la région. Au cours de ces quelques heures de marche forcée, jamais il n'avait affiché la moindre hésitation face aux multiples fourches de chemins se présentant à lui. Chaque fois il avait paru flairer sa route parmi les sentes et les layons couleur d'os entaillant la forêt avec la détermination d'un sanglier.

Jean-Baptiste, quant à lui, avait suivi le rythme de la marche en serrant les dents.

Un instant, il avait cru que les forêts de sapins où cheminait la petite escouade, allaient adoucir le poids de la fatigue taraudant la moindre parcelle de son corps. Il n'en avait rien été. L'image du corps fracassé laissé sous la pluie un peu plus tôt, dont il n'arrivait pas à se débarrasser, la faim qui à nouveau lui vrillait les entrailles, avaient fini par saper son enthousiasme. À plusieurs reprises il avait bien tenté d'appeler saint Roch à son secours, mais jamais sa prière n'était parvenue à gagner la consistance qu'il souhaitait et il en avait été contrarié.

La nuit commençait à monter du sol au moment où la compagnie déboucha parmi un moutonnement de prairies rabotées par les vents des quatre horizons.

– T'as les lumières des Fourgs à dextre, tu peux pas te perdre, Savoyard. Moi, je vais te laisser là car je veux retrouver les miens avant longtemps ; à plusieurs on s'en sort mieux... expliqua le Comtois.

– À ta guise, répondit Gaspard en lui donnant son réal et en lui tendant sa fiole de goutte. Une chose pourtant me chagrine, confia-t-il ; on a marché ensemble une bonne partie de la journée et je sais même pas ton nom...

– À quoi bon, reprit l'habitant de Longevilles, demain je serai peut-être mort, toi aussi... Sur les routes, moins on en sait, mieux ça vaut… Enfin, si t'as l'occasion de prier le Bon Dieu, demande lui de nous envoyer un peu moins de misères afin qu'on passe l'hiver. Adieu.

Déjà le familier des hautes terres s'était fondu dans la nuit. Gaspard haussa les épaules puis il s'approcha de son neveu en lui disant :

– Bois un coup, t'as l'air d'en avoir besoin…

L'adolescent hésita, il n'avait jamais goûté d'alcool ; mais il se sentait victime d'un tel abattement qu'il saisit presque mécaniquement la fiole. La gorgée d'eau-de-vie qu'il avala lui mit instantanément le feu au ventre. Il tenta de contrôler comme il pouvait les soubresauts secouant tout son corps, pourtant bien vite arriva le moment où il ne put s'empêcher de tousser violemment.

Riant de bon cœur Gaspard donna d'une claque sur la croupe de Lexandre le signal du départ. À son tour Jean-Baptiste se remit en route en essuyant rageusement les larmes qui lui brouillaient la vue des lumières d'un village aussi espéré que la Cité des Justes.

# CHAPITRE VIII
## La déchirure

L'auberge se repérait de loin malgré le jour finissant. La bâtisse massive arc-boutée au bord d'un chemin couturé d'ornières, avait l'air de garder sous son aile bienveillante un chapelet de maisons toutes marquées dans leur chair par les morsures d'un méchant incendie. Des pans de murs calcinés, des poutraisons à demi consumées, des embrasures noircies, composaient un décor sinistre d'où suintait une odeur insistante de bois carbonisé.

Gaspard se souvenait avoir dormi dans cette auberge aujourd'hui miraculeusement épargnée par les flammes. Il en avait la certitude, c'était en 39 au début de l'été. Cette année-là il s'était trouvé à passer par Pontarlier au moment où Guebriant, à la tête des troupes du roi de France, mettait la ville à feu et à sang.

Il lui avait fallu de la chance pour ne pas avoir à tenir un rôle de figurant dans le drame que la camarde mettait en scène sur les bords du Doubs. Il était passé au large, guidé par le triste fanal des hameaux en feu, le bruit de quelque cavalcade de mauvaise augure ou encore par la rencontre furtive de hordes de fuyards sans bagage. Après deux jours et deux nuits d'errance à travers des montagnes où des soldats sans âme traquaient le moindre signe de vie, la Sainte Vierge l'avait amené dans cette auberge des Fourgs. Mort de fatigue il avait passé là quelques heures cousues d'angoisse avant de filer vers les cieux moins tourmentés du pays de Neuchâtel. Étrangement, au moment où il poussait la porte de cette auberge, le colporteur ne réussissait pas à faire resurgir de sa mémoire un quelconque souvenir capable de recomposer la silhouette d'un lieu familier. Un fatras d'images d'auberges glanées au cours de ses pérégrinations vers les pays du nord se bousculaient dans son cerveau mais aucune ne s'imposait.

– Salut la compagnie ! lança-t-il en pénétrant dans la salle où flottait une réconfortante odeur de choux.

Assis autour de la grande table, trois rouliers reconnaissables au large chapeau qu'ils gardaient vissé sur le crâne, jouaient aux dés en vidant un flacon. Son regard s'habituant à la semi-obscurité baignant la pièce, Gaspard découvrit encore deux religieux rencognés près de la cheminée.

Deux femmes vêtues de noir apparurent bientôt dans l'embrasure de la porte de la cuisine.

– C'est pour dormir ? interrogea l'une d'elles.

– Y a de ça… répondit Gaspard. Colporteur… Savoyard… Je suis en route pour la foire de Zurzach sur les bords du Rhin. De là, je monte vers le nord…

– C'est bon, il y a de la place chez nous pour ceux qui paient d'avance… annonça la maritorne alors que son double filait au fourneau. L'écurie est à ta main droite dans la cour, va y mettre le mulet que j'entends taper du pied, s'il est aussi trempé que toi il ne refusera pas un picotin d'avoine.

Gaspard s'empressa de suivre le conseil de l'hôtesse. À la lumière d'un quinquet, il découvrit une écurie de la taille d'un chauffoir d'abbaye où nos voyageurs furent accueillis par les hennissements sourds de six lourds chevaux ardennais peu enclins à souhaiter la bienvenue à un mulet d'extraction modeste. Revenaz débâta sa bête de somme, la bouchonna puis vérifia que sa marchandise n'avait point trop souffert de la pluie. Avec soulagement il constata que son paquet de livres était sec. Par sécurité, il s'en alla le dissimuler dans un coin du vaste fenil occupant l'étage.

En redescendant il trouva Jean-Baptiste dormant comme une masse sur une jonchée de paille. Rompu de fatigue, l'adolescent n'aspirait qu'au sommeil. Étonné de ne plus affronter les griffures lancinantes de la pluie, son corps avait baissé la garde. Oubliées les heures de marche harassantes, oubliée la faim qui lui serrait le ventre. Il avait glissé dans le sommeil, enveloppé de la fragrance rassurante des chevaux.

– Allez ! debout, colporteur ! Faut penser à te remplir l'estomac pour te refaire une santé !

Gaspard venait de réveiller son neveu sans ménagement.

Tel un spectre, Jean-Baptiste suivit son parent et s'attabla en face des deux religieux. Il n'entendit pas grand-chose des conversations du début de la soirée. Il retint seulement que les rouliers menant des bois au haut fourneau de Saint-Sulpice, attendaient la réparation d'un essieu cassé, et que les religieux, des capucins, prêchaient une mission dans la région. Le jeune Savoyard était captivé par la dextérité avec laquelle ces hommes de Dieu réussissaient à enfourner leur repas sans souiller la longue barbe mal taillée qui leur couvrait le visage. Personne ne lui posait de questions, c'était bien ainsi. Cela lui laissait le temps d'observer les attitudes et les comportements de chacun. Il pouvait grappiller un ou deux renseignements sur la marche du monde, saisir un mot inconnu ou une tournure de langage qui faisait de l'effet. Il engrangeait tout cela avec application. Son oncle tenait le devant de la scène. Ce saint Jean Bouche d'or en était à comparer les mérites respectifs des foires de Besançon et de Schaffhouse pour le plus grand régal du petit auditoire. Pour sa part, Jean-Baptiste aurait souhaité gagner au plus vite le fenil où l'attendait un sommeil réparateur. Il craignait devoir faire preuve d'une grande patience s'il se mettait à attendre un geste ou une parole de son protecteur l'autorisant à quitter la salle ; aussi était-il à l'affût du moindre événement qui lui permettrait de filer sans se faire remarquer. Il crut la chose possible quand une servante s'approcha de la table pour desservir. Discrètement il s'était soulevé de son siège, surveillant le regard de Gaspard dans l'espoir d'y trouver une approbation. C'est alors qu'il vit son oncle blêmir comme si soudainement son cœur avait cessé de battre. La servante au beau visage ovale, s'arrêta tout net. Ses yeux verts fixaient le voyageur avec un étonnement mêlé d'inquiétude.

– Dorine ! parvint à articuler le colporteur. Que fais-tu ici ?

La servante éluda la question :

– Et toi, Savoyard... Que viens-tu te perdre sur ce plateau... Il y a tant de misère qui se cache sous la moindre pierre que tu ne vendras rien par ici. La mort a fait une telle cueillette depuis dix ans que tu ferais plus d'affaires à vendre des cercueils que du fil d'argent…

Il y avait quelque chose d'étonnant dans ce propos qui sonnait étrangement faux, comme s'il n'était destiné qu'à être un leurre.

– Tout doux, la belle… Je ne marche point les yeux fermés, répondit Revenaz en utilisant le même registre ; si je suis encore vivant après avoir si souvent traversé ce pays, c'est que le Bon Dieu m'a plus d'une fois botté les fesses pour me faire éviter le danger.

Et essuyant la lame de son couteau au tissu de son pantalon il ajouta :

– Je sais bien que je ne vendrai rien dans ce désert… De ce moment, faudrait être marchand d'espoir pour gagner un liard ou deux par chez vous… Tu sais, je ne cherche qu'à pousser mes os un peu plus loin avec le secours de la Sainte Vierge et de son Fils. Allez, Dorine, sers-nous un coup de vin jaune pour fêter nos retrouvailles. Si tu n'en as pas, un coup de piquette fera l'affaire…

Jean-Baptiste avait tout à coup moins sommeil. Le bref échange qu'il venait d'entendre l'avait estomaqué. Depuis le jour où il avait quitté sa vallée de Montjoie, lentement s'installait dans son esprit la conviction qu'il voyageait avec un personnage peu ordinaire. Chaque jour dévoilait une ou plusieurs nouvelles facettes du bonhomme. Le jeune Saint-Gervolain jugeait qu'il n'était pas assez intelligent pour comprendre cet adulte qui véhiculait dans son bagage autant de mystères que de pièces de dentelle et c'est avec fatalisme qu'il reçut de plein fouet la nouvelle énigme auréolant l'arrivée de l'accorte servante.

« On arrive fourbus dans une auberge du bout du monde où le hasard nous a poussés allez savoir comment, pensa-t-il, et voilà que débouche de nulle part une demoiselle aux allures de madone qui semble connaître Gaspard depuis le jour de son baptême. Et vous me direz que le Malin n'y est pour rien ? » Il se signa subrepticement, sous l'œil attendri d'un des deux capucins, dans l'instant rassuré sur l'éducation du gamin.

Pelotonné dans le foin tel un garenne dans sa rabouillère, Gaspard ne réussissait pas à apprivoiser le sommeil. La respiration tranquille de Jean-Baptiste dormant à son côté, le martèlement de la pluie sur le toit d'ardoise accompagnaient son insomnie. Dans sa tête pour la dixième fois au moins défilait sa rencontre avec Dorine.

C'était il y avait quatre ou cinq ans ou peut-être davantage. Début septembre, il s'était retrouvé dans la ville de Lons pour y racheter la balle d'un cousin colporteur comme lui, mort en cet endroit. Il avait fallu faire l'inventaire du maigre bien de son parent, prendre langue avec une poignée de robins et autres chattemites peu pressés de régler l'affaire. Tout cela lui avait croqué son temps à belles dents et l'avait conduit à poser son sac dans une auberge de la rue de la Boucherie où Dorine, la fille de la maison, assurait le service.

Gaspard revoyait une fois encore cette belle matinée de début d'automne si porteuse d'espoir. Pour sûr qu'un soleil si éclatant allait mettre dans de bonnes dispositions ces messieurs du prétoire, et peut-être que ce même soleil allait enfin adoucir le cœur du négociant du quartier Richebourg qui barguignait pour lui laisser à un bon prix un lot de boutons de corne. Mais brusquement tout avait basculé. Le soleil, les robins, les boutons enviés, plus rien n'avait d'importance. Dorine était rentrée de la ville en pleurant :

– Derrière l'église Saint-Désiré on a trouvé l'André Amiot mort. J'ai vu les bubons… les bubons de la peste.

Gaspard avait serré dans ses bras la fille de dix-sept ans qui sanglotait. Il n'avait pas pris le temps de sécher ses larmes en caressant son visage.

– Ne bouge pas ! Attends-moi ici ! avait-il commandé en plantant son regard au fond des yeux embués de larmes de la jouvencelle.

Il ne lui avait pas fallu le temps d'un angélus pour ramasser ses affaires et pour se trouver à nouveau face à la servante accablée.

– Suis-moi, Dorine ! La peste est à Lons ! Ce soir, les portes de la ville seront fermées, et il ne nous restera plus qu'à attendre de crever ici comme des chiens ! Si on doit mourir, que ce soit dans la campagne, avec des arbres pour réciter la prière des morts et la rosée de l'automne pour bénir nos corps ! Dans une heure il sera trop tard ! Suis-moi, je te protégerai, je te sauverai !

Il l'embrassa à pleine bouche comme pour lui communiquer un peu de son énergie. La tirant par la main, il filait déjà en direction de la porte de la ville s'ouvrant sur la route de Dôle.

Tous leurs sens en éveil, ils avaient avalé quelques lieues en direction du nord. Gaspard lisait sa route avec la tranquillité d'un oiseau migrateur. Il redoutait seulement la rencontre inopinée d'une de ces bandes armées vivant de rapine depuis que les troupes du roi Louis s'acharnaient à mettre à genoux la Comté. Conscient que la plus petite inattention pouvait être fatale à son entreprise, il s'employait à faire le moins de cas possible de la présence de Dorine. Chacune des fibres de son corps lui criait de s'arrêter là au creux d'un vallon pour l'étreindre jusqu'à la déraison, l'emporter dans une fête des corps qui les conduirait au bord de l'épuisement. Il résistait. Furtivement il lui prenait la main, la serrait contre lui lorsqu'il fallait ausculter le pouls de cette campagne malade, puis repartait. Bientôt dans le lointain apparut Château-Chalon sur son promontoire. Plus ils avançaient, plus se faisaient nombreuses les vignes parées de leur habit d'automne. Gaspard en éprouva une sorte de soulagement.

– Tu vois, Dorine, j'en mets ma main au feu, pour quelques semaines cette région est à l'abri des malheurs de la guerre... Saint Vincent le patron des vignerons doit à l'instant défendre la cause de cette terre auprès du Bon Dieu. Les soldats aiment trop le vin pour saccager des vignes comme celles-ci.. Regarde-moi ces grappes gorgées de nectar ! Faudrait être « tarabé » pour mettre à feu et à sang des coteaux qui annoncent une si belle récolte ! On ferait peut-être bien de passer quelque temps ici, histoire de voir...

Insensible à ces considérations conjuguant l'œnologie et la stratégie militaire, Dorine éclata en sanglots.

– Mais qu'est-ce qui t'arrive, ma belle ? s'exclama le colporteur. Nous sommes vivants ! Le soleil nous accompagne et tu…

– Arrête ! Je sais qu'avant demain je me retrouverai seule au bord du chemin sans le moindre sou vaillant, pleurant sur le sort de mes parents enfermés à Lons. Il aurait mieux valu que…

Le colporteur ne lui laissa pas finir sa phrase ; les mots en suspens l'avaient cinglé avec violence. Non, il n'abandonnerait pas de sitôt cette fille au corps souple qui lui chavirait la tête ; non il n'allait pas s'en défaire comme d'une ribaude de bas étage. En tremblant, il la serrait contre lui de plus en plus fort. Tout au fond de lui une houle le secouait sans qu'il puisse trouver une quelconque parade. Les sentiments ne faisaient pourtant pas partie de son négoce. Après toutes ces années passées sur les routes, dans sa bouche, les mots d'amour avaient dépéri et leurs squelettes avaient pris l'allure d'un vocabulaire de convenance. Avec le temps, ils avaient perdu de leur sucré, ils sonnaient sur ses lèvres avec le bruit de la fausse monnaie.

Et voilà que ces mots oubliés se mettaient à emplir tout son être, à gonfler comme ces grappes pleines de soleil témoins de son émoi. Ils s'échappaient en flot continu pour accompagner cette nuée de caresses qu'il ne pouvait plus contenir.

Longtemps les fuyards firent l'amour dans un champ de maïs avec des pentes couvertes de vignes pour ciel de lit. Par ces noces de chair, ils conjuraient la peste et la mort qui depuis des mois s'invitaient si souvent à toutes les tables de ce pays. Gaspard n'avait plus qu'une idée en tête : tisser avec Dorine une tunique de bonheur capable pour un temps d'éloigner de dessus leurs têtes tous les malheurs qui rôdaient à l'entour.

Le colporteur venait de plonger dans un gouffre. La route, le négoce, les Allemagnes, sa ferme des Granges ; soudain, tout avait le goût de l'inutile. Cette fille aux yeux verts et à la voix si troublante venait de barrer son horizon. Pour rester auprès d'elle, il ne craignait pas de vivre dans cette province en guerre. Pour elle il accepterait de poser sa balle et de s'attacher à un coin de terre. Le Ciel venait d'en décider ainsi.

Ce bonheur tout neuf dut émouvoir les dieux lares de la cité vigneronne de Château-Chalon. Les temps de guerre avaient déjà commencé leur picorée parmi les populations, aussi personne ne trouva rien à redire quand Gaspard se mit en quête d'embauche au début de la vendange.

Le Savoyard montra bientôt qu'il savait faire merveille avec une hotte sur le dos dans ce vignoble dont les pentes n'avaient rien à envier à celles des alpages de la vallée de Montjoie. Bien vite on l'accepta et on le respecta parce qu'il allait aussi vite que ceux qui arpentaient ce terroir depuis leur enfance.

La vendange, c'était aussi une cohorte d'estomacs impatients à calmer chaque soir. Dorine se vit bientôt enrôlée dans la brigade d'un maître-coq virevoltant autour de ses chaudrons dès la pique du jour. Enfin, avec une chance peu ordinaire, le couple dénicha bientôt une soupente derrière l'abbatiale Saint-Pierre où il put mettre son bonheur en lieu sûr.

Gaspard avait du mal à sonder le cœur de celle qu'il avait quasiment enlevée. Parfois elle se donnait avec frénésie, tellement amoureuse que le migrant en était complètement tourneboulé. Mais il y avait aussi ces fêtes chagrines où Dorine ne s'offrait que drapée dans un habit de mélancolie, comme si un ennui soudain lui cadenassait le cœur et la conduisait à reculons vers ce bonheur qui voulait à tout prix colorer son existence. Revenaz se disait qu'il lui faudrait du temps pour apprivoiser sa petite marmotte, il n'en éprouvait pourtant aucune contrariété.

La vendange arrivait à son terme. Des caves émanait une puissante odeur de moût affolant les rares guêpes ayant résisté aux premiers froids. Le poids répété des hottes avait fini par mettre le dos de Gaspard en capilotade et cette fois les caresses si douces prodiguées par Dorine n'avaient aucun effet thérapeutique. De Lons parvenaient de terribles nouvelles, la peste n'en finissait pas de cueillir les humains pour remplir sa hotte. On invoquait saint Roch et saint Sébastien afin que, ultime espoir, l'hiver arrive à grandes enjambées et terrasse l'épidémie.

Une fois encore, Gaspard regagnait sa soupente tout à la joie de retrouver son amoureuse mais ce soir-là, la pièce leur servant de cocon était vide. Il n'y avait plus un seul effet appartenant à la jeune fille, plus le moindre signe pouvant témoigner de sa présence dans cette pièce. L'étonnement du Savoyard se mua bientôt en inquiétude. Il eut beau chercher, frapper à quelques portes complices, fouiller le quotidien partagé pour y trouver une explication justifiant l'absence ; au mitan de la nuit il dut se résoudre à ne dialoguer qu'avec son chagrin.

On ne le vit pas dans les vignes le lendemain ; l'animal blessé qu'il était devenu en une nuit allait dans tous les sens pour retrouver la trace de sa belle. Alors qu'il remontait une fois encore en direction de l'abbaye, un vieillard l'arrêta et lui dit :

– Ne cherche plus, Savoyard, c'est pas la peine… Tu ne reverras pas ta Dorine, fais-t'en une raison… On n'a plus assez de belles filles dans la province pour les laisser s'envoler avec des oiseaux de passage. La guerre et la peste nous en prennent tant qu'on ne va pas encore laisser Cupidon faire ses quatre volontés par chez nous…

Gaspard ouvrait de grands yeux, interloqué ; ces propos froids comme la pierre le glaçaient jusqu'à la moelle.

– À cette heure, la Comtoise qui t'a tourné la tête est loin, en lieu sûr… reprit le bonhomme ; et va pas te mettre dans l'idée de la retrouver, tu risquerais de n'y gagner qu'une boutonnière… Il y a déjà assez de sang qui coule par ici… T'as meilleur de reprendre la route. Je te souhaite bonne chance. Sur ce…

Le vieillard se leva et s'esquiva sans se retourner.

Le colporteur ne quitta sa soupente de deux jours. La pièce était encore pleine de la présence de celle qu'il ne cessait de pleurer en serrant les dents. Il savait bien qu'on ne luttait pas contre un clan qui voulait garder une de ses filles. Dans sa vallée il en allait de même ; si une jeunesse de Saint-Nicolas s'amourachait d'un gaillard de l'extérieur au cours d'une veillée, il se trouvait toujours un frère ou un oncle pour faire entendre raison aux imprudents.

Seule la route pouvait mettre un peu de baume sur son cœur écorché. Aiguillonné par ce qui lui restait de fierté, il régla au mieux ses affaires dans la petite cité viticole, puis tel Loth quittant Sodome, il fila vers le nord.

La détresse fut sa seule compagne pendant toute sa saison de porte-balle. Quand la misère tentait de le fourvoyer dans les régions marécageuses de la vie où il risquait souvent d'être englouti, à chaque fois c'est le souvenir de Dorine qui lui donnait la force de retrouver la terre ferme de l'espoir.

Il survécut à cet hiver d'épreuves porté par le désir de repasser par la Comté dès les premiers beaux jours. Lorsqu'il y arriva vers l'Ascension, il constata que la province venait de glisser un peu plus sur la pente de la mauvaise fortune. Les Français s'apprêtaient à prendre ce qui restait de la ville de Lons; la famine poussait sur les routes des colonnes de miséreux prêts à tout pour survivre un jour de plus. Gaspard comprit qu'il ne resterait pas longtemps en vie s'il entreprenait de sillonner la région à la recherche d'indices le mettant sur la trace de Dorine. Il eut assez de lucidité pour regagner au plus vite son duché.

À l'automne, il repassa par Château-Chalon, et signa pour une nouvelle campagne dans les vignes. De tout ce temps où il vécut la hotte sur le dos il ne prononça pas un mot. Les jours où la vendange avait un goût de fiel, il cherchait dans un coin de paysage ou dans les rires de la compagnie la trace de son bonheur éphémère. Cela lui suffisait pour tenir jusqu'au soir. Arriva enfin le moment où la vigne qui avait tant donné aspirait au repos. Une fois encore Gaspard reprit la route des Allemagnes.

Ce fut à Munich au début de décembre que la providence lui fit un petit présent.

Il y avait entre la Marienplatz et le marché aux victuailles une taverne où les colporteurs de tous horizons avaient coutume de se retrouver en une sorte de petite république pour y échanger nouvelles, conseils, appréciations sur la clientèle, chausse-trappes à éviter et mille autres détails constituant le bréviaire du colporteur. Si parfois certains profitaient de cette assemblée pour s'y associer avec un compère de fortune, bon nombre de migrants fréquentaient cette société afin de mesurer l'état de santé des entreprises de leurs semblables. Gare à celui pour lequel les affaires allaient mal ; vite repéré, il serait bientôt la proie facile d'une meute de trafiquants au cœur sec.

C'est dans cette taverne qu'un soir, Jean-Pierre Têtu, marchand venant de Tarentaise, voulut divertir l'auditoire en contant l'histoire d'un joli cœur faucignerand épris d'une fille de Lons…

Gaspard impassible écouta sans broncher l'histoire qui était la sienne. Il sut qu'il n'avait pas souffert pour rien lorsque le Tarin conclut sa fable par cette phrase :

– Paraît que la promise est chez un de ses oncles vicaire-régent à Salins… Si vous passez par là, accordez un mouchoir à la belle, en souvenir de son sauveur…

Tout l'hiver Gaspard se consacra avec ardeur à son négoce ; c'était la seule manière de rogner les ailes du temps et de ne pas languir. Quand le vent du sud se décida à cajoler le plus humble bourgeon, le Savoyard dit adieu à la Bavière et marcha vers Salins. Sa passion intacte lui permit d'arriver à marche forcée dans la cité s'étirant le long de la Furieuse. Là, il fréquenta avec assiduité tous les offices pouvant se célébrer de prime jusqu'à complies. Sa tactique s'avéra digne d'un César puisque, au matin du troisième jour, il vit entrer sa dame de cœur à l'office de tierce en l'église Saint-Anatole.

Le plan établi par le colporteur était désarmant de simplicité : il voulait convaincre Dorine de le suivre sur l'heure pour gagner les rives paisibles de la Savoie. Installé dans la première travée du sanctuaire où il se savait facilement repérable, Gaspard pria intensément pour que le Ciel lui permette d'être aussi persuasif que le jour où il avait tiré des griffes de la peste la jeune Lédonienne.

Dorine s'attendait à tout sauf à cette rencontre. Était-ce la main de Dieu ou la main de Diable qui replaçait le colporteur sur son chemin ? Il ne servait à rien d'essayer d'apporter une réponse à cette question. Gaspard se trouvait devant elle et il lui était impossible d'échapper au face à face qui s'annonçait. Elle pria pour qu'elle ait la force de faire bonne contenance, et peu après l'Ite missa est quand elle passa le porche de l'église, tant bien que mal elle réussit à contrôler son émoi.

– Dorine, je t'en supplie ! viens avec moi en Savoie, clama le colporteur. Pour vivre avec toi j'abandonnerai mon négoce de quatre sous. Là-bas dans nos montagnes, la guerre nous épargne depuis assez de temps pour que nous en ayons oublié le son des mousquets et j'ai assez de bien pour que nous puissions nous établir et mener une vie honnête. L'autre année, je t'ai sauvée de la peste ; cette fois, je ne veux te sauver de rien ; je voudrais que tu te décides à me suivre simplement parce que je t'aime et parce que je veux te prendre pour femme.

La jouvencelle le regardait de ses yeux verts, mais une muraille de verre semblait la séparer de son amant des vendanges. À mesure que le migrant débitait ses phrases maladroites, Dorine prenait des allures de statue de sel.

Gaspard à son tour se sentait extraordinairement emprunté. Il avait vidé sa besace de mots et ne trouvait plus rien à dire. La fille pour laquelle il aurait allègrement vendu son âme, se trouvait si près de lui qu'il croyait entendre les battements saccadés de son cœur et pourtant il lui était impossible d'esquisser le moindre geste. Ce moment dura une éternité. Quand enfin sa main voulut se poser sur l'épaule de Dorine, celle-ci recula des larmes plein la voix :

– Non, Gaspard, non… Je ne peux pas, depuis la Chandeleur je suis mariée, Claude mon époux travaille à la saline et je…

Le colporteur ne sut pas ce que la demoiselle voulait ajouter, elle venait de tourner les talons, le laissant assommé par le chagrin sur les marches de l'église d'une ville où jamais il n'était venu et qu'il voulait quitter au plus vite.

Alors qu'une nouvelle averse fouettait la toiture d'ardoises, Gaspard se retourna encore, convaincu que le sommeil ne parviendrait pas à étouffer cette brassée de souvenirs enflammant tout son être. Il se préparait à une de ces nuits fardées d'anxiété qui au matin vous laissent la tête emplie d'une fatigue poisseuse, quand tout à coup, son cœur se mit à battre d'une façon désordonnée. Quelqu'un montait à l'échelle donnant accès au fenil. La démarche n'était pas celle d'un voyageur de la dernière heure ni celle d'un de ces amateurs de libations tardives. Le pas qui approchait était souple, vif et assuré.

– Dorine ? hasarda le colporteur.

En guise de réponse, une main qu'il n'espérait plus se posa sur sa bouche, et dans sa tête se mirent à carillonner des cloches qui lui rappelaient celles qui sonnaient à Lons le jour où, l'épidémie à ses trousses, il avait franchi la porte de la ville serrant la main d'un beau brin de fille aux yeux verts.

# CHAPITRE IX
## Seul

Encore prisonnier d'un demi-sommeil lénifiant, Jean-Baptiste émergeait peu à peu d'un rêve singulier. Il gardait des vaches dans un alpage au contour familier quand un homme aux allures de colporteur était apparu au bas de la prairie. Curieux, le jeune berger avait voulu aller à sa rencontre pour lui parler, mais, d'une manière étrange, chaque fois qu'il s'approchait du colporteur celui-ci semblait se dissoudre dans le paysage pour reparaître un peu plus loin.

Toujours engourdi par une torpeur cotonneuse, l'adolescent profitait avec délices de la quiétude infiltrée jusqu'au tréfonds de son être. Baigné par la délicieuse chaleur régnant dans sa tanière, il se trouvait tout surpris de ne pas se ressentir davantage des fatigues de la veille. Était-ce péché s'il se prenait à souhaiter que le jour ne se lève point afin qu'il puisse rester dans cette antichambre du paradis jusqu'au printemps à venir ? Un détail toutefois vint troubler ce sentiment de béatitude. Jean-Baptiste devinait qu'à son côté Gaspard remuait d'une manière anormale. Ses sens intrigués se mirent en quête du moindre indice, obligeant le jeune Saint-Gervolain à quitter définitivement les rives du sommeil. Il en était certain maintenant, il y avait près de lui deux respirations mêlées. Les bruits de tissus froissés et les bribes de paroles susurrées entre deux halètements ne pouvaient être portés au compte d'un quelconque sommeil, si agité soit-il…

L'apprenti colporteur ne fut pas choqué outre mesure. La promiscuité étant la loi commune, depuis son plus jeune âge il était familier des jeux amoureux des adultes. L'hiver, parents et enfants s'entassaient dans une seule pièce où l'intimité n'était pas de saison. Et puis il y avait aussi ces veillées où souvent les galants ne s'embarrassaient point de grands principes pour trousser gaillardement des jeunesses plus ou moins consentantes au vu et au su de tous. Plus de doute, Gaspard lutinait une drôlesse. Jean-Baptiste se moquait éperdument de savoir avec qui son oncle jouait à la bête à deux dos, mais il ne fallait pas compter sur lui pour tenir la chandelle plus longtemps. Furtivement il saisit ses bottes, se glissa en catimini vers l'échelle et laissa les amants à leur déduit.

Il eut du mal à se repérer dans l'immense écurie où il posa le pied. Tentant de se déplacer en se guidant grâce à la présence des chevaux, il connut quelques déboires avant de se repérer dans ce lieu énigmatique, se cognant par deux fois à une poutre et posant allègrement le pied dans une flaque de pissat. Il était furieux contre lui-même. S'il en était là, c'était la faute à ce rêve étrange qui l'avait malencontreusement tiré d'un sommeil mérité. Sans qu'il puisse y apporter une explication, cette bouffée de colère se muait doucement en une vague de mélancolie venue d'on ne sait où, qui l'enserrait avec la force d'une tenaille. Il se laissa choir sur la jonchée de paille qui avait accueilli son premier somme la veille au soir. Sans se soucier de l'heure matutinale, une meute de questions angoissantes assaillait son esprit. Pourquoi lui avait-il fallu suivre son oncle sur cette route des Allemagnes sans que jamais personne lui demande son avis ? Jusque-là son univers confiné entre le torrent du Bonnant et les premières pentes d'Arbois lui avait suffi. Il fallait y travailler comme des damnés simplement pour ne pas mourir de faim ? Et alors ? Les choses n'avaient pas l'air d'aller mieux en Comté. Gaspard l'avait arraché à son monde de bois, d'herbe et de neige pour le conduire vers où ? Vers ces fameuses Allemagnes dont il dessinait des tableaux si idylliques durant les longues soirées de juin. Quelle piperie ! Plus il laissait la bride sur le cou à sa réflexion, plus Jean-Baptiste accumulait de griefs à l'encontre de son oncle. Qui aurait pu se douter que derrière ce hâbleur plus fort qu'un batteur d'estrade, se trouvait un homme capable de tuer, de transporter dans son bagage des livres condamnés par l'Église, la conscience suffisamment en paix pour culbuter la première soubrette venue ? Non, il en avait assez : il n'irait pas plus loin. Il ne verrait ni la foire de Zurzach, ni les bourgs cossus du Palatinat. Sa décision était prise : tout à l'heure il tournerait bride et repartirait vers sa vallée avec la seule aide de Dieu pour mener à bien sa folle entreprise. Il avait confiance. Le Créateur savait lire dans les cœurs. Il comprendrait le chagrin de celui qui depuis une semaine était condamné à suivre sans piper mot un guide bafouant allègrement les commandements divins.

Pourtant en réfléchissant à la marche à suivre pour regagner Genève, le jeune rebelle voyait sa détermination fondre comme une neige d'avril. Avec fatalisme, il mesurait que sa tentative n'avait aucune chance de réussite. Sans argent, sans bagage, privé du flair de son mentor, il n'était rien. Un fil invisible l'enchaînait au bon vouloir de Gaspard et il ne servait à rien de vouloir crier sa colère, ni d'imaginer être maître de son avenir. Prenant conscience qu'il n'avait pas plus de liberté que le mulet soufflant à deux pas, il choisit d'aller marcher un peu dans la campagne afin de remettre sur pied son moral défaillant. À tâtons, il trouva la porte de l'écurie, la poussa et plongea alors dans un brouillard si dense que le paysage en avait une allure irréelle. Sans énergie il s'assit contre un reste de mur pignon et il se laissa aller à son chagrin, ne sachant plus très bien si ses joues se couvraient de larmes, ou s'il fallait mettre au compte du brouillard ces mille gouttelettes inondant son visage.

Quand il avait remarqué l'absence de son disciple, Gaspard ne s'était pas inquiété outre mesure : il fallait un événement d'une autre importance pour entamer la joie de ses retrouvailles avec la demoiselle de Lons. Pourtant il sentit un certain agacement l'envahir quand il constata que ni les rouliers, ni les capucins, n'avaient aperçu Jean-Baptiste dans le champ clos constitué par l'auberge des Fourgs et ses dépendances. C'est donc d'assez mauvaise humeur que Revenaz entreprit de fouiller ce qui restait du village pour y retrouver la trace de son protégé.

– Mais pourquoi il a fallu que je m'encombre d'un jean-foutre pareil ! maugréa le colporteur lorsqu'il découvrit son neveu dégoulinant de pluie, pelotonné contre son tas de pierres. « Tu veux attraper la mort pauvre imbécile ! » se mit-il à hurler en poussant sans délicatesse le gamin vers la salle d'auberge.

– Dorine ! Regarde-moi ce malotru ! Il claque des dents comme s'il allait monter au gibet ! Vite ! prépare-lui un bol de bouillon, pendant que je le frictionne avec de la goutte, ça va lui fouetter le sang !

En un éclair, Jean-Baptiste s'était retrouvé nu comme un ver devant la cheminée, tel un martyr face au bûcher ; son oncle lui frottant le corps avec une belle ardeur.

Vêtements secs, bouillon et frictions n'y firent rien. L'adolescent n'en finissait pas de grelotter comme s'il était possédé par le mal des ardents. Ses forces lui faisaient tellement défaut, qu'il ne fut pas long à prendre le chemin du fenil sans prononcer le moindre mot. Avec résignation la petite société de l'auberge constata que plus les heures passaient, plus la situation empirait. L'adolescent, contraint d'engager la lutte avec une fièvre pugnace, mettait genou en terre et les remparts protégeant son organisme cédaient les uns après les autres. Vers les trois heures de relevée Jean-Baptiste commença à délirer.

Gaspard s'était installé devant la cheminée monumentale où se consumaient de grosses bûches de fayard. Il affichait un visage impassible ne laissant rien paraître de son inquiétude. Que faire ? La journée était perdue, c'était fort dommage mais il fallait accepter cette situation, en espérant que Jean-Baptiste recouvre au plus tôt assez de vaillance pour reprendre la route. Lui aussi, au cours de ses premières campagnes de colporteur, lorsqu'il apprenait le métier au service de Simon Roux, il avait eu à affronter la maladie rencontrée au détour d'un chemin. Un réel malaise l'envahissait quand il se remémorait ces moments de terrible souffrance. Même si sa solide constitution lui avait toujours permis de sortir vainqueur des combats menés contre les fièvres, les fluxions ou autres congestions, à chaque fois il était revenu différent de ces batailles, certain d'avoir séjourné dans des contrées couleur de braises où caracolaient des anges déchus. Pour l'heure, Jean-Baptiste à son tour apprenait à souffrir dans la solitude des routes du négoce et personne ne pouvait rien pour lui. Seul Dieu déciderait de ce qu'il allait advenir. Revenaz savait qu'il allait lui falloir de la patience pour attendre le verdict que prononcerait le Seigneur le moment venu. Il attendrait en se faisant le plus discret possible. Certes il aurait pu prier pour que le Ciel prenne son neveu en pitié, mais cette démarche ne s'accordait pas avec ses principes. Sur la route des Allemagnes où bien souvent il ne fallait compter que sur ses propres forces, jamais Gaspard n'avait été tenté de prier pour attirer la bienveillance céleste. Ce n'était point là une marque d'orgueil, mais il voyait dans la prière un signe de remerciement et non un moyen d'attirer les bonnes grâces divines au-dessus de sa tête.

Dans la matinée, il avait un moment mis ses préoccupations de côté, en prêtant la main à l'équipe de rouliers occupée à changer l'essieu du fardier. Il aurait presque souhaité accompagner ces habitants du haut pays un bout de chemin, tellement il était ébahi par la force et la cohésion du magnifique attelage d'ardennais qu'ils conduisaient. Quand la brume vorace avait gobé chevaux et rouliers, le colporteur s'était cramponné au grincement du charroi aussi longtemps qu'il l'avait pu, craignant d'affronter seul le monde clos de l'auberge que les deux capucins avaient déserté dès matines sonnantes. Avec cette chape cotonneuse se délectant à effacer tout relief, il y avait bien peu de chance que quelque voyageur n'accoste en ce bout du monde avant la soirée. Le moment allait être propice pour mettre de l'ordre dans ses idées et ses sentiments même si le colporteur n'affectionnait pas l'exercice.

Le destin venait de lui servir une carte qui bouleversait complètement son jeu. Cette dame de cœur que la providence venait de sortir de sa manche n'allait-elle pas contrarier la belle suite de trèfles qu'il s'apprêtait à abattre dans les mois à venir ? Serait-elle plutôt la fameuse carte manquant à son jeu, celle qui empêcherait Dame Misère de faire le moindre pli ? Gaspard ne savait plus quoi penser. Hier encore à cette heure, il tenait les rênes de son avenir avec confiance. Il était en route pour la Bavière où il s'apprêtait à vivre une ultime campagne pour peu que sa bonne étoile soit à ses côtés. Si les affaires étaient bonnes, au printemps prochain il pensait avoir amassé un capital suffisant pour s'établir dans la ville d'Augsbourg qu'il fréquentait depuis plus d'un lustre et où il se sentait comme un poisson dans l'eau. Son oreille s'était habituée à la langue rugueuse en usage dans la province et il était même assez fier d'avoir amassé une provision de mots suffisante pour susciter parfois des murmures admirateurs chez ses interlocuteurs.

Gaspard le savait bien, il avait de moins en moins d'appétit à tourner bride vers la vallée de Montjoie quand revenait les beaux jours. Lorsqu'il pensait à sa maison des Granges, aux quelques arpents de terre de Tague, plus aucune flamme n'allumait son regard. Avec les années il était devenu marchand dans l'âme et sans vouloir la renier, il ne regrettait aucunement sa condition de laboureur. Lorsqu'il avait préparé son départ voilà quelques semaines, il avait eu l'intime conviction que cette fois il allait faire le grand saut et quitter définitivement la vallée de Montjoie. Quelquefois, il s'était surpris à penser que plus jamais ses pas ne fouleraient les chemins tracés par ses ancêtres et il avait même éprouvé un peu d'amertume en réalisant qu'il n'attendrait pas le jour du Jugement Dernier au pied de cette église où il avait été baptisé, où il s'était marié voici des années.

Mais avec le retour impromptu de Dorine dans sa vie, ces perspectives s'étaient effondrées, balayées comme fétu de paille.

Depuis l'hiver dernier celle-ci était veuve. La guerre lui avait pris son homme, tué dans les bois de Chaumois d'Amont, on ne savait ni par qui, ni pour quoi. Les loups avaient fait ripaille de sa dépouille en bénissant ces temps de guerre qui leur offraient de si belles agapes, tandis que Dorine versait toutes les larmes de son corps, tourmentée à l'idée que celui qu'elle aimait ne reposerait jamais en terre chrétienne. Dès le début de son veuvage, il lui avait fallu travailler pour subsister ; par chance, grâce à son oncle, le vicaire de Salins, elle avait trouvé cette place dans l'auberge des demoiselles Francoz.

Une seule idée émergeait du pot au noir où la réflexion de Gaspard dérivait : ces retrouvailles avec celle qu'il avait sauvée de la peste étaient un signe de Dieu. Trop de faits troublants s'étaient accumulés pour que Gaspard et Dorine se retrouvent dans ce fenil, brûlant du même amour que lors des vendanges de Château-Chalon. Sans y voir l'ombre d'un sacrilège, le colporteur imaginait le Bon Dieu emmitouflé dans ses nuées, l'air goguenard, content du tour malicieux qu'il venait de lui jouer. Le migrant se connaissait un peu et il se savait plus à l'aise en affaires qu'en matière de sentiments, aussi, ce n'est pas sans un certain désarroi qu'il se voyait chahuté par des émotions contraires, incapable de décider quoi que ce soit. Fallait-il partir vers les Allemagnes et y continuer son ascension sociale ? Ou plutôt reprendre le chemin de Saint-Gervais avec celle que Dieu lui envoyait pour s'y établir et élever une famille avec la misère aux trousses ? Que faire ? Il en arrivait à se demander si le Créateur n'avait pas choisi d'accabler Jean-Baptiste de cette fièvre maligne pour le contraindre à mûrir son choix.

Une semaine s'écoula et Jean-Baptiste ne se décidait toujours pas à sortir du coma dans lequel il avait basculé. On l'avait installé sur une paillasse dans une petite chambre moins glaciale que le fenil, et Gaspard et Dorine passaient de longs moments à son chevet. Plus le temps s'écoulait et plus le marchand se murait dans un silence glacial. Les rondeurs du corps de Dorine n'étaient plus le sésame capable de libérer sa parole emprisonnée, les mots ne trouvaient plus le chemin de ses lèvres.

– Gaspard, mon Gaspard, murmura un soir la servante quand elle eut rejoint son amant dans le fenil, tu ne vas pas rester à te ronger les sangs ici jusqu'à la Noël… Tu as déjà trop perdu de temps, il faut te mettre en route. Ne te fais pas de soucis pour Jean-Baptiste, je m'en occuperai.

– Et si…

Gaspard voulait commencer une phrase, mais Dorine ne lui en laissa pas le loisir, posant sa main sur la bouche du migrant.

– Je le ferai sépulturer en terre chrétienne, reprit-elle en se signant. Mais Dieu ne le voudra pas.

– Qu'en sais-tu, ma belle ? tu ne lis point dans les tarots, lança le colporteur.

– Dieu le sauvera pour que tu aies à repasser par les Fourgs au printemps prochain. Je t'attendrai, je soignerai ton neveu et je saurai me débrouiller pour lui assurer le vivre et le couvert. Toi, tu feras ce que ta conscience et ton cœur te diront.

Gaspard resta un long moment sans rien dire, caressant seulement les lèvres de Dorine.

Une nouvelle fois ce fut la fille de Lons qui reprit la parole :

– Demain tu pars. Dans deux jours tu es à Besançon pour y laisser tes livres maudits… Si tu ne rencontres pas d'autres Dorine en chemin, tu peux encore être à Zurzach pour la foire…

Un long moment les deux amants restèrent immobiles, chacun à l'écoute des myriades de pensées qui éclataient comme des bulles dans leur tête. Les mots étaient inutiles, il n'y avait que cette énergie qui circulait entre leurs deux corps, accompagnée par le bruit de leur respiration.

Dorine s'endormit la première.

Le froid, messager du petit matin, déchira le sommeil du Savoyard et de sa promise. Ils firent l'amour une dernière fois, sans se laisser submerger par les giboulées de promesses enrobées de bons sentiments accompagnant ce genre de séparation, puis Gaspard glissa vers l'écurie. En quelques instants, il était redevenu le voyageur aguerri qui ne laissait rien au hasard dans les derniers préparatifs, allant de droite et de gauche dans l'espoir de calmer l'excitation du départ qui le consumait.

Un matin de givre s'annonçait, la traversée de la montagne du Larmont n'en serait que moins difficile. Les rouliers lui ayant expliqué l'itinéraire avec force détails, Gaspard se sentait confiant. Il resta un moment au côté de Jean-Baptiste, craignant de ne jamais le revoir. Personne ne lui donnerait de nouvelles de son neveu avant le printemps, et d'ici là… Il se prit à redouter d'être le porteur d'une fâcheuse nouvelle lorsqu'il pousserait la porte de la ferme des Pratz vers la Pentecôte prochaine.

Dorine venait de le rejoindre :

– Il faut te mettre en route, dit-elle, je te l'ai promis, je m'occuperai de lui quel que soit le choix du Seigneur.

La gorge nouée, le Savoyard posa dans la main de la demoiselle trois pièces d'argent de belle taille en disant :

– Je me suis arrangé avec tes patronnes, la pièce de dentelle et le sac d'herbe à bouquetin que je leur ai laissés semblent leur convenir pour la pension du gamin ; on soldera l'affaire au printemps… Que Notre-Dame de la Gorge veille sur toi.

Sans afficher d'autres marques d'affection, le roulant s'en alla sortir son mulet et se mit en route dans ce paysage de verre, où un soleil pourpre jouait les funambules au-dessus d'un bouquet de frênes décharnés.

Octobre s'essoufflait, bientôt il allait basculer dans la fosse commune du temps. Chaque matin le gel enfonçait ses crocs un peu plus profondément dans la terre du plateau. Tel un hôte sans gêne, le froid se glissait sous les portes et jouait les passe-murailles en ricanant.

Dorine avait installé un petit brasero dans la pièce où Jean-Baptiste s'épuisait à lutter contre la fièvre. Depuis deux jours elle dormait à son côté, craignant de le voir passer de vie à trépas d'un moment à l'autre. Les deux capucins, redoutant plus les attaques de la bise que celles du Malin, avaient cessé d'arpenter la campagne pour revenir se claquemurer dans la grande salle de l'auberge. Ils priaient avec assiduité au chevet du petit Savoyard, prêts à lui administrer le viatique tant à leur expérience cette mine cireuse et ces relents de transpiration aigre annonçaient une fin prochaine.

Une fois encore Dorine venait de changer l'adolescent ; elle l'avait lavé comme un nouveau-né en ne cessant de lui conter par le menu le départ de Gaspard. En s'occupant de la sorte elle pensait offrir un dérivatif à ses pensées et contenir les larmes gonflant ses paupières. Elle ne voulait pas laisser libre cours à sa peine, toute persuadée que si elle éclatait en sanglots le tourment du petit colporteur s'en trouverait décuplé. Pourtant elle lutta en vain, le chagrin était trop à l'étroit dans son cœur ; il fallait qu'il s'échappe, qu'il caracole dans cette pièce, qu'il se cogne aux murs jusqu'à ce qu'il s'épuise.

Dorine n'y pouvait rien, elle se mit à pleurer sans retenue sur le corps de Jean-Baptiste qu'elle serrait dans ses bras comme l'ultime cadeau laissé par son amant. Ce cadeau, elle voulait le garder, le réchauffer de sa propre chaleur. Il fallait qu'il vive. Lui seul lui permettrait d'attendre le retour de Gaspard. Soudain elle oublia ses larmes : elle en était certaine, le cœur du garçon ne battait plus de la même façon, les pulsations paraissaient plus assurées, la respiration elle aussi semblait plus calme. Dorine venait de saisir le visage du gamin entre ses mains ; elle, la fille de la plaine, s'était mise à débiter un discours étrange qui parlait de vaches, d'herbe de montagne, et cette fois elle pouvait le jurer, imperceptiblement une paupière du gamin venait de bouger !

Elle ne s'arrêta pas de dévider un discours où alternaient les récits de pâturages et les prières adressées à cette Notre- Dame de la Gorge qu'elle ne connaissait pas mais en qui Gaspard semblait avoir une si grande confiance. En même temps, elle frictionnait le corps de Jean-Baptiste avec de l'alcool, tâchant de ranimer le tison de vie enfoui dans la poitrine de l'adolescent.

Les deux capucins venaient d'arriver quand Jean-Baptiste bougea les lèvres pour la première fois depuis de longs jours pour balbutier le mot « soif ». Dorine lui humecta la langue de quelques gouttes de bouillon, se promettant de renouveler l'opération à allure régulière.

Il ne fallait pas encore crier au miracle, mais le corps du malade semblait revenir lentement à la vie comme une plante caressée par le soleil d'avril.

Vers le soir Jean-Baptiste remuait parfois les doigts, il lui arrivait de prononcer un mot ou deux dans son sommeil, et son visage s'était défait du teint de parchemin qu'il affichait encore au matin.

– Notre-Dame de la Gorge, protégez-le ! Notre-Dame de la Gorge, protégez-le !

Inlassablement Dorine répétait cette litanie en cherchant à imaginer à quoi ressemblait la statue de cette Notre-Dame vénérée dans les montagnes de Savoie. Pourquoi les gens de là-bas l'appelaient-ils Notre-Dame de la Gorge ? Soignait-elle le croup ou les goitreux ? Donnait-elle de jolis seins gonflés de lait aux nourrices de ces vallées ? Elle en fit le serment : si Jean-Baptiste triomphait de la fièvre, s'il recouvrait la santé, elle irait prier cette Notre-Dame pour la remercier.

Au milieu de la nuit Jean-Baptiste retrouva un sommeil normal et au matin, bien que très affaibli ; il se réveilla et put demander à boire.

# CHAPITRE X

## À bientôt peut-être…

Deux semaines s'étaient écoulées depuis le jour où Jean-Baptiste était sorti vainqueur du combat incertain mené contre la fièvre. Jour après jour depuis, il reconstituait son capital d'énergie grâce aux bouillons et aux soupes de fèves que Dorine et les demoiselles Francoz lui administraient sans compter.

Dans les premiers temps de sa convalescence, vidé de sa substance, l'adolescent était resté cloué sur sa couche, le regard rivé au brasero qui, tel un soleil automnal, le nourrissait de sa chaleur parcimonieuse. Enfin, ses sens indolents avaient fini par se dégourdir, retrouvant assez de confiance pour s'en aller fureter aux frontières du petit univers où flottait Jean-Baptiste.

Dès qu'elle en avait le loisir, Dorine venait passer de petits moments à son chevet, déposant à chaque fois au creux de son oreille une confidence ou une révélation le rapprochant des rives de la réalité. Apprenant que son oncle continuait le voyage sans lui et qu'il lui faudrait passer l'hiver dans ce coin du haut pays, Jean-Baptiste était resté muet. La jeune servante avait bien tenté de lire dans son regard l'expression d'une quelconque émotion, mais l'apprenti colporteur avait gardé un air impassible comme si ces nouvelles ne le concernaient que de très loin. Maintenant qu'il était debout et qu'il recouvrait des forces, il profitait de petites marches exploratoires autour de l'auberge pour réfléchir à la nouvelle mosaïque qui s'était dessinée pendant sa léthargie, sans toutefois jamais laisser échapper le moindre commentaire.

Bien qu'il n'osât se l'avouer, il n'éprouvait pas un chagrin démesuré à l'idée du départ de Gaspard : tout juste s'il ressentait un petit pincement de cœur en se disant qu'il n'atteindrait jamais les Allemagnes cet automne, se privant par-là même de l'enseignement d'un des marchands les plus avisés de toute la vallée de Montjoie.

Il savait qu'avec le temps, cette première campagne lui laisserait le goût d'un semi-échec, mais pour le moment il arrivait à se rassurer sans peine, certain de devoir à la main de Dieu l'arrêt de la folle cavalcade où son oncle l'avait entraîné. La fin de ce périple où il avait trop souvent aperçu le visage de la malemort, suscitait plus de soulagement que de regrets dans le cœur du jeune Saint-Gervolain.

Dorine lui avait aussi conté sans détour sa rencontre avec Gaspard, ses retrouvailles inattendues et le fol espoir qui en avait découlé. Jean-Baptiste avait trouvé l'histoire agréable à entendre et une fois encore il pensait que le Bon Dieu n'était pas étranger à tout ça. Quant aux facéties de Cupidon, elles ne réussissaient pas à l'émouvoir outre mesure et c'est même avec une légère une pointe d'agacement qu'il voyait les yeux de Dorine s'embuer de larmes lorsqu'elle parlait du colporteur.

Cette présence féminine qui venait de faire incursion dans son quotidien lui était d'un réel secours pour retrouver son équilibre et sa vitalité. Cet ange gardien si prévenant lui rappelait sa mère et il ne s'endormait jamais sans remercier la Vierge pour cette bonne rencontre. Si pendant les jours passés au côté de son oncle, les occasions de prier avaient été assez rares, à l'auberge il retrouvait une atmosphère de piété qui convenait à son tempérament et à son éducation. Ici, on invoquait fréquemment saint Benoît ou saint Désiré, et régulièrement on allait prier dans la chapelle du Touriau qui dominait le village. Jean-Baptiste éprouvait une certaine réticence à invoquer ces protecteurs qui lui étaient peu familiers, il gardait une confiance indéfectible envers les saints qui l'avaient vu grandir, ceux qui peuplaient les chapelles et les oratoires de ses montagnes, ceux à qui il pouvait donner un visage.

– Est-ce qu'il vaut mieux prier saint Guérin ou saint Grat quand une vache n'arrive pas à vêler ? s'était-il hasardé à demander à frère Aubin, l'un des deux capucins dont les passages réguliers à l'auberge ponctuaient la fuite des jours dans cet automne glacial.

– Adresse tes prières à Dieu qui a envoyé son Fils sur la terre pour notre salut ; prie la Vierge et abstiens-toi de trop te prosterner devant les statues des saints... avait répondu sobrement l'homme de Dieu, puis il avait ajouté : « Tu dois aller mieux pour te poser de telles questions c'est parfait, nous t'emmènerons entendre la messe pour l'octave de la Toussaint. »

Jean-Baptiste avait bien voulu se confesser pour l'occasion. En douceur, le capucin avait tenté de l'amener à expliquer la pratique de son oncle, il était allé jusqu'à soulever un coin du voile en parlant d'ouvrages offensants pour Dieu, qui voyageaient quelquefois dans le bagage des colporteurs. La méfiance de l'adolescent ne fut pas prise en défaut, le piège était trop gros. La confession arrivait à son terme quand le missionnaire lança une question qui obligea le jeune Savoyard à beaucoup de réflexion :

– Quelle leçon tires-tu de ce voyage au côté de ton oncle ?

Après un long silence le convalescent finit par répondre :

– Dieu est partout, c'est sûr, mais en suivant Gaspard j'ai découvert que le Bon Dieu n'aime pas marcher…

Ébahi, frère Aubin cessa de caresser sa barbe et fixa l'adolescent déjà engagé dans sa démonstration :

– Ici dans cette auberge ou bien lorsque je suis dans ma maison des Pratz, je sais bien que Dieu est là, qu'Il accompagne le plus simple de mes gestes et qu'Il surveille la moindre de mes pensées… Eh bien sûr la route, il y a eu des moments où Dieu ne marchait plus à mes côtés… Quand je me retournais pour chercher sa présence il me fallait tendre l'oreille pour l'entendre dire : « Va à ton pas, je te rejoindrai tout à l'heure… »

Les cent cinquante Ave Maria du rosaire qu'il dut réciter avec les capucins donnèrent à penser à Jean-Baptiste qu'à l'avenir il garderait pour lui ses réflexions personnelles sur la présence divine.

À trois jours de là, Dorine préparait un cuvier pour y laver du linge quand elle entendit, venant de la cour, les coups redoublés d'une masse frappant sur un coin de fer. Surprise, elle sortit pour voir ce qui se passait et découvrit alors le jeune Saint-Gervolain occupé à fendre des morceaux de fayard avec un bel entrain. Elle faillit lui crier d'arrêter, de bien vite rentrer se mettre au chaud, mais en le voyant elle se garda de l'admonester. L'adolescent semblait si heureux de jouer de sa masse, il y avait un tel contentement au fond de ses yeux qu'elle comprit que cette activité allait lui permettre de retrouver goût à la vie. Depuis lors, chaque jour, Jean-Baptiste scia, fendit, empila avec un appétit toujours renouvelé.

Un matin où un brouillard encore plus épais que d'habitude noyait les Fourgs, notre Savoyard chargeait une brouette de bûches quand il fut surpris par une voix traînante surgissant de la masse cotonneuse.

– Où t'as appris à te servir d'un coin et d'une masse comme ça ? s'entendit-il demander.

Bientôt la silhouette d'un homme appuyé sur une béquille se découpa dans la brume. Quand il fut assez près, Jean-Baptiste constata que le visiteur n'avait plus qu'un œil, et qu'un tremblement incontrôlable secouait tout son corps :

– Guillaume Bulle... J'étais menuisier charpentier ici avant que cette putain de guerre me coupe les jarrets. C'est depuis que j'ai failli me faire rôtir dans l'incendie de l'autre mois que je suis dans cet état-là. Maintenant j'suis plus bon à rien…

– Faut pas dire ça, peut-être que le Bon Dieu… hasarda le gamin.

– Laisse le Bon Dieu là-haut et viens partager un bol de vin chaud dans ce qui reste de ma maison…

Jean-Baptiste suivit l'infirme et se retrouva bientôt attablé dans une cuisine aux allures de tanière :

– T'es le frère à la Dorine ou un parent des deux vieilles ? Il me semble que tu dois venir de loin, t'as pas l'accent de par chez nous… constata le menuisier.

Jean-Baptiste s'empressa d'exposer les circonstances qui le catapultaient dans ce village du haut pays au seuil de l'hiver. Avec prudence il se garda d'apporter une série de détails qui l'auraient obligé à évoquer quelques sombres chapitres de son aventure.

– Ben te voilà par chez nous jusqu'au printemps… assura l'habitant des Fourgs quand Jean-Baptiste arriva au terme de son récit. Tu connaîtras bien vite ceux du village, tu sais on n'est pas nombreux… Si on reste une quinzaine de feux dans la paroisse, c'est le bout du monde. La faute à cette putain de guerre, à ces Gris qui labourent le pays avec leurs poignards et leurs coutelas sans que jamais la foudre céleste en fauche assez pour que la Comté retrouve la paix.

– C'est eux qui ont brûlé ta maison ? s'inquiéta l'adolescent.

– Penses-tu ! ça, c'est une autre histoire. Après la Saint- Jean d'été c'est passé un soir un mauvais pauvre, un de ces vachers suisses qui vivent d'aumônes... On n'a pas dû le traiter assez bien, y en a un qui lui aura fait une remarque pas à son goût ou qui l'aura regardé de travers tout simplement... Bref, il nous a jeté un sort... Le lendemain de son passage, huit maisons du village brûlaient ! En 22, du temps de mon père, c'est tout le village qui avait brûlé, même l'église ! Pour cette fois on s'en est pas trop mal tiré... Tu veux que je te dise pourquoi ça nous arrive tant de malheurs ? demanda-t-il en tapant du poing sur le coin de la table. Mais, sans laisser le temps à Jean-Baptiste d'envisager la moindre réponse il reprit :

– Je vais te le dire... C'est parce qu'avant on priait mieux que maintenant... Dix fois par an on allait en procession jusqu'à la source là-haut où les vieux avaient placé une statue de la Vierge. Même si le curé n'était pas d'accord, on avait tous autour du cou un porte-chance qui ne nous quittait pas du berceau à la tombe ! Maintenant on prie plus assez devant les statues de bois d'antan ; faut écouter ce qu'il y a dans des livres, dire des prières nouvelles qu'on sait pas ce qu'elles veulent dire. T'es pas de mon avis ?

Jean-Baptiste, un peu désarçonné, opina de la tête puis ajouta :

– C'est pas tout faux ce que tu dis ; dans mon pays aussi le curé a des pratiques nouvelles. Il ne veut plus qu'on offre des présents à saint Guérin pour qu'il protège nos vaches. Il dit que c'est lui le bras de Dieu et que c'est à lui de bénir le bétail…

Revigorés par leur bolée de vin chaud, les deux esprits se réchauffaient au soleil d'une complicité naissante. Pas à pas ils découvraient quelques facettes de la manière de penser de cet autre qui tout doucement faisait moins peur. À la découverte de quelques-unes de ses convictions ou de ses craintes, chacun constatait sans toutefois l'avouer que l'étranger de tout à l'heure appartenait comme lui à la grande famille des montagnards qui depuis la nuit des temps consacrent leur existence à l'élevage. Guillaume Bulle décida de faire visiter au jeune Savoyard son atelier qui avait été épargné par les flammes.

– Si t'aimes le bois, tu viens ici quand tu veux… avait proposé le menuisier avec un accent de sincérité auquel l'adolescent ne fut pas insensible.

Son regard venait de s'illuminer. Il repensait aux longues journées passées dans l'atelier de son oncle Damien, reconnu dans toute la paroisse pour manier la gouge et le bouvet avec une habileté surprenante. Jean-Baptiste se dit qu'il ne serait pas malheureux dans ce coin de Comté puisque l'odeur et le contact du bois, la présence des outils de cet atelier mais aussi les craquements du fayard poignardé par les coins de fer, l'aideraient à attendre le retour de Gaspard.

La voix de Dorine qui l'appelait, le tira de sa rêverie. Il quitta le menuisier précipitamment, lui promettant de revenir bien vite.

– Où étais-tu, que tu pars sans rien dire… demanda sèchement Dorine.

– Chez Bulle, il me faisait visiter son atelier…

La servante avait tressailli à cette réponse.

– Je veux pas te voir chez lui, c'est un être malfaisant, il a la tête pleine de « racontôtes », il va te gâter l'esprit…

Jean-Baptiste n'avait nulle envie d'entrer en conflit avec sa protectrice. Il se dit qu'avec le temps il saurait bien assouplir son point de vue et il l'aida à pousser le cuvier sans aucune acrimonie.

Novembre, l'exterminateur méthodique, liquida en quelques jours toute trace de vie végétale ; pour nombre d'animaux des forêts et des landes le temps des restrictions avait sonné. Du chevreuil à la mésange chacun se résigna et entreprit d'économiser ses forces pour tenir jusqu'au retour des beaux jours. Jean-Baptiste quant à lui avait retrouvé tout son allant ; le froid sec qui régnait sur le plateau le débarbouillait de toute trace de mélancolie ou de nostalgie et il se jetait à corps perdu dans les travaux qu'on pouvait lui proposer. À la demande des demoiselles Francoz, le jeune Savoyard avait sauvé les matériaux qui pouvaient l'être dans une grange ruinée par le feu. Tâche périlleuse où, pour récupérer un chevron ou une pierre bien appareillée, vous risquiez d'être écrasé par la chute d'une poutre à demi calcinée ou par quelque bloc descellé. Jean-Baptiste s'acquitta sans encombre de cette besogne, et tel un héros de contes de fées, il attendait avec confiance la nouvelle épreuve que le destin ne tarderait pas à placer sur sa route. Bien peu de jours s'écoulèrent avant qu'il ne se trouvât enrôlé dans une équipe de bûcherons travaillant sous le Crêt de Haute Joux à peu de distance du chemin menant à l'Auberson.

Au soir, même s'il était harassé, il ne pouvait s'empêcher de faire un petit détour par l'atelier de Guil-laume Bulle pour y fignoler la fabrication d'une claie de portage en frêne que le charpentier caressait d'un œil admirateur :

– Chez nous on appelle ça un « réf », expliqua le Saint-Gervolain. Cet outil nous sert à porter les fromages mais aussi tout le matériel dont on a besoin quand nous montons dans nos chalets d'alpage. Regarde, j'ai même trouvé deux morceaux de harnais dans la grange brûlée, ils font des bretelles idéales ! Au retour de Gaspard, quand il me faudra reprendre la route de la Savoie, j'aurai de quoi porter mes affaires.

– T'as plus qu'à m'en faire un… Quand je partirai voir saint Pierre j'y mettrai tous mes péchés, et comme ça j'arriverai là-haut pas trop fatigué ! s'esclaffa l'invalide en passant la claie à l'épaule.

– Avant, reprit Jean-Baptiste, je vais me refaire des semelles de galoches ; la paire que j'ai ne tiendra pas l'hiver et je ne veux pas user mes bottes sur vos chemins… Il me faut la garder en bon état pour le printemps prochain en souhaitant que je grandisse pas trop des pieds d'ici Pâques ! Bon, pour ce soir je te laisse, ajouta le menuisier en herbe, on mange une dernière fois avec les capucins, ils repartent demain pour Chambéry. Ils veulent y être pour la Noël…

– Bah... si tu préfères la compagnie des capucins à la mienne, libre à toi, grommela Bulle, moi je connais leur chanson et je préfère mes vieux cantiques.

Le lendemain matin, Jean-Baptiste eut un peu de mal à quitter la paille de l'écurie quand Dorine le secoua pour rejoindre la troupe des bûcherons : la veillée s'était prolongée jusqu'à une heure avancée de la nuit.

La matinée fut aussi longue que la messe des Rameaux et l'adolescent éprouva une vive satisfaction au moment où Mathieu Guyon, le gaillard qui dirigeait l'équipe, donna le signal de la pause. Bien abrités du vent, les bûcherons profitaient des rayons d'un soleil de pacotille pour dénouer leurs muscles en avalant l'immuable soupe de fèves quand Simon Badoz s'étonna :

– Regardez ! un gars avec un mulet sur le grand chemin... C'est pas souvent qu'on en voit par ici, de ces bestiaux...

Le sang de Jean-Baptiste venait de se figer dans ses veines. Ce mulet... non ce n'était pas possible... La taille... Cette manière d'aller l'amble... Sangdieu ! Il était trop loin pour en avoir la certitude... Gaspard ? Mais que pouvait-il faire par ici ? Non ce n'était pas possible... Déjà le gamin dévalait la pente sous l'œil médusé de ses compagnons. Plus il se rapprochait de l'équipage, plus son cœur battait à tout rompre... Ça y est... cette fois il distinguait très bien les traits du muletier : ce n'était pas Gaspard. Pour identifier la bête de somme sans risque de se tromper, il lui fallait encore approcher un peu. Maintenant qu'il avait atteint la route il courait avec plus de liberté.

– Arrête te donc, ch'ti morveux ! queque tu m'veux ? (Le conducteur du mulet s'était arrêté et fixait le dératé qui courait vers lui.) Artourne t'en donc dans ton bois, que j'te dis ! cria le voyageur qui venait de saisir une pierre.

Campé au milieu du chemin, il faisait face au Savoyard qui n'était plus qu'à quelques toises de lui.

– J't'aurai ben prévenu, salopiau !

La pierre, envoyée avec une belle maîtrise, atteignit Jean- Baptiste sous la pommette gauche. Un éclair inouï illumina son crâne et il s'écroula sans avoir pu savoir d'une manière indubitable si le mulet dont il percevait l'odeur était celui de son oncle ou pas.

Quand il reprit ses esprits il comprit qu'il était étendu dans la salle de l'auberge. Dorine avait recouvert la plaie qui lui couturait la pommette d'un emplâtre à base de fleurs de soucis et d'arnica. Tout portait à croire qu'un esprit malin tentait de lui fendre le crâne avec un coin de fer, tant il avait mal.

– Dorine, t'as vu le muletier ? réussit-il à balbutier.

– Non, je l'ai pas vu, il ne s'est pas arrêté ici, répondit la servante.

– Tu veux pas me causer du tourment, j'en suis sûr, mais t'as reconnu comme moi Lexandre notre mulet. Puis il continua d'une voix remplie d'émotion : C'est arrivé quelque chose à Gaspard… Quoi, j'en sais rien… Mais le mulet n'a pas été perdu pour tout le monde… »

– Tais-toi je t'en supplie, si tu n'avais pas une si belle entaille sur la joue, je t'aurais déjà giflé pour qu'on ne t'entende plus. Avale plutôt cette tisane.

– Excuse-moi, Dorine, murmura Jean-Baptiste en trempant ses lèvres dans un breuvage dont il ne connaissait pas le goût, je voudrais pas te faire de peine, t'as été trop gentille avec moi, mais tu ne m'enlèveras pas de l'idée que Gaspard ne repassera pas par ici…

– T'en sais rien, mauvais compère ! Mais t'en sais rien ! hurla Dorine, c'est pas parce t'as vu de loin un mulet qui ressemblait à celui de ton oncle qu'il faut tirer des plans sur la comète…

Soudain sa voix se fit plus calme, son regard fixa l'adolescent et elle ajouta :

– Et puis après tout pense ce que tu veux ! Fais ce que tu veux ! Moi je reste confiante, je n'ai plus le droit de douter. Gaspard est vivant ! Gaspard est en route pour la Bavière ou un autre coin des Allemagnes ! Il va y trafiquer tout l'hiver et au printemps dès qu'il le pourra il repassera par ici… Alors il posera la main sur mon ventre et en sentant bouger l'enfant qui y grandit il dira simplement : comme je suis heureux !

Jean-Baptiste s'assit sur sa paillasse abasourdi, sa face tuméfiée rendait difficilement lisible l'expression de son regard. Un long moment, il demeura ainsi prostré, seulement appliqué à avaler sa tisane à intervalles réguliers. Dorine ne semblait plus faire cas de sa présence, elle allait et venait sans jamais lui accorder la moindre attention.

Jean-Baptiste était persuadé qu'une fois encore le destin venait de brouiller les cartes. Il en était convaincu, Gaspard était mort. Cette opinion, même si elle ne reposait que sur la vision fugace d'un mulet traversant un plateau, était maintenant aussi ancrée dans son esprit que les aiguilles de quartz dans un four à cristaux. Combien étaient-ils, ces colporteurs qu'il avait connus, qu'il avait vus quitter la vallée de Montjoie un jour d'automne et dont plus jamais on n'avait entendu parler ? Michel Baptendier de Bionnassay… Louis Dugerat d'Orcin… Jean Polliand de La Forêt… Les yeux rivés au plafond de la salle d'auberge il pouvait ainsi égrainer la litanie de ceux qui jamais n'étaient rentrés de leur campagne. Il repensait à l'excitation qui enflammait le bourg lorsqu'au printemps la rumeur annonçait le retour d'un colporteur. Des deux rives du Bonnant alors, on accourait pour presser de questions le revenant :

– T'as pas vu Joseph Charvey et son fils ? Un de Passy nous a dit qu'ils étaient du côté de l'Alsace… Ça fait déjà trois ans qu'on les a pas revus…

– Maxime Curtet des Bernards t'aurait pas laissé une lettre pour nous ? À c't'heure, il doit être du côté de Rastatt.

Un hochement de tête en signe de dénégation, un haussement d'épaules ou une moue dépitée avaient le plus souvent valeur de réponse.

Jean-Baptiste, lui, n'aurait pas à guetter le retour de tous ces pieds poudreux pour quêter un indice ou un détail susceptible d'ajouter un pointillé de plus à l'itinéraire tracé par son oncle. Il n'aurait pas à se rendre chez les Genamy de Saint Nicolas avec une poule ou une tomme pour glaner une nouvelle que personne ne serait en mesure de vérifier. Lui, il avait vu le mulet, il en était sûr, c'était Lexandre. À la place de son parent, c'était un inconnu, un miséreux venu de nulle part qui tirait la bête par la longe pour s'en aller la revendre du côté de Neuchâtel ou d'ailleurs ; les choses étaient ainsi.

Gaspard avait perdu. Il avait joué trop gros à transporter dans son bagage des livres interdits dans une région vampirisée par la guerre où il ne fallait faire confiance à personne si ce n'est aux pierres et aux arbres. Deux questions seulement tourmentaient le blessé : Est-ce que son oncle avait souffert pour mourir ? Est-ce qu'il avait eu le temps de prier avant de se présenter au Créateur ? Une fois encore, il se sentit envahi par une bouffée de chagrin irrépressible qui lui fit oublier son violent mal de tête. Dorine semblait ne pas faire grand cas de ce chagrin subit et c'est peut-être bien ce qui décida Jean-Baptiste à aller chercher du réconfort chez Guillaume Bulle :

– Toi, t'as pris une branche dans la figure à la coupe ! T'as de la chance de pas avoir perdu un œil, constata le charpentier.

– J'aurais préféré m'être blessé au bois, Guillaume, mais c'est tout autre chose…

Et le gamin fit le récit de son aventure sur un ton empreint d'une grande lassitude.

Quand il eut fini l'infirme lui demanda :

– Tu te sens assez costaud pour refaire la route vers ton pays tout seul ?

Jean-Baptiste sursauta :

– Comment t'as deviné que je veux repartir ?

Bulle haussa les épaules et reprit :

– À ta place, à ton âge c'est ce que j'aurais fait… Écoute, si t'as cette idée en tête, c'est peut-être pas la plus mauvaise… L'hiver est en train de geler les miasmes qui pourrissent nos campagnes, et ces jours, on entend moins parler des cavalcades des chiens de guerre. Pour t'en retourner il te faut suivre le chemin de Saint-Maurice jusque chez les Vaudois et puis… Attends ! dit-il comme si une idée lumineuse venait soudainement de lui traverser l'esprit. Les deux capucins… Ils sont pas partis ce matin ? Avec leurs robes bien lourdes ils doivent pas galoper comme des brocarts… T'as même pas une journée de retard…

Quand il rentra à l'auberge avec son « réf » à l'épaule, la jeune Comtoise s'immobilisa et cacha sa bouche de sa main.

– Dorine, je m'en vais, je rentre dans ma paroisse… dit Jean-Baptiste. N'essaie pas de me convaincre de rester… Personne au printemps ne paiera ni ma nourriture ni mon logement et je suis assez fier pour ne rien vouloir devoir. Ajoute à cela que ma mère et mes sœurs sont seules pour affronter l'hiver, je serai plus utile à leurs côtés. Je rentre.

Dorine se mordait les lèvres.

– Je savais bien que ce gueux de Guillaume Bulle te mettrait de mauvaises idées en tête. Je vais pas te clouer à la porte de cette auberge comme Jésus sur la croix pour t'empêcher de partir… Je n'ai pas réussi à te communiquer ma confiance, tant pis. J'espère déjà pour deux, je croyais avoir le cœur assez large pour espérer pour trois. Tu sais, Jean-Baptiste, depuis que j'ai l'âge de comprendre le monde je n'ai connu que des temps de guerre, et de toutes ces années de misère je n'ai retenu qu'une chose : il est plus facile d'espérer quand on est plusieurs.

Elle marqua une pause comme si les mots semblaient ne plus vouloir franchir la barrière de ses lèvres. Après un long silence elle reprit :

– Je croyais que tu m'aiderais à attendre, que tu ne serais pas assez égoïste pour me laisser seule. Tant pis. Si tu penses être assez fort pour rentrer seul dans ta paroisse, à toi de voir… Je prierai pour qu'il ne t'arrive rien comme je prie pour que Dieu protège mon Gaspard. En attendant je vais t'aider à préparer tes affaires.

Elle s'approcha de cet adolescent qu'elle ne parvenait pas à détester et elle lui posa dans la main une petite bourse en disant :

– Tu en auras besoin d'ici que je te retrouve…

# CHAPITRE XI
## Les nouveaux guides

Une à une les étoiles cessaient de piqueter le ciel limpide, annonçant une de ces journées de grande clarté où seul l'air glacial qui vous brûlait les poumons à chaque goulée avalée apporterait une petite note de déplaisir.

Le microcosme de l'auberge s'éveillait à coups de gestes furtifs. Chacun remettait de l'ordre dans sa tête, poussant de côté les rêves de la nuit, ficelant des projets pour les heures à venir tout en s'adonnant à une série de tâches machinales. Voilà une bonne semaine qu'il ne passait plus grand monde chez les demoiselles Francoz. Elles avaient beau se lamenter et maudire la guerre, le choléra et la soldatesque, rien ne réussissait à secouer la douce torpeur qui enveloppait le relais ni à réchauffer les voûtes orphelines de l'écurie.

Dorine n'avait pas pour habitude de lever le rideau sur son éventaire à soucis, elle gardait pour elle ses chimères et ses peurs tout en affichant une humeur égale qui en étonnait plus d'un. Jean-Baptiste venait d'avaler une plantureuse assiettée de soupe à l'oignon en évitant de se demander où et quand il ingurgiterait le prochain brouet capable de lui réchauffer les entrailles. Pour s'occuper et les mains et l'esprit, il détaillait du bois d'allumage au coin de l'âtre.

Quand on tambourina à la porte, son regard empreint d'inquiétude et de soulagement croisa longuement celui de Dorine. Ces coups redoublés semblaient donner le signal de la fin de la pièce :

– Entre, Jérémie, dit la servante, un coup de casse-poitrine te fera pas de mal…

– Pas de refus… répondit l'arrivant.

C'était un garçon d'une vingtaine d'années à la charpente fragile, dont la carcasse mal nourrie flottait dans un costume de droguet élimé. Il avait travaillé à la coupe avec Jean-Baptiste, aussi n'y eut-il pas besoin de longues présentations :

– Alors l'ami, t'as décidé de rentrer en Savoie ? Tu te plais pas chez nous ? demanda Jérémie.

– C'est pas la question… tenta d'objecter le Saint-Gervolain.

– Ta… ta… ta ! on vous connaît, les Savoyards ! Vous avez toujours le feu aux fesses… Vous faut toujours être sur les routes, croyez toujours que vous allez rouiller à rester une saison au même endroit…

Ces propos firent souffler un vent de bonhomie sur la salle.

– C'est toi qui m'emmènes un bout ? demanda Jean-Baptiste.

– Sûr… je descends chez le maréchal-ferrant de la Cluse pour chercher des ferrures de portes. On peut plus les faire ici, on n'a plus de forge depuis l'incendie.

Comme ça, tu seras rendu sur la route de Saint-Maurice… Tu pourras pas te perdre ! Allez ! on y va, puisque Dorine ne nous reverse pas un sanglot…

La Comtoise comprit le message appuyé et remplit le gobelet du galapiat d'une lampée de « goutte » avalée en un tournemain.

S'approchant des demoiselles Francoz, Jean-Baptiste les salua gauchement puis il alla embrasser Dorine sans pouvoir prononcer le moindre mot :

– Bonne chance, malotru, dit la servante… Fais attention à toi sur la route et garde mon souvenir dans ton cœur. L'été prochain, le jour de la « miou », j'espère bien aller prier Notre-Dame dans cette église dont vous avez tant parlé avec ton oncle.

– La Gorge… dit-il les yeux toujours baissés. Puis mettant sa claie à l'épaule il ajouta :

« Si tu pouvais dire vrai, Dorine… Tu vois, si le jour de l'Assomption nous sommes tous réunis au pied de la source miraculeuse : toi, Gaspard, votre enfant et tous les miens, alors ce sera… Ce sera… »

– Cherche pas, coupa Jérémie : ce sera le début de l'âge d'or, d'autres appellent ça le bonheur… Allez on file !

La descente vers La Cluse se fit à une cadence infernale, Jérémie pourtant ne semblait pas faire des enjambées démesurées, mais il les enchaînait à un rythme effréné comme si jamais ses pieds n'avaient besoin de prendre appui sur le sol. En plus de cela il causait sans cesse. Rencontrait-on un boqueteau de frênes déplumé, une masure hors d'âge, il n'en fallait pas davantage pour que remontent du fond de la mémoire de l'habitant des Fourgs des anecdotes ou des fables où il avait toujours le beau rôle.

Jean-Baptiste se gardait bien de poser une quelconque question qui n'aurait fait que décupler l'énergie de ce moulin à paroles. Aussi se contentait-il seulement d'un murmure d'acquiescement ou d'un rire bref de temps en temps pour montrer qu'il faisait preuve d'attention aux récits de son guide.

Lorsqu'ils débouchèrent au carrefour de la route remontant vers les Hôpitaux Neufs,

Jean-Baptiste bénit le Ciel de n'avoir ni perdu sa claie ni cassé une semelle de galoche dans cette descente à galope que veux-tu.

– On va aller dire bonjour à Jean Brenot, annonça Jérémie. Rien de ce qui se passe dans le coin ne lui échappe, il nous dira bien si les capucins sont passés depuis longtemps ; mais méfie-toi et tiens ta langue ! Le bonhomme passe pour être un mouchard qui sait négocier toutes les nouvelles qu'il glane auprès de ceux qui paient le mieux...

– Vos capucins sont passés hier matin de bonne heure, ils ont pris la route de Pontarlier, déclara le petit homme rondouillard à la mine chafouine. Ce ne sont quand même pas eux qui t'ont arrangé la figure comme ça ? demanda-t-il malicieusement à Jean-Baptiste.

– Non, j'ai ramassé une branche en travaillant à la coupe, mentit le Savoyard, visiblement contrarié d'apprendre que les Réguliers n'avaient pas pris la direction escomptée.

La nasse s'était refermée. Ne voulant pas passer pour un capon aux yeux des habitants des Fourgs, il ne lui était plus possible de faire machine arrière. Des portes de l'Enfer ou peut-être de celles du Purgatoire, Gaspard devait l'observer, curieux de voir quel comportement adopterait son neveu face à une situation où pour la première fois il allait devoir prendre une décision tout seul : « Eh bien ! je ne te décevrai pas, mon oncle ! pensa l'adolescent, je me suis engagé sur le chemin du retour et j'assumerai ce choix sans faillir, en ne comptant que sur la main de Dieu pour tracer ma route. »

L'idée de remonter aux Fourgs ne l'effleura pas un instant : soit sa bonne étoile l'éclairerait et il rentrerait vaille que vaille dans ses montagnes, soit il basculerait dans la fosse commune du temps avant de rendre compte au Père Éternel de sa courte vie.

– Qu'est-ce tu vas faire ? demanda Jérémie au sortir de chez Jean Brenot. Tu vas pas te lancer sur la route tout seul… Moi à ta place…

– C'est décidé, l'interrompit Jean-Baptiste, je m'en retourne dans mon pays. T'as entendu ton Judas, il n'a pas vu un soldat depuis trois semaines, pas entendu un mousquet depuis plus longtemps encore, et deux chariots de foin qui remontent vers les Échampés sont passés tout à l'heure. Si je ne traîne pas, je les rattrape dans le temps d'un rosaire ; on fera un bout de route ensemble, après, à Dieu vat…

– Quand je dis que les Savoyards ont toujours le feu aux fesses… fulmina Jérémie. Mais vous avez donc pas peur de mourir loin de chez vous ? Le Diable et ses lieutenants ne vous serrent jamais de près quand vous trottez à des lieues et des lieues de votre paroisse ?

– Je ne suis pas assez vieux dans le métier pour pouvoir te répondre, compère… rétorqua le Savoyard. C'est sûr que je redoute les jeteurs de sorts, les esprits malfaisants et les âmes damnées qui peuvent me précipiter à tout moment chez Belzébuth. Joue pas les gobe-lunes, Jérémie… Tu vois bien que je suis confit de trouille et que mes poches débordent de peur. Allez, il me faut y aller, prie saint Christophe à mon intention ; tu sais, j'en aurai besoin… et merci encore de m'avoir dérouillé les pattes comme tu l'as fait tout à l'heure.

Le soleil ne parvenait pas encore à éclairer le fond de la vallée et un givre tenace maquillait la végétation. Le Saint-Gervolain marcha une demi-heure et s'arrêta pour régler la bretelle de sa claie et examiner un reste de crottin bien en évidence sur le chemin : à cœur il était encore tiède. Quelques lichettes de foin sur la route, la marque des fers à glace dans le sol couvert de neige ne laissaient aucun doute : les deux chariots n'étaient pas loin et avant tierce il les aurait rejoints. Repassant sa claie à l'épaule, il en profita pour jeter un coup d'œil en arrière ; c'est alors qu'il découvrit deux silhouettes qui se découpaient dans le lointain, avançant dans sa direction :

« Mes yeux reconnaissent plus facilement des capucins qu'un mulet ! » constata-t-il, le cœur soudain plus léger.

– Frère Aubin ! Frère Anthelme ! s'écria le voyageur en rebroussant chemin pour aller à leur rencontre. Dieu vous bénisse ! s'exclama-t-il en tombant à genoux devant les hommes de Dieu.

Ces derniers n'en crurent pas leurs yeux.

– Mais que fais-tu ici, tel un saint Antoine au désert ? questionna frère Aubin. Et quelle mauvaise rencontre as-tu faite pour avoir une telle balafre ? Ouvre ton cœur, mon enfant, et conte-nous ton histoire en marchant, cela nous divertira. Tu as eu de la chance que nous terminions notre mission par une Oraison des Quarante Heures à Pontarlier, sans cela nous serions déjà en pays vaudois.

Puis au terme du récit de l'apprenti colporteur le prédicateur ajouta d'un ton sentencieux :

– Dieu t'a placé sur notre chemin, nous t'aiderons à rejoindre Genève. Nous respecterons ainsi Sa Volonté ; toutefois je tiens à te dire : c'est pure folie que d'entamer une pérégrination à cette époque de l'année quand on a aussi peu d'expérience des voyages que toi.

– Mais, j'ai suivi mon oncle sans barguigner pendant plus d'une semaine, protesta Jean-Baptiste. Je suis allé plus d'une fois seul au marché de Sallanches et j'ai même dû porter un billet au Prieuré de Chamouny à la demande de notre chapelain. J'ai passé par le col de la Forclaz alors qu'il faisait nuit noire et j'avais à peine douze ans à l'époque…

– Suffit ! tonna frère Anthelme. Nous n'avons que faire de tes états de service ! Par orgueil tu viens de te précipiter dans une situation des plus aventureuses. Je t'entendrai en confession à notre arrivée à La Sarraz où nous ferons étape chez une âme vertueuse. Allez, le vin est tiré, il faut le boire, marchons.

Les capucins avançaient d'un pas qu'on aurait cru réglé sur l'allure d'un métronome. Ils avalaient les lieues d'un bel appétit comme s'ils avaient un rendez-vous pressant au bout de l'horizon. Tout juste s'ils saluaient les quelques téméraires engoncés dans leurs hardes qu'ils croisaient sur le chemin minaudant contre les pentes du Mont d'Or. Vers la mi-relevée ils basculèrent en pays vaudois sans se soucier de faire la moindre halte ou de profiter un seul instant du paysage baigné de nostalgie s'étendant à leurs pieds. De loin en loin, des fumées indolentes signalaient la présence d'un hameau ou d'un village prisonnier des mâchoires de l'hiver. Sans mettre sac à terre, lorsque la faim s'était faite pressante, les marcheurs avaient tenté de leurrer leur estomac avec un quignon de pain frotté d'oignon. Si le rythme de la progression s'altérait, frère Aubin entonnait alors les premières paroles du Salve Regina : aussitôt les jambes de quinquagénaire de frère Anthelme se ressaisissaient et notre Régulier repartait avec l'énergie d'un prêcheur de croisade. Jean-Baptiste s'efforçait de suivre le mouvement en se faisant le plus discret possible. S'il avait pensé un moment que l'étape ne serait qu'une formalité, il avait eu le temps de déchanter et depuis une paire d'heures il avançait mécaniquement, seulement préoccupé par la distance qui restait à parcourir pour atteindre La Sarraz.

Maintenant qu'ils descendaient vers les collines vaudoises, les voyageurs ressentaient moins les morsures du froid sec qui se cantonnait dans ses terres d'outre-monts. Toute trace de givre avait disparu du paysage et de minces filets d'eau couraient sous la neige sale du chemin. Au début de l'après-midi, le ciel s'était d'abord strié d'écharpes grisâtres avant de se draper d'une couverture laiteuse qui affadissait encore un peu plus la pâle lumière de novembre.

– Le temps change… se dit Jean-Baptiste, demain on aura la pluie ; si seulement ça pouvait calmer l'ardeur de ces deux chiens courants.

Il retrouvait non sans appréhension le paysage de collines nonchalantes qu'il avait traversé quelques semaines plus tôt aux côtés de son oncle. Il savait qu'un flot d'images pénibles ne manquerait pas d'assaillir son esprit quand il approcherait de Romainmôtier et il se demandait s'il y avait une manière de faire pour essayer de tenir à distance les tristes fantômes qu'il voyait approcher.

Sans succès, il tenta de museler ses sens pour qu'ils n'aillent pas d'une manière malsaine fouiller la campagne à la recherche d'indices signalant la présence d'une grange des plus ordinaire, servant toutefois de sépulture au pauvre Coppel. Plus le temps s'écoulait et plus la vision du traîne-misère égorgé dans la prairie le tourmentait, lui rappelant avec insistance qu'il avait été complice d'un meurtre. La marche menée à belle cadence aurait dû lui vider l'esprit mais au lieu de cela, il se sentait de plus en plus envahi par un pénible sentiment où se mêlaient peur et culpabilité. La confession à venir n'était pas totalement étrangère à cet émoi. Allait-il devoir lors de l'examen attendu par frère Anthelme avouer le forfait qui lui pesait sur le cœur comme une pierre de mille livres ? Il n'était pas encore en mesure de trancher. Le jour déclinait, les ombres montaient du sol en vagues rapides et le contour de toute chose se diluait dans la nuit naissante. Jean-Baptiste ne savait s'il devait se réjouir de l'arrivée de l'obscurité. Valait-il mieux dépasser la grange maudite sans la discerner ou était-il plus rassurant de l'identifier à coup sûr, sans s'imaginer la voir surgir dix fois dans cette nuit de novembre ? En entendant dans le lointain le tintement des cloches marquant les heures à l'ancienne abbaye de Romainmôtier, notre Savoyard se sentit encore un peu plus oppressé. Par bonheur, les capucins étaient à cent lieues d'imaginer les préoccupations de leur protégé. Seuls les raclements de gorge de frère Anthelme et les bribes de cantiques fredonnés par frère Aubin entaillaient le silence recouvrant la marche de la petite escouade. Depuis quelques instants le neveu de Gaspard parvenait à contenir son angoisse avec une plus grande facilité. Il s'était mis à serrer au creux de sa main un simple croûton de pain… Non pas un reste oublié de son en-cas de la mi-journée mais plutôt une sorte de talisman qui n'avait pas quitté sa poche depuis le jour où il avait dit adieu à Saint-Gervais. Ce quignon, il avait été cuit par sa mère le jour de la Saint-Michel et Jean-Baptiste pouvait jurer qu'il était habité d'une force singulière. Il en était tellement persuadé qu'en atteignant les premières maisons de Romainmôtier, ce n'était plus un croûton de pain dur qu'il tenait dans sa paume mais plutôt une main invisible : celle de sa mère. Il en retrouvait la chaleur, le contact rugueux, tandis qu'une petite voix qu'il connaissait bien lui susurrait :

– Ne crains rien... Les hommes de Dieu sont avec toi, leur présence éloignera jusqu'à demain les âmes damnées et les revenants qui peuplent ta nuit... Tu ne dois plus avoir peur...

Il fallut marcher toujours et encore, avec les seuls jappements de chiens fatigués en guise d'encouragements et les craillements de compagnies de corneilles faisant escale dans les hautes ramures, pour se persuader que la vie n'avait pas tout à fait disparu de l'endroit.

Au bout d'un temps qui parut interminable à leur acolyte, les deux capucins bifurquèrent dans une allée bordée de marronniers séculaires, immédiatement salués par une série d'aboiements rauques qui ne semblèrent pas impressionner outre mesure nos Réguliers.

– Nous voici arrivés chez Madame et Monsieur de Gingins, que béni soit le Seigneur de nous avoir donné la chance de marcher sans encombre jusqu'ici, dit frère Aubin.

– On me dirait que ces chiens sont à la solde des religionnaires que je n'en serais pas étonné, grommela frère Anthelme. Regardez comme ils s'y entendent pour donner une belle aubade à d'humbles capucins arrivant de mission.

Cette fois Jean-Baptiste discernait un peu mieux le tracé de la bâtisse où il allait passer la nuit. Il la trouva encore plus imposante que la demeure des Du Fresney, la seule famille noble de Saint-Gervais. La maison-forte de la Comtesse n'était qu'une grosse ferme fortifiée mais pour Jean-Baptiste elle avait valeur de référence, c'était la seule unité de mesure lui permettant d'étalonner les puissants. Même si dans la vie quotidienne l'autorité des Du Fresney n'était pas des plus pesantes, c'est toujours le bonnet à la main que l'apprenti colporteur passait sous les murs du château lorsqu'il se rendait au bourg et il avait toujours le sentiment de pécher en regardant avec envie les journaux de belle terre faciles à travailler jouxtant ce bâtiment aux tours joufflues.

« Moi qui jamais n'ai passé la porte de la maison des Du Fresney, je vais dormir dans un château qui a cinq fois plus de fenêtres ! Quand je raconterai ça à la veillée, je suis sûr de me tailler un beau succès… » pensait l'adolescent alors que les molosses hurlaient de plus belle debout contre les grilles et que quelques valets avertis de ce raffut approchaient, une lanterne à la main.

– Qui va là ? s'enquit le plus leste des domestiques, obligé de forcer la voix pour couvrir les aboiements des cerbères.

– Nous sommes des frères prêcheurs de l'ordre des capucins passés il y a six semaines. Annoncez frère Aubin et frère Anthelme à madame de Gingins.

– Ce ne sera pas nécessaire, je me souviens de vous et votre passage était attendu, répondit l'homme de maison en déverrouillant la grille alors qu'on éloignait à grand-peine les chiens toujours aussi irrespectueux envers les fils spirituels de celui qui parlait aux oiseaux.

Lorsque les idées de Calvin avaient germé en pays vaudois, l'aïeul des hobereaux qui accueillaient ce soir les capucins avait choisi de rester fidèle à la foi de ses ancêtres. Sans jamais se montrer belliqueux ni fielleux à l'encontre des nouveaux convertis, respectant leur nouvelle manière de dialoguer avec le Créateur, il avait continué à prier selon la loi de ses pères en montrant les dents quand des protestants zélés affichaient trop de suffisance. Le temps avait passé, la famille de Gingins était restée attachée à la ligne de conduite tracée par leur aïeul, tandis que leur maison constituait une étape où les catholiques bien nés et les ecclésiastiques de toute condition trouvaient le vivre et le couvert, qu'il pleuve ou qu'il vente.

On fit entrer les arrivants dans un réfectoire aux murs fraîchement chaulés et au sol recouvert de carreaux de terre cuite d'un rouge éclatant. Cinq domestiques alignés en rang d'oignons sous une toile de bonne facture montrant la Passion du Christ les saluèrent du bout des lèvres. Madame de Gingins ne fut pas longue à arriver. Son allure, son port, sa tenue, tout indiquait qu'elle menait bataille pour reculer le moment où l'âge obligerait sa beauté et sa prestance à mettre genou en terre.

– Frères, il est tard, je vous verrai demain après l'office, dit-elle. J'attends avec impatience le récit de votre séjour dans la pauvre Comté.

Puis s'approchant de Jean-Baptiste elle le toisa rapidement et ajouta :

– Quel est ce drôle qui pue autant qu'un goupil vieux de quinze ans ? De quelle tanière l'avez-vous débusqué, frère Anthelme ?

Sans attendre la plus simple explication, d'un léger coup de menton vers ses domestiques elle commanda :

– Coquard, demain dès prime vous me raclerez la couenne de ce sauvageon et vous lui trouverez quelques habits dans la malle de la mansarde de Monsieur...

Sur ce, elle posa les genoux sur un coussin qu'on venait de lui tendre et, le regard fixé sur la scène dépeignant la mort du Sauveur, elle commença la récitation de son chapelet accompagnée du soutien du chœur de sa maison.

Jean-Baptiste priait du bout du cœur. Ainsi son odeur offensait le nez de l'hôtesse alors que celle qu'exhalait les deux capucins n'importunait personne ! Jamais pourtant, d'aussi loin qu'il puisse s'en souvenir, il ne les avait vus occuper leur temps à des ablutions minutieuses et ce n'est pas leur froc luisant de crasse et maculé de la boue de tous les chemins du haut pays qui risquait de sauver leur mine.

À quoi pouvait bien avoir servi sa mémorable baignade de la mi-octobre dans une gouille de l'Orbe si à quelques semaines de là, son fumet contrariait les narines d'une dame de la bonne société au point qu'elle s'en offusque devant ses gens de maison ?

Il pardonna bien vite à madame de Gingins le camouflet qu'elle lui avait infligé simplement parce que le bouillon de poule qui lui glissait le long du gosier aurait fait oublier des vexations d'un autre tonneau. Jamais potage ne lui avait procuré autant de félicité. Les prédicants n'étaient pas loin du péché de gourmandise eux non plus : ils mangeaient en silence dans cette pièce qui ne résonnait plus que du bruit des cuillers de bois cognant les écuelles et des borborygmes contenus de convives tout à leur satisfaction.

Soudain, Jean-Baptiste resta la cuiller en suspens comme si une noire pensée venait de culbuter ce plaisir de la bouche plus doux qu'un Gloria. Il venait de prendre conscience qu'il lui manquait quelque chose pour que son bonheur soit total. Gaspard n'était plus à son côté pour partager ce moment délicieux. Plus jamais il ne serait présent pour le conseiller, le remettre sur le droit chemin ou pour l'aider à retrouver l'étoile du berger dans la nuit de sa conscience. Brutalement, il se sentit envahi par un sentiment de très grande lassitude. Il n'avait plus de père, l'hiver lui avait volé son mentor et pour l'heure il ne pouvait compter que sur la présence de deux capucins pour marcher au bord du gouffre. Il n'en était qu'à demi rassuré. Sur le mur du réfectoire la lumière d'un quinquet faisait naître une série d'ombres insolites parmi lesquelles l'adolescent crut reconnaître la silhouette de son oncle ; les deux capucins sauçant leur écuelle n'en parurent qu'un peu plus petits.

# CHAPITRE XII
## La tourmente

Jean-Baptiste dormit comme une souche dans une étable où le souffle d'une dizaine de vaches de belle race entretenait une moiteur douceâtre. Avant de s'abîmer dans un sommeil des plus réparateur il avait eu le temps de mesurer combien l'univers où il baignait était peuplé de senteurs nouvelles. Il découvrait avec étonnement qu'une étable pouvait fleurer une odeur singulière bien distincte de toutes celles qui lui avaient été familières jusque-là. Dans sa vallée, les fragrances exhalées par les vaches, celles du lait, des litières, du bois des étables, s'entremêlaient pour enfanter un effluve épais, tenace, qui imprégnait chaque habitant jusque dans sa moindre fibre. Des dernières maisons accrochées au flanc du Prarion jusqu'aux plus humbles chalets de Saint-Nicolas, une odeur lourde et entêtante, marquait de son sceau n'importe lequel des pasteurs montagnards qui s'échinaient à vivre en ce lieu. Sous chaque toit pourtant il se trouvait une caractéristique pour modifier un tant soit peu cet effluve et lui donner une sorte d'identité : ici c'était la qualité du sol, ailleurs la prépondérance d'une plante dans le fourrage ou encore le degré d'humidité de la maison... De la sorte chaque fois que l'on assistait à un rassemblement quelconque de paroissiens, en se laissant guider par son odorat, il était possible d'identifier sans hésitation n'importe quel habitant de la vallée.

Quand il sentit une main qui le secouait sans brutalité, Jean-Baptiste dut se faire douce violence pour s'extraire de la gangue de sommeil qui l'emprisonnait.

– Suis-moi... c'est l'heure... lui ordonna d'une voix chevrotante un domestique chenu.

Encore un peu engourdi, Jean-Baptiste se laissa guider jusqu'à une buanderie où déjà le contenu d'un chaudron ventru chantonnait sa petite musique pendant que deux femmes de peine s'affairaient à remplir un cuvier de linge sale. Bientôt elles allaient couler leur lessive.

– Installe-toi dans ce baquet que je te savonne, après je m'occuperai de te rafraîchir la tignasse, et s'il me reste du temps avant l'office je te mettrai un peu de pommade sur cette méchante plaie, ajouta-t-il en caressant du doigt la pommette mal en point.

– Oh, vous donnez pas tant de peine, je vais assez me débrouiller... coupa celui qu'on avait pris pour un candidat au noviciat.

– Tu as entendu comme moi Madame lorsque hier au soir elle m'a demandé de te récurer la couenne… Ne cherche pas à me filouter pour éviter le grand nettoyage… Tu ne réussirais qu'à me mettre dans une belle colère si tu t'amusais à ne pas obéir…

Trempant la main dans l'eau fumante du baquet il ajouta :

– Ah ! je vois… Monsieur ne veut point se montrer tout nu devant ces dames… Est-ce que vous, les moinillons, vous n'êtes pas aussi couillus que d'autres ?

– Mais je ne suis pas moinillon ! Ni frère lai, ni clerc, ni oblat… Je ne suis qu'un habitant de la Savoie qui cherche à regagner sa province sans détour ! s'écria-t-il en jetant au sol ses bas et son pantalon avant de laisser son bourreau à ses œuvres.

Lorsqu'un peu plus tard Jean-Baptiste fit son entrée dans la chapelle particulière de la famille de Gingins, frère Aubin mit quelques secondes à réaliser que le gamin lavé et vêtu de propre qui venait s'agenouiller à son côté, n'était autre que l'adolescent rongé de fièvre au chevet duquel il avait tant prié à quelques semaines de là. Plus d'une fois au cours de la célébration, à l'aide de regards appuyés, le missionnaire tenta d'amener son protégé à plus d'application dans son exercice spirituel. Mais dans ce sanctuaire, trop de nouveautés sollicitaient ses sens, et le Saint-Gervolain passa une bonne partie de l'office à détailler les vitraux du chœur ou à observer la poignée de fidèles qui participait à la célébration. Sous son crâne remuaient des questions importunes qui l'empêchaient de prier comme il aurait dû le faire. Il était surtout embarrassé par une interrogation pénible qu'il n'arrivait pas à chasser de son esprit malgré bien des efforts : comment était-il possible qu'une famille, si aisée soit-elle, puisse entretenir en son logis une chapelle desservie par un prêtre consacrant son existence à la conduite de la maisonnée sur les chemins du salut ? Avec une pointe de dépit il en concluait que ces gens-là auraient bien plus de chance que lui d'arriver la conscience bien repassée devant saint Pierre quand ils feraient le grand voyage.

– Maintenant que tu as le corps si propre, occupons-nous de ton âme, mon garçon, lui enjoignit frère Anthelme dès la fin de la messe. Prends ta veste et suis-moi…

Jean-Baptiste sentit ses jambes devenir de plus en plus cotonneuses, il voyait arriver le moment tant redouté de la confession sans qu'il puisse envisager une quelconque échappatoire.

– Ce que je veux te montrer se trouve à quelques pas d'ici… murmura le capucin avec de sinistres accents dans la voix.

De moins en moins rassuré, le drôle suivit son guide en se demandant vers quel spectacle édifiant celui-ci voulait l'amener. Ils marchèrent un moment sur un chemin durci par le gel conduisant à un petit sanctuaire alors que le vent du nord faisait danser au-dessus de leurs têtes quelques flocons diaphanes.

– Tu vois cette petite chapelle seule comme une âme en peine ? demanda le religieux d'un ton des plus patelin. C'est là que nous allons et c'est là que je veux t'entendre en confession…

Décidément il ne fallait pas chercher à percer le mystère de la pensée du missionnaire, c'était le bras de Dieu qui écrivait le texte de la pièce.

– Entre… susurra le frère prêcheur en poussant la porte du petit édifice.

Instantanément le corps de Jean-Baptiste se trouva tétanisé.

La froide lumière s'infiltrant par la porte entrebâillée venait effleurer un imposant monument funéraire ciselé dans le marbre et elle permettait au jeune migrant de découvrir un spectacle irréel qui le glaçait d'effroi. Une mère entourée de sa fille et de deux de ses fils veillait un parent impossible à identifier pour le moment. Un époux ? un père ? Pour Jean-Baptiste la chose ne faisait aucun doute, tous ces personnages avaient été pétrifiés pour une raison qu'il ne connaîtrait jamais. Ces traits marqués par la douleur, ces bouches tordues par le chagrin, et la pâleur fantasmatique se dégageant de ces marbres, lui nouaient les entrailles et lui chaviraient le cœur.

Le capucin se garda bien de jouer les consolateurs. Sans chercher à calmer le désarroi de son compagnon, avec beaucoup de flegme il continua à ordonner une cérémonie connue de lui seul. Avec sa grande habitude de la conduite des foules et du jeu des sentiments, il se délectait de ce jeu du chat et de la souris où il tenait le beau rôle.

– Approche un peu... Je veux que tu fasses ton miel de cette allégorie. Avance encore un peu plus près, là...

Cette fois, Jean-Baptiste frôlait la robe de marbre de la mère éplorée. Il ne put réprimer un long cri que la voûte de la chapelle amplifia encore quand il distingua d'une manière parfaite celui qui gisait sur le catafalque de pierre : c'était un homme sans âge, nu, couvert de bêtes immondes qui l'enveloppaient de caresses abjectes. Mort de peur, l'adolescent ne pouvait quitter des yeux ces salamandres, ces serpents et ces crapauds plus vrais que nature glissant avec indécence sur le corps décharné.

– Mon père, je vous en supplie, par la Sainte Croix laissez-moi sortir ! Je ne veux pas que cette main m'agrippe pour me changer en pierre à mon tour !

Pour toute réponse l'homme de Dieu l'empoigna rudement par les cheveux et grogna :

– À genoux, mauvais chrétien ! À genoux, te dis-je ! Cette fois tu ne pécheras pas par omission, crois-moi ! Sinon je m'arrangerai pour que tu aies le temps de réfléchir quelque temps dans un cachot avant que les flammes du bûcher ne te purifient l'âme et le corps...

Jean-Baptiste couinait comme un cochon sentant approcher le fil du couteau. Peut-être un peu alarmé par ces cris, le vieux capucin cessa de houspiller son servant et reprit sur un ton plus calme :

– Pour que tu ne sois pas tenté de me servir un discours truffé de menteries, je vais te faire une confidence qui te montrera quel est le chemin de la vérité. Quand nous étions à Pontarlier pour l'Oraison des Quarante Heures, nous avons rencontré de nos frères arrivant de Besançon. On venait d'arrêter dans cette ville un bourgeois grand lecteur de livres inspirés par le Malin. Tu sais, de ces livres qui font verser des larmes de sang à Notre Seigneur, de ces livres que les faux croyants diffusent pour saper le pouvoir de notre Sainte Mère l'Église. J'espère qu'au grand jamais tu n'en as tenu un entre tes mains car dans ce cas, tu pourrais te préparer à passer des siècles et des siècles avec pour compagnons des crapauds et des serpents semblables à ceux qui…

– Arrêtez, mon père… Arrêtez d'ajouter du sel sur la plaie de mon tourment… Je veux me confesser sur-le- champ ! s'écria le pauvre gamin.

– Tout doux, je n'ai pas fini mon histoire. Attends la suite… reprit l'homme à la robe de bure. Quand on a soumis à la question le suppôt de Satan qui fanfaronnait avec ses livres diaboliques, qu'a-t-il avoué ? Que cette sanie lui avait été remise par un colporteur savoyard arrivant de Genève… Tu ne le connaîtrais pas, par hasard, ce colporteur ? clama frère Anthelme en secouant le pauvre Jean-Baptiste avec une vigueur de jeune homme.

– Assez, mon père ! Je suis rompu ! Je viens de vous le dire : je veux bien vous raconter toute mon histoire, vous me jugerez et me punirez comme vous l'entendrez ; après tout Gaspard est mort, et si je dois le rejoindre, que ce soit au plus vite, le monde continuera sa route sans moi, sans pour autant avancer de travers.

– Mais jamais je ne t'ai dit que ce scélérat avait passé de vie à trépas ! s'indigna le confesseur en martelant son propos. Une fois sa marchandise infâme déposée chez ce pauvre Bisontin, ton oncle a disparu sans laisser sa feuille de route. Le bougre a eu du nez ! Il faut dire que par ces temps de guerre il n'y a de chance que pour la canaille ! Il a dû sortir une ruse de son chapeau et... Mais je parle trop... C'est à ton tour de vider ton sac pour soulager ta conscience.

Jean-Baptiste restait muet. Les mots ne venaient pas. N'était-ce pas le signe annonçant qu'il se transformait à son tour en personnage de marbre et que jamais il ne ressortirait de cette chapelle ? Il comprenait mieux d'ailleurs maintenant pourquoi la présence de ces statues lui faisait si peur : toutes voulaient crier leur douleur et pourtant aucun son ne s'échappait de leur bouche de pierre. Il en serait ainsi jusqu'à la fin des temps. Là était le vrai enfer : être condamné pour l'éternité à garder au fond de son corps un bloc de douleur dont jamais ni les cris ni les pleurs ne pourraient vous délivrer...

– Vas-tu parler ! hurla soudain le capucin en saisissant à nouveau sa victime par les cheveux.

Celle-ci ne réussissait qu'à geindre sans parvenir à articuler le moindre mot. La colère du missionnaire s'en trouva décuplée, subitement il devint la proie d'une bouffée de violence irrépressible et sa main se mit à frapper.

Un choc sourd emplit la petite nef lorsque la tête du gamin frappa rudement un angle du mausolée. Sur-le-champ, frère Anthelme mesura que sa soudaine perte de sang-froid risquait de le précipiter dans une affaire des plus embarrassante. Le jeune Savoyard gisait sans connaissance sur le sol ; en heurtant le marbre du monument il s'était largement ouvert le cuir chevelu, et le rouge du sang qui coulait abondamment de la plaie paraissait encore plus insupportable dans cet univers de pierre tout vêtu de gris. Quelque peu décontenancé, le capucin jugea préférable d'aller quérir l'aide de frère Aubin.

À leur retour les deux prédicateurs trouvèrent le garçon toujours inanimé, le visage baignant dans une flaque de sang.

– Nous allons le ramener au château, on avisera là-bas, dit frère Aubin sans chercher à savoir ce qui s'était passé.

Au moment où les Réguliers entreprenaient de nettoyer le visage ensanglanté de Jean-Baptiste avant de le transporter vers la maison des Gingins, ils s'aperçurent que leur compagnon retrouvait un semblant de lucidité. Aucun rayonnement ne vint illuminer leur visage; cependant, pour des raisons fort différentes les capucins se sentirent gagnés à cet instant par un profond soulagement. Un bruissement aussi feutré qu'un vol de hulotte chiffonna le silence de la chapelle quand les soldats de la miséricorde s'agenouillèrent et entamèrent une action de grâces. Percevant cette prière comme une mélopée venant de très loin, le blessé constatait que son esprit tâtonnait sérieusement lorsqu'il fallait déchiffrer la partition où s'écrivait la réalité. Pour le moment il ne pouvait s'appuyer que sur une seule certitude: un événement anormal venait de se produire sans qu'il lui soit possible d'établir un lien quelconque entre ce fait et le grand carillon qui sonnait sous son crâne d'une manière lancinante. Au moment où les religieux mirent un point final à leur oraison, Jean-Baptiste était toujours incapable de commander à son corps le plus simple des mouvements. Il fallut que frère Aubin et frère Anthelme l'aident à se relever et le soutiennent pour passer le seuil de la chapelle. Lorsque l'air vif lui cingla le visage, un sentiment de contentement indicible l'envahit, et la satisfaction d'abandonner à leur prison les fantômes de marbre, source de son épouvante, lui fit gravir d'un coup quelques degrés dans son retour vers le réel.

Pour la seconde fois de la journée, le sort de l'adolescent fut confié à Coquard, le vieux valet de la maison, pendant que frère Anthelme et son acolyte retrouvaient madame de Gingins pour une lecture commentée du Traité de l'Amour Divin du bon François de Sales.

– C'est bien la peine que je me sois donné tant de mal ce matin pour chercher à te rendre présentable si deux tours de cadran plus tard je te retrouve dans l'état d'un soudard un soir de bataille ! T'as de la chance que je connaisse quelques rudiments de l'art des barbiers... Une fois encore je vais faire de mon mieux pour te redonner un aspect moins patibulaire mais ce sera la dernière... Puis il ajouta avec un sourire qui découvrit largement sa bouche édentée : « Tu vas avoir une tonsure du plus bel effet, heureusement que l'entaille de ta pommette s'arrange, sinon tu rentrais en Savoie aussi balafré qu'un vieux capitaine !

– Je vais te préparer une infusion de plantes vulnéraires, annonça le vieil homme quand il eut nettoyé le cuir chevelu de l'adolescent, j'y ajouterai trois scrupules de thiéraque au cas où... Avec ça demain tu devrais être d'aplomb.

Jean-Baptiste passa le reste de la journée sur la paille de l'étable. Il n'avait besoin de rien, ses maux de tête s'estompaient, et la bonne chaleur animale qui l'enveloppait lui procurait un délassement du corps et un apaisement de l'esprit régénérants. Il ne lui restait qu'à se laisser porter par le temps, tout au bonheur de savoir que Gaspard était vivant. Le Saint-Gervolain se délectait de la confidence qu'il avait reçue de frère Anthelme, et depuis, son esprit suçotait cette nouvelle à petits coups ; il la roulait, la triturait avec un plaisir qui n'était pas sans lui rappeler celui éprouvé les rares fois où il avait pu se régaler d'un morceau de rayon de miel soustrait à la récolte paternelle. « Gaspard est vivant ! Gaspard est vivant ! » Il fredonnait pour lui seul cette petite phrase en l'habillant de la même musique que celle qui accompagnait la phrase « Christ est ressuscité ! » lors des prières de l'ordinaire. Un instant, il tenta d'imaginer l'endroit où pouvait se trouver son oncle à cette heure mais bien vite cette quête lui parut vaine, il n'était pas en mesure d'imaginer l'univers où le colporteur devait tailler sa route car trop de repères lui faisaient défaut. Au reste, il ne comprenait pas pourquoi rêver aux tribulations de son parent migrant dépassait son entendement, alors qu'il était tout à fait capable de concevoir les tâches qui accaparaient sa mère, ses sœurs et ceux qu'il avait laissés au pied des glacières. Était-ce simplement parce qu'il pouvait les situer dans un univers que sa raison construisait avec précision ?

Il passa un long moment à laisser défiler dans sa tête la litanie d'événements vécus depuis le matin de pluie où il avait quitté la vallée de Montjoie. Que de lieux, que de personnages imprégnaient de leur trace son souvenir ! Il ne se lassait pas de se réciter les riches heures de son épopée. De temps à autre une question faisait irruption dans sa chronique avec des manières de farfadet : « Où serions-nous à cette heure si j'étais reparti des Fourgs au côté de Gaspard ? Aurais-je eu assez de résistance pour le suivre tout au long du chemin ? » n'en finissait pas de se demander Jean-Baptiste sans mesurer qu'à des dizaines et des dizaines de lieues de là, fourbu, harassé, son oncle arrivait en vue de Munich au terme d'un périple qui le laissait aussi pantelant qu'un cerf venant d'échapper à la meute.

Au matin où il avait laissé son neveu si mal en point, suivant le conseil des rouliers croisés à l'auberge des Fourgs, par des chemins de traverse il avait contourné Pontarlier pour déboucher dans un gros bourg dont il n'avait pas retenu le nom. Là, malgré l'heure matinale, il lui avait fallu se mettre en quête d'un maréchal-ferrant capable de redonner une jeunesse à la ferrure de son mulet. De forge il n'avait point trouvé mais la Providence avait placé sur son chemin le prêtre de l'endroit, heureux de converser de si bonne heure avec un homme qui ne soit ni soldat, ni sbire, ni lansquenet. Avec une perspicacité qui titilla Gaspard le desservant constata :

– Mon ami, si vous remontez vers les Allemagnes, vous n'êtes pas en avance pour commencer votre campagne...

– Dieu l'a voulu ainsi, répondit Gaspard. Mon associé est mort de cette maladie qui fait tant de ravages entre Montperreux et Malbuisson ; quant à moi, je m'en suis tiré de justesse... L'affaire m'a retardé de trois semaines au moins et voilà qu'il me faut faire un crochet par Besançon pour y remettre les effets de cet associé à un de ses parents établis là-bas. Au lieu de tirer directement vers Maîche je vais encore perdre quelques journées de plus... Vous pouvez dire que la guigne ne m'épargne pas. C'est pourtant pas faute d'avoir prié saint Christophe et Notre-Dame de toute mon âme... Mais qu'y faire, cette année la malchance s'accroche à mes basques comme un mâtin à la jambe d'un voleur de poules !

Le prêtre hochait la tête, attentif aux déboires du voyageur qui continua avec détermination :

– Père, peut-être allez-vous pouvoir m'aider… Connaissez-vous un gars du village en qui vous mettriez votre confiance pour conduire mon mulet à Maîche où je le reprendrai à l'auberge qui se trouve sur la route de Saint-Hippolyte ? Ça m'éviterait de revenir sur mes pas. De la sorte, depuis Besançon en passant par Baume-les-Dames, je pourrais rejoindre la route du nord au plus vite et effacer un peu de mon retard…

Gaspard sentait que son interlocuteur était de moins en moins indifférent à son projet ; il lui fallait encore badigeonner son discours d'un peu plus de miel et là, il mettrait définitivement l'ecclésiastique dans sa manche :

– Bien sûr que si vous me trouvez le muletier espéré, il sera bien payé… Et je donnerai ce qu'il faut pour vos œuvres si vous vous portez garant de cet homme, s'empressa d'ajouter le Savoyard en sortant sa bourse et en ayant soin de la faire tinter suffisamment pour ferrer le pasteur.

Gaspard jouait gros, il en avait conscience : confier les rênes de son mulet à un inconnu pour deux ou trois jours dans une contrée incertaine pouvait paraître folie. Celui qui conduirait

Lexandre pouvait jouer les filles de l'air au premier détour du chemin avec tout son capital, le condamnant ainsi à un destin des plus noirs ; mais si ce bon curé dénichait un chrétien à l'âme couleur de neige pour chaperonner sa bête, il faisait la plus belle affaire qu'il soit possible d'imaginer. Il aurait ainsi les mains libres pour trois jours. Ce laps de temps lui paraissait suffisant pour aller remettre à leur destinataire avec un maximum de sécurité les livres qu'il transportait depuis Genève, avant de quitter la région sur la pointe des pieds.

Le curé se montrait rassuré par le discours du colporteur et sans louvoyer bien longtemps il déclara :

– J'ai votre homme, mon brave ; je connais un bon paroissien qui passa des années à transporter le sel de Salins vers le pays de Montbéliard, jusqu'au jour où les Espagnols lui ont réquisitionné ses bêtes... Depuis il ne fait plus rien... Allez savoir, il ne dirait peut-être pas non pour repasser la bricole à l'épaule...

L'affaire fut rondement menée. Gaspard jaugea très vite le roulier que le prêtre venait de lui présenter. Jean Appalate paraissait totalement soumis et dévoué à son curé. « T'es bien la bête de somme qu'il me fallait... » pensa le trafiquant en multipliant les signes de reconnaissance à l'égard du Ciel et de ses serviteurs.

À deux heures de là, tandis que son mulet en bonnes mains s'apprêtait à remonter vers Maîche sous la férule d'un solide Comtois, le colporteur filait vers Besançon avec pour tout bagage un havresac où de la dentelle de Megève, quelques effets personnels et des sachets d'herbe à bouquetin dissimulaient le paquet embarrassant.

D'un coup, il venait de se défaire de sa tunique d'homme pour redevenir frère du renard en chasse ou du lièvre traqué. Sa raison croquait les informations que lui apportaient ses sens avec un appétit insatiable. Il savait que la réussite de son entreprise pouvait capoter simplement parce qu'auraient échappé à sa sagacité une silhouette fugace ou un bruit anodin. Il lui fallait aller vite, ne commettre aucune faute de jugement, anticiper toutes les situations qui se présenteraient : sa vie en dépendait. En se séparant pour un temps de son mulet, le trafiquant escomptait gagner une autonomie appréciable. Si la situation tournait mal, s'il lui fallait enfiler un habit couleur passe-muraille pour disparaître au plus vite, rien n'entraverait sa fuite. Une fois ou deux, alors que déjà il faisait voyager sous le manteau des livres mis à l'index, il avait été serré de près par des coupe-jarrets au service des inquisiteurs sachant trier le bon grain de l'ivraie dans la moisson de livres naissant chez les imprimeurs. Quand il repensait à ces chapitres de son existence, il se sentait encerclé par de sombres vagues d'angoisse qui l'éclaboussaient de milliers de frissons malsains.

Traversant Ornans, Revenaz proposa quelques coupons de dentelle de Megève aux lavandières qui ne craignaient pas de battre leur linge dans les eaux glacées de la Loue. Il renouvela son offre dans une gargote au bout de l'unique rue du bourg, en ayant soin de s'inventer un destin de marchand ambulant qui n'était qu'un pieux mensonge mais qui parut satisfaire la curiosité de la poignée de miséreux qui le couvaient du regard sans dire mot.

Quand il s'esbigna d'Ornans, Gaspard savait qu'il ne pourrait atteindre Besançon avant le soir, mais il avait appris qu'il trouverait à loger dans une grange de Montfaucon à deux lieues de la cité bisontine.

Le colporteur connut une nuit pénible où jamais le sommeil ne fut en mesure d'étouffer les multiples feux follets agitant à son oreille des grelots d'inquiétude.

On sonnait tierce en l'église Saint-Étienne lorsque Gaspard arriva en vue de la ville lovée dans une boucle du Doubs. Ce matin-là, un brouillard plein de malice montait de la rivière ; on le croyait à la Porte Taillée, qu'il était déjà au faubourg Tarragnoz ne laissant derrière lui que quelques écharpes de coton dans les ramures de gros marronniers.

« Je ne serais pas étonné que ce manège dure la matinée jusqu'à ce que pointe une de ces belles après-midi d'arrière-saison... pensa le colporteur en entrant dans Besançon par la porte Rivotte. Toujours ça de pris... J'aurai bon pour marcher vers Baume ce tantôt. »

– Regardez ma dentelle, belles Comtoises ! Vos cols, vos jabots, vos robes n'attendaient qu'elle ! Une aune de cette guipure et vos toilettes seront aussi pimpantes que la nature un matin d'avril, clamait Gaspard en présentant sa marchandise à tout venant.

Les passantes indifférentes semblaient avoir d'autres chats à fouetter et ne prêtaient guère attention à ce bonimenteur matutinal. La froideur de leur accueil n'entamait en rien l'entrain du Savoyard continuant à haranguer les chalandes qu'il croisait, en remontant vers la cathédrale Saint-Jean. Soudain une voix de stentor l'interpella :

– Crénom de Dieu ! Qu'est-ce que tu fais là, corniaud ! Tu sais pas qu'on ne vend pas sa camelote à la sauvette dans les rues ! Si tu ne veux pas que je t'embarque, fais-moi le plaisir de plier ta marchandise et de passer ton chemin !

Accompagné de deux de ses hommes, le sergent qui maintenant lui faisait face, ne semblait pas d'humeur à discuter. Gaspard, doux comme un mouton, se confondit en excuses puis hasarda :

– Peut-être, sergent, me laisserez-vous le droit de toquer à quelques portes de familles bien nées pour leur proposer ma dentelle ? Les temps sont si durs ! Y a au moins trois jours que je n'ai trempé mes lèvres dans un bol de soupe chaude…

– Pauvre carne… grogna le représentant de l'ordre ; des comme toi, il en passe des dizaines et des dizaines par ici… Tu ferais mieux d'aller te faire voir ailleurs mais si tu tiens à tâter du bâton des bourgeois des bords du Doubs, à ta guise…

Gaspard était déjà loin, les choses se passaient à sa convenance. Il frappa à l'huis de quelques maisons de maître en y proposant « de la dentelle de Lorraine de première qualité » ; il faillit se faire botter le cul à plusieurs reprises toujours sans en paraître affecté. Quand il eut visité ainsi six ou sept maisons, il jugea avoir semé le long de sa route assez d'indices capables de brouiller les pistes au cas où son affaire tournerait au vinaigre et il décida qu'il était temps de s'en aller frapper à la porte de l'avoué Guillaume Le Rupt. Toutes les cloches de Saint-Jean et de Saint-Étienne chantaient d'un faubourg à l'autre pour annoncer sexte, aiguillonnant la foule qui emplissait encore les rues lorsque Gaspard arriva au portail d'une grosse bâtisse dominant le cours du Doubs.

– Je viens de Genève et j'apporte des nouvelles pour Monsieur, annonça-t-il à mi-voix en présentant sa marchandise.

Sans prononcer un seul mot, le portier s'assura d'un regard furtif que personne n'observait la scène et sans amabilité particulière, il invita le voyageur à pénétrer dans un vestibule aux cloisons tendues de lourds tissus. Sans tarder on conduisit Gaspard dans un petit cabinet où l'attendait l'avoué. Tout de noir vêtu, le maître de céans se déplaçait avec des allures de corneille sur un labour ; seule la pâleur de sa peau parcheminée lui donnait un semblant d'expression humaine. D'une manière très conventionnelle, de sa voix cassée il se contenta de demander à l'arrivant s'il avait fait bonne route.

Revenaz répondit d'un hochement de tête en tendant à Guillaume Le Rupt le fameux paquet enveloppé de tissu. Avec des gestes tremblotants l'avoué déballa son paquet et soupira longuement en découvrant les cinq ouvrages qu'il avait entre les mains. Hiératique, le colporteur attendait que l'homme de robe donne son sentiment :

– C'est bien, mon ami, me voilà rassuré... Je croyais bien ne jamais te voir arriver et je m'apprêtais à faire mon deuil de ces livres tant espérés...

– Les routes ne sont pas plus sûres qu'il y a deux ans lors de ma précédente mission... répondit le visiteur qui ajouta d'une manière laconique : « Dans notre métier, on sait toujours quand on part mais jamais quand on arrive... »

– Point d'espèces, n'est-ce pas ? questionna pour la forme Guillaume Le Rupt.

Revenaz répondit d'un léger hochement de tête en signe de dénégation.

– Alors voici un billet qui reconnaît ma dette, tu pourras le faire honorer à Genève chez le correspondant de mon banquier, après tu te débrouilleras...

– Je vous remercie, dit Gaspard sans prendre la peine d'essayer de déchiffrer l'ordre qu'il mit aussitôt en lieu sûr dans son vêtement.

– Servez une collation à ce voyageur et vous le ferez sortir par la porte du jardin, commanda le robin en raccompagnant son commissionnaire ; sans se douter à ce moment qu'il ne lirait pas jusqu'au bout les ouvrages qu'il tenait entre les mains. Dans l'ombre on instruisait déjà son procès, ses ennemis comptabilisaient ses faux pas, attendant l'ultime faute pour le clouer au pilori.

Sortant de la maison de l'avoué le ventre bien calé, Gaspard fut accueilli par une agréable douceur automnale que toute la ville appréciait comme un instant de rémission avant la lente descente vers les tréfonds de l'hiver. Il n'avait qu'une hâte, quitter cette cité qu'il n'arrivait pas à trouver séduisante et où jamais il n'avait plaisir à rester. Il lui préférait Dôle, rivale plus animée, plus frondeuse et moins engoncée dans ses principes.

Brusquement Revenaz tressaillit. Il venait de s'apercevoir que son attention s'était subitement relâchée. Était-ce bien le moment de peser les mérites respectifs de deux villes tant qu'il n'aurait pas coupé les ponts avec ce lieu où il risquait le bûcher ?

Il se dirigeait vers la porte Rivotte quand il s'entendit à nouveau interpellé par une voix de connaissance :

– Mais c'est notre cornard de ce matin ! Approche-toi, bougre d'ébahi, si t'es pas en règle j'vais assez te frotter la couenne jusqu'au gras du lard, crois-moi ! Vide ton sac et montre-moi ton certificat de baptême !

Gaspard obtempéra ; il fit étalage du contenu de son sac puis ouvrit sa chemise pour en sortir l'acte qu'il portait autour du cou :

– Guillaume Coppel, natif de la Côte-d'Arboz en Savoie, lut le sergent… Bon catholique… se rend en Alsace pour s'y établir. Mais qu'est-ce que c'est que ce foin dans ces sachets ? aboya-t-il soudain. Encore des herbes maudites qu'un sorcier de ton pays a bénies un soir de pleine lune pour jeter des sorts de partout ?

– Non pas, non pas ! protesta le colporteur. C'est de l'herbe à bouquetin… oh ! vous n'en trouverez pas par ici, ça pousse au bord des glacières. On la met un temps dans du brandevin avec un peu de cassonade et ça vous fait une liqueur qui fouaille les humeurs de ceux qui peuvent plus besogner leurs femelles…

Le sergent marqua un temps de réflexion en se frottant la joue puis il grogna :

– Tu auras un ou deux sachets de moins à porter dans ton bagage, allumette du vice ! Comme ça, tu pourras galoper un peu plus vite vers ton Alsace. Allez, file !

Longeant le Doubs, Gaspard prit la direction de l'est pour remonter vers Baume. Il avait retrouvé ses réflexes d'animal sur le qui-vive et filait sur les chemins gelés prêt à tout moment à jouer de son coutelas pour défendre sa vie. Lentement le soleil bascula vers le ponant, et, le temps d'un chapelet, une lumière pourpre coloria les collines à l'entour alors que déjà un mélange de nuit et de brume montait furtivement des dépressions du sol. Se guidant au bruit de la rivière, le Savoyard força l'allure, animé du souci d'atteindre au plus vite l'abbaye de Baume où il savait trouver le gîte et le couvert pour la nuit.

Ce soir-là, dans une chapelle où l'odeur de cierges se mêlait à celle de la pierre humide il écouta complies et pria longuement. Il ne demanda rien au Ciel pas plus qu'il ne remercia le Créateur de lui avoir permis de mener à bien sa mission qu'il savait réprouvée par l'Église. Il avait conscience qu'à transporter des livres maudits dans son bagage il s'était condamné à emprunter des chemins où il n'était pas rare que les flammes de l'Enfer viennent vous lécher les pieds. Dieu connaissait la cascade de mensonges dont Gaspard avait saupoudré sa route allant jusqu'à usurper l'identité du pauvre hère trucidé à deux pas de Romainmôtier, pour gruger ceux qui risquaient de se montrer trop curieux à propos de son identité. Il pria simplement pour oublier; pour ne plus se retrouver face à lui-même, pour ne pas instruire le procès de son existence de colporteur obligé de mentir, de se travestir en escamoteur, voire de jouer sa vie pour amasser l'indispensable pactole dont il avait besoin pour se mettre en affaire du côté de la Bavière. Il se sentit brusquement lourd de solitude, de fatigue et de désespérance. Il y avait trop longtemps qu'il roulait sa bosse sur ces routes imprégnées de l'odeur de la guerre, des épidémies, du mensonge, de la loi du plus fort, traînant dans sa besace une série d'actions peu recommandables.

Mais existait-il d'autres voies pour sortir de la misère que de se servir des défauts et des travers des hommes pour faire sa pelote ? Pouvait-on remplir le bas de laine permettant de devenir un vrai marchand avec pignon sur rue à Augsbourg ou à Ingolstadt en vendant seulement quelques aunes de dentelle et trois boutons de corne ?

Il réalisa brusquement qu'à cette heure il pourrait se trouver dans un cachot de Besançon dans l'antichambre de la mort. Dieu ne l'avait pas voulu ainsi et Gaspard se dit que le Créateur devait avoir un autre dessein pour le porte-balle qu'il était. Le chœur des moniales emplissait de son chant le sanctuaire, adoucissant la fatigue du colporteur. « Cette fois j'en fais serment, plus jamais je ne transporterai de ces livres maudits ! se jura-t-il. Au printemps, je reviendrai chercher Dorine et Jean-Baptiste s'il est encore de ce monde et avec eux je pourrai enfin créer ce beau négoce de toiles de cotonnades dont je rêve depuis des lustres. Chaque jour nous mangerons à notre faim et puis viendra le moment où je serai assez riche pour rembourser mes dettes envers Dieu. J'enverrai alors de l'argent à Saint-Gervais et à Saint-Nicolas pour y faire célébrer des messes et pour y créer une régence où un prêtre apprendra à lire et à écrire à quelques gamins de nos villages. »

Il pria encore et encore, jusqu'à ce que le sommeil confisque sa volonté. Peu avant l'office de prime, avec stupeur une religieuse le trouva endormi au pied d'un grand Christ en croix qui peut-être priait pour le salut de ce bon larron.

# CHAPITRE XIII
## Retour à Genève

Pour sa seconde nuit dans la maison des Gingins, frère Aubin n'avait jamais réussi à sceller un pacte durable avec le sommeil. Il avait dormi d'une manière hoquetante, ne sachant que faire de ces parcelles de nuit où son esprit incontrôlable caracolait à la poursuite de pensées décousues. À plusieurs reprises, fatigué de se retourner nerveusement sur sa couche il s'était levé pour tenter d'aller lire dans le ciel d'encre quelques prémices du temps à venir. C'est lors d'une de ces échappées qu'il constata que la température remontait brutalement et que le ciel se chargeait de lourdes nuées mal intentionnées. Aussitôt il réveilla ses compagnons les invitant à se mettre en route sans retard.

– Nous prierons en chemin, je crains que le temps soit à la neige, dit-il en puisant une écuelle de soupe dans un pot tenu au chaud par les cendres de l'âtre.

La petite escouade quitta La Sarraz en catimini, marchant plein sud en direction du lac.

Tout en accumulant les Pater et les Ave, les voyageurs matineux passaient au large des villages et des hameaux endormis, seulement salués par les aboiements vindicatifs de cerbères invisibles. Le jour finit par pointer le bout de son nez avec une nonchalance appuyée au moment où les deux capucins et leur servant doublaient Morges encore assoupie. Jean-Baptiste remarqua que quelques flocons aux airs de sainte nitouche commençaient à voleter au-dessus de sa tête. « C'est pas bon signe… pensa-t-il. Si la neige arrive avec le jour on peut se préparer à une belle tourmente pour tout à l'heure… » Son expérience de montagnard ne fut pas prise en défaut, en quelques minutes il se mit à neiger dru : de gros flocons cognaient le sol, pressés de s'agglutiner à la multitude de leurs semblables qui déjà bâillonnaient le sol gelé.

Les capucins ne semblaient pas s'inquiéter outre mesure, le capuchon rabattu sur le front ils avançaient sans se préoccuper de la tourmente qui forcissait. Ils marchèrent ainsi pendant plus d'une lieue, fouettés par des rafales de neige teigneuses. Plus il s'apercevait que le chemin perdait de sa lisibilité, plus

Jean-Baptiste se sentait gagné par l'inquiétude. Alors qu'aucune trace pouvant servir de fil d'Ariane ne striait ce désert blanc, il n'était déjà plus possible de repérer le lac à senestre. N'y tenant plus, le jeune Savoyard posant sa claie dans la neige s'exclama :

– Ce qu'on fait là est dangereux ! Il nous faut trouver un abri et attendre que la tempête se calme. Chez nous on ne met pas le nez dehors quand il neige des têtes de chat !

Frère Anthelme lui décocha un regard hostile et lui demanda posément :

– Tu n'as pas confiance dans la présence du Seigneur qui guide nos pas ?

Sans attendre la moindre réponse, déjà le régulier s'était remis en route, balayant le manteau neigeux de sa robe de bure.

Ils progressèrent ainsi sans un mot pendant un temps démesurément long. Jean-Baptiste essayait de recomposer dans sa tête divers tableaux de cette campagne qu'il avait trouvée si séduisante quelques semaines plus tôt. Mais le paysage bucolique habillé de vignes, traversé au début d'octobre, s'était mué ce matin en un territoire hostile qui n'avait rien à envier aux endroits les plus ténébreux de sa vallée.

– Attendez, je vais passer devant pour « châler », proposa le Saint-Gervolain, il y a déjà plus de deux pieds de neige et j'ai l'habitude. Vous m'indiquerez la direction à suivre et si ça va pas vous me remettrez dans le droit chemin.

La peur suintait de ce monde pétri de silence mais elle ne parvenait ni à entamer l'énergie de l'adolescent ni à faire naître chez lui un début de découragement. Au contraire, il était plutôt survolté par un sentiment de jubilation qui l'envahissait à mesure qu'il traçait un chemin dans cette campagne ouatée. Il était devant, c'est lui qui faisait « la pia », de ce pas inimitable hérité de ses ancêtres. Comme Moïse, il ouvrait les flots de cette étendue monotone pour que les capucins accostent enfin vers des terres hospitalières. Il n'en était pas peu fier…

– Arrête-toi ! Jean-Baptiste, arrête-toi !

La voix de frère Aubin surprit le gamin tout à son effort. Quelque chose n'allait pas. Rebroussant chemin, Jean-Baptiste trouva le missionnaire agenouillé au chevet de son compagnon.

– Il ne bouge plus ! Mon Dieu ! Mon Dieu ! Ne nous abandonnez pas ! se lamentait l'homme de Dieu.

– Faut le tirer sous un gros arbre qui est là sur la gauche, il sera un peu abrité, commanda Jean-Baptiste en saisissant le vieil homme sous les bras.

Bientôt frère Anthelme fut allongé sous un chêne centenaire dont de feuillage desséché constituait un bien maigre rempart face aux tourbillons incessants.

– On va lui frictionner les jambes avec de la neige et lui activer les sangs, faut surtout pas qu'il se refroidisse… ordonna frère Aubin.

– M'est avis que je serai plus utile si je dénichais une maison dans ce désert… coupa Jean-Baptiste. Il nous faut trouver de l'aide sinon c'est fini…

Il était déjà loin, tâchant de suivre une ligne d'arbres qui pouvait border un chemin ou une allée. Il marchait en essayant de repérer un signe de vie quelconque, mais par ce temps qui pouvait bien être dehors ? Pas le moindre aboiement, pas la moindre cloche… Soudain il décela une odeur de fumée qu'il eut du mal à identifier tant elle était fluette. Elle ne venait pas d'un feu de sapin, encore moins d'une flambée de fayard… Peu à peu cette émanation prit de la consistance, il y avait donc une maison dans les parages ! Jean-Baptiste devait la trouver au plus vite. Soufflant comme un bœuf, trempé de neige et de sueur il avançait à grandes enjambées en criant à pleins poumons.

Bientôt une voix lui répondit et le guida ; ainsi, sans trop y croire, il arriva devant une grosse maison de vignerons.

– Y a deux capucins qui ont besoin de secours, l'un d'eux est mal en point. Aidez-moi, faut faire vite avant que la neige recouvre mes traces si on veut les retrouver ! parvint-il à expliquer.

Une demi-heure plus tard, frère Anthelme était allongé au pied d'une cheminée où craquait un feu de sarments, entouré de toute la maisonnée de Jean Coquoz. Frère Aubin priait et Jean-Baptiste frictionnait avec du marc de raisin le corps du vieillard comme saisi par la glace. Il ne ménageait pas sa peine et reproduisait les gestes qu'il avait vu faire tant de fois dans son village. Subitement le capucin s'agrippa au bras de l'esculape de fortune et s'y accrocha de toute son énergie. Il parvint à soulever les paupières, fixa Jean-Baptiste le temps d'un battement de cœur puis exhalant un très long soupir il rejoignit la maison du Père.

– Ici ça s'appelle Aubonne, on est en terre catholique, vous avez de la chance, on pourra le sépulturer au cimetière… remarqua le maître des lieux.

Le silence retomba sur la pièce et toute la maisonnée s'agenouilla pour réciter la prière des morts.

Le lendemain matin alors que la pluie tombait sans discontinuer on enterra frère Anthelme dans ce coin du pays de Vaud avec la simplicité d'une cérémonie du temps des premiers chrétiens. Le vicaire d'Aubonne, frère Aubin et l'apprenti colporteur furent les seuls à accompagner le vieux missionnaire pour son dernier voyage. Lorsqu'à la fin de l'absoute la petite société se retrouva dans le presbytère délabré et crasseux qui servait de logis au vicaire, le Savoyard, qui avait dû réfléchir pendant tout l'office à la façon dont il allait proposer l'affaire, annonça gauchement :

– Je… je voudrais payer les frais… Chez nous, on donne huit sols pour le linceul et cinq sols pour le luminaire, ajouta-t-il en sortant maladroitement la bourse que lui avait laissée Dorine le matin où il avait quitté les Fourgs.

La surprise s'afficha sur le visage du jeune vicaire qui ne s'attendait pas du tout à cette offre.

– Voilà qui montre ton grand cœur… mais nous en reparlerons tout à l'heure si tu le veux bien, proposa avec douceur le compagnon du capucin défunt. Attends-moi à l'église, je te rejoins.

Le sanctuaire n'était qu'une caverne humide où le Bon Dieu devait avoir bien froid. De la voûte lépreuse l'eau gouttait sur un plancher hors d'âge que les paroissiens ne se donnaient plus la peine de raccommoder.

Seul dans la pénombre, Jean-Baptiste éprouvait plus d'inquiétude qu'au milieu des bourrasques de neige de la veille. Sans qu'il puisse le formuler avec précision il ressentait d'une manière poignante l'incompatibilité entre la puissance divine et l'état d'abandon de cette église. Dieu, c'était la lumière ! Le soleil des matins de juin illuminant la chaîne des Dômes de Miage… Les messes chantées, quand les paroles des cantiques virevoltaient dans la lueur tremblotante des cierges. Si l'église devenait un antre avec seulement le froid et la nuit pour uniques vigies, c'était peut-être bien que le Bon Dieu était déjà en route vers d'autres horizons… Effrayé de cette réflexion instillée sans aucun doute par le Malin, le Saint-Gervolain se leva d'un bond, prêt à rejoindre le presbytère pour échapper aux forces maléfiques qui l'assaillaient. Le bruit des pas de frère Aubin arrivant dans la chapelle à cet instant le dissuada de battre en retraite.

Après une courte dévotion l'arrivant demanda à son protégé :

– Est-ce que ton cœur s'est ouvert au pardon ? As-tu réussi à effacer toute trace de rancœur à l'égard de celui que je pleure aujourd'hui ? (Il laissa le silence s'installer puis il ajouta presque susurrant :) Je n'oublie pas que frère Anthelme n'a pas toujours été tendre pour toi, ni dans ses paroles, ni dans ses actes...

Jean-Baptiste craignait ceux qui voulaient trop directement sonder les cœurs, et encore plus ceux qui s'inquiétaient de démêler l'écheveau de ses sentiments. Il fut assez habile pour fournir une réponse toute peinturlurée de duperie :

– Si le Seigneur ne vous avait pas placés sur mon chemin, je serais mort depuis longtemps ! C'est grâce à vos prières que j'ai pu échapper aux griffes de la fièvre et c'est aussi grâce à votre protection que j'ai pu me rapprocher de mon pays. Que serais-je devenu s'il m'avait fallu faire le chemin des Fourgs jusqu'ici sans votre aide ? Et avec tout ça vous voudriez que je ne sois pas reconnaissant envers frère Anthelme ?

Le missionnaire resta songeur quelques instants avant de reprendre :

– Mais dis-moi, tout à l'heure, qu'est-ce qui t'a pris de vouloir acquitter les frais de l'ensevelissement de notre frère ?

Le visage de l'adolescent se détendit et il esquissa un petit sourire :

– Simplement par reconnaissance pour ce que vous avez fait pour moi depuis que vous m'avez pris en charge...

En vérité Jean-Baptiste n'était pas aussi magnanime. La véritable raison qui l'avait poussé à prendre cette initiative était autre, et même s'il avait de la confiance et de l'estime pour frère Aubin, jamais, au grand jamais, il n'aurait pu la lui avouer. Au fond de lui-même le jeune Savoyard redoutait que frère Anthelme soit toujours en mesure de le punir pour toutes les fautes qu'il n'avait pas eu le temps de lui faire avouer. Il craignait que depuis les confins de l'au-delà, son persécuteur puisse encore faire pleuvoir sur sa tête une série de malheurs, tous plus épouvantables les uns que les autres. Aussi lui était-il venu à l'idée d'acheter la neutralité du disparu avec quelques pièces, pensant se prémunir ainsi contre des foudres post mortem qu'il sentait peser au-dessus de lui.

Une nouvelle fois Jean-Baptiste reprit la parole, cette fois avec une certaine solennité dans le propos.

– Frère, j'ai besoin de votre aide…

– Parle, mon enfant, parle… commanda le Régulier en pensant que son ouaille voulait délester sa conscience d'un poids trop lourd.

– Quand j'ai voulu payer le linceul et le luminaire tout à l'heure, il y a une chose à laquelle je n'avais pas pensé. J'ai dans ma bourse des pièces de toutes sortes mais elles ne me disent rien ! Je ne connais pas leur valeur.

Je sais bien que l'argent n'est pas votre principal souci, mais comprenez-moi... Bientôt je serai à nouveau seul sur la route, il me faudra me débrouiller... Payer mon écot là où je ferai étape... Comment vais-je m'y prendre si vous ne m'enseignez pas ce que valent ces maudites rondelles et si je ne sais combien il m'en faut donner pour payer une assiettée de soupe ?

Frère Aubin, peut-être un peu désarçonné par cette demande à laquelle il ne s'attendait pas, répondit :

– Ce n'est pas le lieu pour une telle explication mais je te le promets, je répondrai à ton attente avant que nous ne nous quittions.

Ils dirent encore un chapelet, accompagnés par le bruit des gouttes qui s'écrasaient de toute part avec une régularité exaspérante.

– Qu'est-ce qu'on va faire maintenant, frère Aubin ? interrogea encore le gamin.

– Ne crains rien... Nous sommes à une journée de Genève et nous nous mettrons en route demain. Je veux passer à la maison que tient notre ordre dans cette ville pour y rencontrer mes supérieurs ; après, peut-être reviendrai-je un temps épauler ce pauvre vicaire et l'aider à prêcher pendant le temps de l'Avent.

Comme le missionnaire l'avait prévu, le lendemain soir les deux marcheurs entraient dans la cité de Calvin, embrochée de toute part par une bise glaciale. Les rues se vidaient peu à peu et s'apprêtaient à devenir pour quelques heures le royaume des exclus, des marginaux de tout poil en quête d'un porche abrité, ou de tout autre lieu capable d'adoucir le calvaire de la nuit à venir.

Frère Aubin entraîna son acolyte dans une traversée de Genève au grand galop, pour gagner l'hôpital situé à l'autre bout de la ville, au pied de la Porte Neuve.

– On y sera bien accueilli, tu verras, et dès demain tu pourras te mettre en route pour regagner Saint-Gervais afin d'y préparer Noël avec tous les tiens…

De l'endroit où il passa la nuit Jean-Baptiste ne retint qu'une odeur de cire entêtante, un dédale de couloirs où il avait suivi son guide à l'aveuglette, et un réfectoire désert où il avait avalé une soupe de gruau revigorante.

Au lendemain d'une nuit réparatrice comme il n'en avait pas connu depuis son séjour aux Fourgs, il chercha vainement la présence de frère Aubin. La matrone mafflue qui lui servit un grand bol de lait lui expliqua que le missionnaire était parti depuis longtemps, sans indiquer quelle étoile il suivait. Le jeune roulant comprit qu'il valait mieux que les choses se passent ainsi, tant il redoutait de ne pouvoir laisser parler ses sentiments avec un minimum de franchise et de simplicité ; la cérémonie des adieux étant par là même condamnée à traîner en longueur et à se compliquer d'atermoiements inutiles. Frère Aubin avait voulu lui aussi abréger cette séparation délicate : voilà plus d'un mois que son existence avait croisé celle de Jean-Baptiste, et petit à petit le prédicateur s'était pris de sentiments fraternels pour ce Savoyard ballotté sur les chemins du négoce. Plus d'une fois il avait apprécié le caractère enjoué de celui qui portait parfois un regard iconoclaste sur les aléas de la vie, et sa présence s'était souvent révélée comme un antidote salutaire, adoucissant l'âpreté du caractère de frère Anthelme. Mais voilà, le destin voulait qu'aujourd'hui il abandonne à son sort ce petit frère de la route quelques heures seulement après avoir perdu le vieux compagnon avec lequel il prêchait par monts et par vaux depuis des années. Le Tout-Puissant en avait décidé ainsi et il fallait accepter Sa volonté sans exprimer aucun état d'âme. Avec la même ferveur qui l'animait dans l'auberge des Fourgs lorsqu'il implorait le Ciel pour le salut du jeune malade, frère Aubin récita son Credo au chevet de son protégé endormi puis il se laissa happer par le petit matin de novembre.

– Montre-moi tes chaussettes, petit ! commanda d'un ton ferme l'hôtesse en servant une nouvelle tasse de lait au Savoyard. C'est bien ce que je pensais ! dit-elle en dodelinant de la tête. Ce ne sont plus des bas mais des loques en état de décomposition avancée !

Jean-Baptiste, bien obligé d'en convenir, conta par le menu le périple harassant qui avait été le sien depuis La Sarraz.. Il n'eut pas de mal à expliquer comment la neige, la pluie et le froid s'étaient alliés pour écorcher ses galoches et ses bas. Le cuir d'une de ses chaussures bâillait allègrement tandis que son autre semelle était sur le point de se fendre.

– J'ai dans mon bagage une paire de bottes presque neuves, elles cacheront cette misère jusqu'au moment où je rejoindrai mon village, tenta d'argumenter l'adolescent.

La femme essuya son nez camus, s'assit un instant à côté de Jean-Baptiste et dit :

– Dans cet hôpital, il nous arrive de récupérer de temps en temps les effets de ceux qui rendent l'âme dans nos murs… C'est moi qui ai la responsabilité de laver et de ravauder ces habits… Frère Aubin nous a narré ton histoire hier au soir et je te trouve sympathique. Je vais tâcher de te trouver de quoi t'arranger.

Elle revint au bout d'un moment en tenant à bout de bras une paire de bas mille fois rapetassés.

– Avec ça tu n'auras pas froid aux pieds, crois-moi !

Le Saint-Gervolain quitta l'hôpital tout à son nouveau confort. Chaussé de la sorte, il se sentait un appétit d'ogre pour avaler la distance le séparant de son village. Avant d'appareiller pour le pays des glacières, il aurait pu aller faire un tour du côté de l'échoppe d'un fabricant de lustres des rues basses, où les Chamoniards avaient coutume de venir vendre leurs cristaux. Bien que ce ne soit pas la saison, il eût peut-être rencontré là un cristallier ou quelque autre Savoyard s'apprêtant à remonter vers le haut Faucigny. Avec une once de bonne fortune, il aurait bien trouvé chez ce tailleur de pierres, un compatriote content de faire un bout de chemin avec un « pays » capable d'égayer la route du retour du récit de ses multiples aventures.

Pourtant, Jean-Baptiste se résolut à quitter Genève en solitaire, tant il redoutait d'avoir à affronter la presse des quartiers populaires de Genève par cette matinée toujours criblée de bise. Son allure un peu empruntée quand il lui faudrait battre le pavé du côté de la place du Molard pour retrouver l'échoppe du fabricant de lustres, sa claie, tout allait attirer l'attention des chalands sur son humble personne, pensait-il. Et si, comble de malchance, il tombait nez à nez avec Margairaz, l'aubergiste du

« Rouge Coq », comment pourrait-il justifier sa présence dans la cité en ce début d'hiver, alors qu'il était censé faire son apprentissage du côté de la Bavière ?

Jean-Baptiste jugea plus raisonnable de passer la porte de Rive et de suivre le grand chemin remontant vers la Savoie. Toute la campagne était engoncée dans une pelisse de givre que le brouillard des jours derniers avait ourlée avec délicatesse, tandis que dans le ciel un moutonnement de nuages aux accents métalliques, filtrait avec avarice une lumière étrange couleur de vif-argent.

De rares piétons taciturnes remontaient vers le Duché, croisant parfois de lourds charrois de fayard et de sapin qui traçaient leur route sur le chemin durci, à la manière de caravelles démâtées.

Pour la première fois depuis qu'il avait quitté son clocher, Jean-Baptiste se sentait entièrement responsable de son destin ; seul à choisir sa route, seul à décider des options à prendre, seul pour oser quémander à des inconnus quelques renseignements sur l'itinéraire à suivre. Par prudence, il s'était fixé pour objectif d'atteindre dans la journée la Bonneville. Dans ce gros bourg, il pourrait sans hésitation retrouver l'auberge où il avait dormi quelques semaines plus tôt ; et, depuis que frère Aubin lui avait expliqué quelles pièces il devrait sortir pour acquitter sa pension, il se sentait un peu plus sûr de lui.

La paire de bottes qu'il avait chaussée se révélait être une merveille de souplesse, de confort et de légèreté ; et au vu de sa démarche presque féline, aucun des voyageurs rencontrés n'aurait pu imaginer que le gamin qu'il croisait s'en venait des hauts plateaux de la Comté.

Le jeune Saint-Gervolain avait laissé à sa droite le massif du Salève aux allures de lion fatigué quand il découvrit la vallée de l'Arve se déroulant devant lui. Le Môle et la pointe d'Andey jouaient les sentinelles ; son regard les dédaigna car plus loin, là-bas, au bout de l'horizon, il venait de reconnaître la masse gigantesque des glacières dominant un parterre de montagnettes obséquieuses, courtisanes soumises, déjà parées de leur toilette hivernale.

Jean-Baptiste se sentit immédiatement chaviré, il s'assit sur sa claie et pleura des larmes de joie pendant de longues minutes.

# CHAPITRE XIV
## La vallée

Jean-Baptiste progressait d'un bon pas, quelque peu surpris de la facilité avec laquelle il lisait sans aide la route tracée à flanc de coteau bien au large d'une plaine labourée par des divagations de l'Arve. Quoique fort vigilant, il n'avait pas décelé la présence de démons cachés sous l'enveloppe de ceux qu'il avait croisés depuis Genève, pas plus qu'il n'avait repéré d'indices annonciateurs de l'existence de revenants dans les nombreux asiles que la nature pouvait offrir à ces êtres bourrés de malveillance. Son esprit était maintenant plutôt préoccupé par l'accueil qu'il recevrait des siens, demain, en passant le seuil de la ferme des Pratz. Une fois dissipée la joie des retrouvailles, comment sa mère et ses sœurs apprécieraient-elles son retour ? Éprouveraient-elles de la fierté à voir que l'apprenti colporteur était parvenu à surmonter avec succès les épreuves d'un périple de plusieurs semaines, lui permettant d'entrer dans le cercle restreint des pieds poudreux ? Seraient-elles plutôt déçues de constater que son affaire avait tourné court ? Ou pire encore, afficheraient-elles mépris et mésestime pour celui qui, par son retour inopiné, ébranlait le fragile équilibre d'une économie domestique où l'on ne se réjouissait pas forcément d'avoir à partager chaque miche de pain, chaque bouchée de sérac avec un invité de la dernière heure, fût-il le fils de la maison.

– Misère de misère ! Me voilà bien ! s'exclama soudain Jean-Baptiste en s'apercevant qu'une des bretelles de sa claie venait de céder sans prévenir. « C'est pas bien grave, mais il me faut trouver une forge où je pourrai faire remplacer ce fichu rivet qui vient de me lâcher ! » pensa-t-il.

Alors qu'il tentait une réparation de fortune au bord du chemin, il fut rejoint par un croquant poussant une brouette chargée de bois de chauffage :

– T'es à un quart de lieue de Contamine, là-bas tu trouveras une forge en bas du prieuré… Guillaume Desmourioux est un bon bougre, il t'arrangera ça… assura l'homme des champs avant de poursuivre sa route.

Moins d'une demi-heure plus tard, quand il arriva aux premières maisons de Contamine, Jean-Baptiste n'eut qu'à se laisser guider par une puissante odeur de corne brûlée pour trouver la forge espérée. Il y avait dans cette caverne une bonne douzaine de miséreux agglutinés autour du foyer, magnétisés par le rythme des coups de marteau résonnant dans l'espace clos de l'atelier.

– Salut la compagnie ! s'écria l'arrivant. Je viens de perdre le rivet d'une des bretelles de ma claie, est-ce que le maître des lieux pourrait me réparer ça ? ajouta-t-il d'un ton qui se voulait assuré.

– Je finis de redresser cet armon de char et je suis à toi... répondit le forgeron sans quitter des yeux son ouvrage. Conte-nous ton histoire... et dis nous d'où tu viens... ça nous changera des éternelles balivernes de la Mélie.

Quelques gloussements graillonnants saluèrent cette boutade.

– Je viens de Genève et je m'en retourne à Saint-Gervais, expliqua le gamin.

– On sait pas où c'est... mais ça n'a pas d'importance, lança une voix sans visage.

– Qu'est-ce tu faisais chez ces foutus calvinistes ? interrogea une autre, d'un ton non dénué d'hostilité.

– Valet, pardi... chez un apothicaire de la ville haute. Mais voilà que mon père vient de mourir d'une crise de « misere » et il me faut m'en retourner dans ma paroisse pour m'occuper des bêtes avec ma mère...

Le temps passait. Jean-Baptiste se surprenait à mêler le vrai et le faux dans ses réponses comme il l'avait vu faire à Gaspard. Avec une rouerie prouvant que l'enseignement de son oncle lui avait été profitable, il esquivait les questions trop incisives, glissant dans son discours de fausses confidences destinées à cacher l'essentiel de son histoire. Chacune des phrases qu'il prononçait était soupesée, mirée, retournée, disséquée par un prétoire chafouin de silhouettes enténébrées par la pénombre de la forge. Seule une puissante odeur de crasse et d'urine mêlée aux pleurs de marmots, rendait palpable la présence de cette communauté de galeux.

Jean-Baptiste implorait le ciel pour que son séjour en cette antichambre de l'empire des morts soit le plus bref possible. La proximité de ces êtres confits de misère, ces regards invisibles qu'il sentait glisser sur son corps, le plongeaient dans un réel état de malaise qui ne tarderait pas à se convertir en angoisse.

Guillaume Desmourioux achevait son rivetage et Jean-Baptiste suivait l'opération avec attention. C'est à ce moment précis qu'il s'aperçut de la lourde erreur que lui avait fait commettre un excès de précipitation. Les bottes… Pourquoi n'avait-il pas pris le temps de remettre ses vieilles galoches avant de faire son entrée dans cette cour des miracles ? Là où il se trouvait, dans le halo de lumière du foyer, chacun avait eu le loisir de le détailler sous toutes les coutures et de remarquer ce qu'il portait aux pieds… « Les dés sont joués, on verra bien la suite », pensa le Saint-Gervolain avec philosophie.

– Tiens l'habitant des monts affreux ! Te voilà avec une bretelle digne de la hotte des vignerons d'Ayze !

Jean-Baptiste posa une pièce dans la main du forgeron, remercia la compagnie de son accueil et remit sa claie à l'épaule, pressé de reprendre au plus vite la direction de la Bonneville.

Il ne faisait pas très froid, la campagne se marbrait de traînées violettes, signe que la fin d'après-midi n'était pas loin. Cette constatation agaça l'adolescent : si le crépuscule approchait à grands pas, il allait lui falloir faire un bout de chemin seul dans la nuit pour atteindre le terme de son étape, et c'était loin de le réjouir. Ayant dépassé les dernières maisons du village il décida de forcer l'allure comme si inconsciemment il s'était rendu compte que quelque chose n'allait pas. Tournant instinctivement une dernière fois la tête vers ce village oublié de Dieu, il remarqua deux silhouettes le suivant à bonne distance. Il n'était pas encore nécessaire de se faire trop de souci, peut-être ces bougres regagnaient-ils leur hameau au terme d'une journée de labeur... Pour l'instant, il suffisait d'être vigilant en invoquant saint Christophe et Notre-Dame. De temps en temps, d'un coup d'œil furtif, Jean-Baptiste surveillait ceux qui semblaient décidés à lui servir d'escorte. Ces derniers s'étant quelque peu rapprochés, il put les identifier sans hésitation : c'étaient les deux bessons à la tignasse rousse et au visage taillé à la serpe dont il avait croisé le regard tout à l'heure à la forge. Une bouffée d'inquiétude plus forte que les autres saisit alors le marcheur. Il s'arrêta et fit semblant d'uriner, les deux suivants marquèrent immédiatement un temps d'arrêt. Subrepticement Jean-Baptiste saisit deux cailloux au cas où...

Il n'y avait pas de forêt à l'horizon, le large chemin filait parmi les prairies bordées de haies. Le cœur battant la chamade, le gamin chercha désespérément la présence d'une habitation dans les parages... hélas il n'y en avait pas. À quelques jets de pierres en contrebas de la route, le lit de l'Arve prenait ses aises, zigzaguant entre des bancs de galets... Une idée s'imposa alors à l'esprit du montagnard. Descendre rejoindre la rivière, galoper sur quelques sentes de vaine pâture, s'il y en avait, et tâcher de duper ses poursuivants grâce à ce stratagème...

À chaque bond, sa claie brinquebalait et lui cognait le dos avec violence, mais Jean-Baptiste filait comme un lièvre en direction de l'Arve sans se préoccuper des deux coupe-jarrets qui le talonnaient. Les poumons en feu, il arriva sur la rive de l'Arve encombrée d'aulnes verts. Giflé, griffé, fouetté par des dizaines de branches, il remonta le long de la rivière. Bondissant, cabriolant, il louvoya d'îlots en plages de gravier, sans que jamais son pied marque la moindre hésitation. Il galopa ainsi autant que ses forces le lui permirent puis il se mussa dans une excavation de la berge du cours d'eau pour reprendre son souffle. Il passa un long moment dans ce havre de fortune, à l'affût du moindre bruit insolite. On arrivait entre chien et loup et de toute part enflaient des ruisseaux d'obscurité. Seul le clapotis de l'Arve troublait le silence ambiant. Estimant qu'il était tiré d'affaire maintenant, Jean-Baptiste ressentit un vif soulagement. Son plan avait fonctionné à merveille et il n'en était pas peu fier. Remontant avec circonspection une vaste prairie qui le ramenait sur le chemin, il se décerna un satisfecit en songeant au contentement que n'aurait pas manqué d'éprouver Gaspard s'il avait pu assister à la scène. Le Saint-Gervolain ne savait pas quelle distance le séparait de Bonneville mais la chose n'avait plus d'importance. Il marchait d'un cœur léger, rassuré par la présence de quelques rayons de lune réussissant à forcer le barrage établi au firmament par une armée de nuages débonnaires.

Mille cloches carillonnèrent sous son crâne lorsqu'il reçut le coup de gourdin asséné par l'un des bessons.

– Je te l'avais bien dit qu'il remonterait pour prendre le chemin ce corniaud ! Y pouvait pas nous échapper… expliqua celui qui tirait la paire de bottes de Jean-Baptiste.

– On prend la claie ? demanda son complice tout embarrassé de son gourdin.

– Non, y a rien qui vaut la peine. Les bottes et la bourse… Allez on rentre… lâcha laconiquement le tire-laine en crachant à trois pas.

Combien de temps s'écoula-t-il jusqu'au moment où Jean Caul-Futty étouffa un juron quand son pied faillit buter dans le corps qui barrait son chemin ? Pour ce laboureur, ce mercredi avait été jour de fête… Au matin, il s'en était allé déclarer la naissance de son quatrième enfant chez le curé de la Côte-d'Hyot, puis il avait entamé la tournée de la parentèle pour annoncer la bonne nouvelle ; vidant quelques gobelets de casse-poitrine à chaque fois. Ainsi s'expliquait sa présence sur la route à cette heure tardive.

Il s'agenouilla au chevet du blessé, le secoua un peu et se trouva rassuré quand il l'entendit grogner.

– Mais t'as plus de chaussures ! s'étonna le bon samaritain.

– Hein ! Plus de chaussures ! s'indigna Jean-Baptiste soudainement fouetté par les paroles de son sauveur. Eh ben non… j'ai plus de bottes… constata-t-il en bougeant ses orteils.

– Mais mon vieux, t'as été dévalisé ! Détroussé ! Enfin tu t'es pas fait tru… tru… trudicer ! t'as encore eu de la chance dans ton malheur… constata la bonne âme d'une voix pâteuse.

Au prix d'un terrible effort, Jean-Baptiste tenta de se soulever sur un coude :

– Mon « réf » ! mon « réf » ! Ils l'ont pris aussi ?

– Non… non… il est là, rassure-toi, répondit avec un accent consolateur Caul-Futty qui ajouta aussitôt : « Je vais quand même pas te laisser geler ici… Je suis un bon chrétien… Je vais t'aider à marcher, il y a une maison à trois pas d'ici au carrefour de la route qui monte à la Côte-d'Hyot, c'est de la famille, ils nous laisseront pas dehors… »

Guillemette Devillaz fit meilleur accueil à ce jeune étranger un brin estourbi qu'à son cousin à l'équilibre précaire et à la diction laborieuse. Il suffisait d'observer la drôlesse le temps d'un Ave pour comprendre qu'elle dirigeait la maison à la baguette. Tout en réchauffant un fond de soupe à l'oignon, d'une manière appuyée elle passa de l'émoi à l'indignation en apprenant la mauvaise aventure arrivée à Jean-Baptiste. Elle arpentait la cuisine une louche de bois à la main en gratifiant son bonhomme de mari dormant au coin de la table, d'une chiquenaude à chacun de ses passages.

– Pauvre de toi… T'aurais su qu'il y avait là une maison… tu serais remonté par « les mouilles »… Mais aussi… on n'a pas idée ! Faire la route tout seul, à ton âge… Tu crois que le Bon Dieu a pas assez de soucis comme ça ? Et pi s'arrêter à Contamine ! On y sait que ce sont que des jean-foutre et des chiasseux qui…

– Arrête… arrête… ma cousine ! dit Caul-Futy. Parle pas si fort, on pourrait t'entendre…

– Ben si on m'entendait j'en serais pas honteuse pour deux liards ! Ce qui est vrai est vrai, sacredieu ! explosa Guillemette en tapant du poing sur la table.

Jean-Baptiste oubliait son crâne endolori, ses bottes envolées, tant l'énergie de la maîtresse des lieux l'impressionnait. Jamais il n'avait vu une mère, une femme ou une sœur affichant une telle tonicité. Il la suivait des yeux avec un mélange de crainte et de fascination, certain qu'à tout moment ce volcan pouvait être capable de réactions imprévisibles et déconcertantes.

Guillemette Devillaz tenait de main de maître une maison aux multiples visages. Ici on vendait, on troquait, on marchandait tout ce qui pouvait trouver acheteur dans la contrée. Cela aurait dû suffire à apaiser la boulimie d'occupations de la dame… Eh bien non, puisque dès la pique du jour celle-ci se plaisait à jouer les gargotières. Nombreux étaient les rouliers qui avaient l'habitude d'arrêter chez elle leurs attelages pour faire souffler les chevaux avant d'affronter les rampes sévères de la côte d'Hyot. Ici, toujours vous attendaient un fricot sans façon, un cidre qui calmait votre soif, des chopines vous donnant plus de joie qu'ailleurs. De surcroît, la belle avait le cœur assez tendre et la main assez douce pour donner son content de bonheur à plus d'un galant de passage.

– Le fenil est assez vaste pour que tu y dormes sans gêner personne, dit-elle à Jean-Baptiste, une bonne nuit va te remettre d'aplomb. Quant à toi, gros « bobet », ajouta-t-elle à l'adresse de son cousin, tu ferais bien de te remettre en route si tu veux arriver chez toi pour le baptême de ton gamin…

Jean-Baptiste se réveilla anéanti, comme privé de sa substance. En peu de temps son esprit était devenu chagrin et n'ambitionnait plus à dicter quelque ordre que ce soit à un corps de plomb. Le voyageur malheureux n'avait plus envie de rien. Il n'éprouvait pas la moindre excitation à l'idée de retrouver la vallée qui l'avait vu naître. Avec indifférence il pensait à la soupente dominant le coin d'étable où il se réveillerait demain et chose plus inquiétante, aucune émotion particulière ne s'emparait de lui quand il réalisait qu'il allait retrouver des êtres chers quittés depuis de longues semaines. Plus rien n'avait d'importance. Il s'était fait délester de sa bourse et ses bottes allaient habiller d'autres pieds. Dès lors il ne lui restait plus qu'à rentrer à Saint-Gervais aussi honteux qu'un soldat défait. Au comble du désespoir il en arrivait à souhaiter que le Bon Dieu le rappelle sur-le-champ pour lui éviter ce moment d'infamie. Il savait bien que c'était grand péché d'enfanter des idées pareilles, mais à cette heure, son unique désir était de se dissoudre instantanément dans l'espace ou le temps, de tirer un trait sans remords sur son existence trop grise. Il restait blotti dans le foin et, sans cesse, il voyait défiler devant ses yeux des images de ce jour de la Saint-Michel quand Abel Gouttry avait sorti de son sac la fameuse paire de bottes à revers… Garces de bottes ! Elles l'avaient accompagné durant tout son périple : Genève… la Comté… le pays vaudois… et il fallait qu'à quelques heures de route de chez lui, à cause d'une bévue, deux demeurés l'en dépossèdent sans autre forme de procès ! Qu'elle était dure, la loi du grand chemin ! Jean-Baptiste en pleurait de rage…

De la cuisine lui parvenait un brouhaha fait de rires, de bribes de conversations enjouées, ponctuées de jurons tonitruants. Le colporteur déchu qui n'avait nulle envie de promener sa face de martyr dans cette assemblée de roulants, cultiva ses idées noires avec application une partie de la matinée jusqu'au moment où, constatant que le calme avait repris possession de la maison, il décida de se faire douce violence pour rejoindre la cuisine.

L'hôtesse fourgonnait dans l'âtre ; d'un pas traînant Jean-Baptiste s'assit à la grande table l'air absent.

– Ah ! te voilà, malotru ! Je me demandais si t'avais pas trépassé cette nuit mais Dieu soit béni, t'as la tête dure comme tous ceux de la province ! Tu veux te remettre en route tout à l'heure, ou attendre demain ? demanda Guillemette en s'employant à ranimer son feu.

Oh ! oh ! mais on dirait qu'il va pas fort, l'apprenti marchand de dentelles ! Faudrait voir à se botter le cul et à pas se regarder le nombril comme un saint sacrement ! tonna la maîtresse de maison en se calant face à l'adolescent, les mains sur les hanches. Je vais te faire une tisane de bourrache, elle te lavera les circonvolutions du cervelet et après t'iras mieux…

Incapable de prononcer le moindre mot, l'adolescent resta un long moment face à son bol de tisane, toujours rongé par ses pensées couleur de suie. Il vit à peine entrer un petit homme rondouillard à l'épaisse chevelure blanche qui s'approcha de la cheminée en se frottant les mains :

– Pas chaud, pas chaud, ce matin, la bourgeoise… déclara-t-il en posant sa cape.

– Ah ! mais c'est le Joseph du Plan de la Joie ! qu'est-ce que tu viens te perdre par ici à c't'heure ? questionna Guillemette.

– Dame ! J'm'en vais livrer de la belle ouvrage ! Le curé de Peillonnex est originaire de chez nous, on est même un peu parent… C'est comme ça que je me suis retrouvé en cheville avec lui… À l'automne dernier, il m'a commandé des ancelles pour refaire un pan de son presbytère. Paraît que j'ai encore la main pour les faire mieux que par chez vous…

– C'est surtout que dans ta vallée les arbres sont plus droits de fil que par ici… remarqua l'hôtesse en posant une assiette de soupe devant l'arrivant. (Une idée parut lui traverser l'esprit et elle ajouta :) Attends, Joseph… Si tu vas livrer tes ancelles à Peillonnex, tu repasses par ici ce soir ? Alors tu vas me rendre un service… Tu vois ce « badian » qu'est assis devant sa tisane ? Tu vas me l'emmener avec toi… La route te sera moins longue, t'auras de l'aide pour décharger ta marchandise, et lui, ça lui fera le plus grand bien de prendre l'air… Vous aurez le temps de faire connaissance et y te racontera pourquoi il a le cœur égratigné…

Jean-Baptiste passa le plus clair de sa journée à calquer son pas sur celui d'un mulet bonasse, ce qui lui laissa tout le loisir de conter son histoire à un auditeur merveilleux qui marquait assez de curiosité pour l'interrompre et réclamer une précision tantôt sur l'habit des capucins, tantôt sur les paysages de la Comté ou encore sur toute autre parcelle du récit que dévidait son équipier. Le déchargement du tombereau d'ancelles ne fut qu'une formalité dont Jean-Baptiste s'acquitta avec enthousiasme.

– Tu sais te servir d'un fer à ancelles ? demanda Joseph à son aide une fois qu'ils eurent pris le chemin du retour.

– Non, répondit l'adolescent, chez nous c'était le père qui taillait les bardeaux ; c'est lui qui repérait les sapins en forêt pour que le bois ne se torde pas une fois fendu. Va falloir que j'apprenne vite, le toit du grenier de chez nous est « use » et il nous faudra le refaire avant longtemps, mais je ne suis pas prêt de tailler les ancelles comme celles que l'on vient de livrer... constata le Saint-Gervolain avec une pointe de déception dans la voix.

Joseph Pernolet habitait un bout du monde dans la paroisse de Petit-Bornand. La grosse bâtisse qui lui servait d'univers était accrochée à un envers oublié par le soleil plus de trois mois dans l'année. C'est là, au pied du Jalouvre, qu'il avait élevé six enfants, sans jamais rêver d'une autre condition, content de son sort et remerciant ponctuellement un Dieu qui ne le laissait jamais avoir faim trop longtemps. Pourquoi un jour la grande peste avait-elle choisi d'emprunter la route remontant jusque chez lui ? Pourquoi avait-elle choisi de faire ici sa cueillette et d'emporter les uns après les autres les quatre fils du laboureur ?

Un jour la maladie avait choisi d'aller moissonner sous d'autres cieux, laissant le cœur de Pernolet aussi aride que les rochers de Leschaux. Un automne plus tard, sa fille Nicolarde s'en était allée habiter chez un gars du village qui l'avait demandée en mariage et, lui, Joseph, avait continué à tisser la toile de sa vie dans la maison du Plan de la Joie en compagnie de sa femme avec pour seul soleil Pernette, leur fille à demi paralysée qui les aidait à tenir éloignée la cohorte de fantômes peuplant leurs jours et leurs nuits.

Le fabricant d'ancelles et son associé d'un jour s'étaient arrêtés pour se désaltérer au pied de la vieille demeure des sires de Faucigny où craillaient des escouades de corneilles. De ce nid d'aigle, balayé par une bise qui houspillait sans ménagement les ramures des frênes, la vue embrassait toute la plaine où l'Arve capricieuse n'en finissait pas de faire les quatre cents coups.

– Tu vois cette vallée en face de nous... montra Pernolet. Cette gorge tapissée de sapins qui joue des épaules pour s'enfoncer dans la montagne... Si tu la remontes un moment, ben t'arrives chez nous. On y est pas moins malheureux qu'ailleurs, mais là-bas les sapins sont fiers. Ils sont pas du genre à faire des courbettes pour saluer le soleil ou à baisser les yeux quand soufflent les rafales de foehn : ils poussent droit sans jamais s'occuper de leurs voisins comme s'ils voulaient mordre le ciel. Si un jour tu passais par chez nous je te montrerais ces seigneurs... T'as pas envie d'apprendre à faire des ancelles chez moi, des fois ?

L'habitant de Petit-Bornand avait jeté cette proposition à la face des quatre horizons sans même regarder celui à qui il destinait sa question. Sans dire un mot, il avait continué à promener son regard sur la vallée, comme avaient dû le faire, depuis des siècles, des générations de sentinelles au service des seigneurs du lieu.

Quelque peu abasourdi, Jean-Baptiste retournait l'offre de l'habitant de Petit-Bornand dans tous les sens. Une fois encore il était arrivé à un moment de son voyage où il allait devoir décider, vite et seul. Décider… Décider ! Depuis qu'il avait quitté Genève hier matin, il n'arrêtait pas de décider ! Quelle route prendre ? Quelle solution trouver pour réparer une claie ? Qu'inventer pour lâcher ses poursuivants ? Il en avait une indigestion, de tous ces choix. Son esprit n'était pas une balance d'orfèvre capable de peser et de peser encore le bon et le mauvais jusqu'à ne plus savoir ce qu'il y avait dans les plateaux de la balance. Jamais jusqu'à ce voyage il n'avait eu à tant décider. Au pied de son clocher la vie se résumait à faire ce qu'on faisait depuis toujours, à répéter les gestes séculaires, à copier les attitudes et les propos des plus anciens. Depuis sa naissance, il avait été mouton et voilà que privé de la chaleur du troupeau, privé des ordres du berger, il lui fallait soudainement avoir le flair d'un chien courant.

Le bonhomme qu'il suivait depuis le matin lui paraissait sympathique mais pouvait-on juger de son bon cœur à l'aune de son sourire et de sa mine engageante ? Jean-Baptiste pouvait-il devenir sur l'heure le vassal d'un étranger et le suivre vers on ne sait quel lendemain ?

L'adolescent resta un long moment sans rien dire, écartelé entre la honte de rentrer tout penaud à Saint-Gervais aux premières bourrasques de l'hiver, et la peur liée à un voyage dans des terres inconnues, s'il se décidait à accepter la proposition de son compagnon. Il appelait de ses vœux un signe du destin. Il devait bien y avoir dans cette nature assoupie un bon génie capable de lui souffler la conduite la meilleure ; un feu follet ou un « sarvan » qui saurait lui susurrer à l'oreille le choix qu'aurait fait son oncle Gaspard... Hélas, trois fois hélas, alors que le petit équipage regagnait la vallée, aucune luciole ne traça dans le ciel un semblant de réponse, aucune licorne ne frappa le sol pour indiquer le bon chemin et c'est la mine grave qu'à nouveau le Saint-Gervolain repassa la porte de la maison de dame Guillemette.

– Alors, le roi des marmottes, est-ce que cette échappée t'as désenchiffonné les humeurs ? demanda l'hôtesse.

Pernolet ne lui laissa le temps de répondre :

– Je lui ai proposé de venir apprendre à tailler des ancelles quelque temps par chez nous et depuis, il est devenu aussi muet que la statue de saint Antoine qui protège mon hameau…

Guillemette troqua son air enjoué pour une mine des plus sérieuses :

– Je ne connais pas assez ton histoire, malotru, mais c'est le Bon Dieu qui vient de te faire un signe, en plaçant Joseph sur ta route… Écoute-moi bien, dit-elle en saisissant le menton de Jean-Baptiste de ses doigts fins et en le fixant droit dans les yeux. Si tu rentres demain dans ton pays de glaces, t'as pas fini de te faire moquer et de passer pour un couard qui a tourné bride à la première occasion… et crois-moi, t'auras bien du mal à repartir une autre année après ce revers ! Par contre, si tu suis Joseph, à la fin de l'hiver t'auras appris quelque chose et tu pourras rentrer la tête haute dans ton village et compisser sur ceux qui te demanderaient où t'as été montrer ton certificat de baptême pendant l'hiver…

Jean-Baptiste se sentit soulagé ; pour une fois il n'avait pas eu à décider, une femme aux talents de robin venait de le faire pour lui… Au matin du lendemain, alors que le ciel était à la neige, il prenait la route du Plan de la Joie à la suite de Joseph Pernolet.

# CHAPITRE XV
## Le Plan de la Joie

Le vallon de Cenise cerné de toutes parts par d'altières citadelles calcaires économisait son souffle dans l'attente des premiers beaux jours. Parfois, pour quelques heures, l'hiver prenait une allure bon enfant, mais cette hypocrisie ne dupait personne. Pour de longues semaines encore, le froid et le silence régneraient en maîtres sur le faisceau de croupes enneigées surplombant la vallée du Borne.

« Il y aura bientôt trois mois que je suis là », pensa Jean-Baptiste avec étonnement en empilant sous le large avant-toit, les ancelles qu'il venait de tailler. Un brin ébahi, il constatait que le temps passait vite aux côtés de Joseph Pernolet et des siens. Certes il ne fallait pas être avare de sa peine, mais une fois ce prix payé, il y avait toujours une soupe ou du pain pour contenter votre estomac ; c'était là une situation dont notre Saint-Gervolain s'accommodait au mieux et jamais il n'avait eu à regretter la décision prise un matin de novembre, quand il avait emboîté le pas du tailleur d'ancelles.

La maison du Plan de la Joie se tenait en équilibre au bord d'un ravin où venaient mourir les pentes menant aux rochers de Leschaux. Depuis des générations elle montait la garde, insensible à la morgue des maisons bien nées de Plan Bouvier ou de Thianty qui jouaient les coquettes en grappillant le plus petit des rayons de soleil s'aventurant jusque- là. Aux abords de la maison de Joseph, dès les premiers matins de septembre, la gelée blanche auréolait le sol et brûlait les herbes les plus fragiles. Puis, avec l'arrivée de la mauvaise saison, dans le vaste jardin d'ombres bleutées qui enserrait la ferme, le gel faisait naître de grosses fleurs de givre qui éclataient sous les pas dans un crépitement cristallin. Il fallait attendre que le soleil de février soit assez vigoureux et se hisse une heure ou deux au-dessus d'un écran d'épicéas dominant la maison, pour qu'enfin on entende quelques gouttes aux accents de résurrection tomber du chéneau de bois.

Jean-Baptiste avait découvert au Plan de la Joie un hiver paré des couleurs de la solitude. Les premiers jours qui avaient suivi son installation, des bouffées d'angoisse irrépressibles lui avaient noué les entrailles lorsqu'il avait mesuré qu'il se trouvait maintenant prisonnier d'un univers confiné où rarement la porte s'ouvrirait sur une parcelle d'ailleurs.

Dans son village des Pratz, les mois d'hiver ne tarissaient pas, comme ici, les ruisselets de vie qui suivaient routes et chemins pour se faufiler sous chaque porte. Au pied des glacières, quand les brouillards du début d'automne ou les chutes de neige précoces rappelaient s'il en était besoin qu'à nouveau on devrait combattre le désœuvrement, l'ennui et la peur des ombres de la grande nuit, chacun aussitôt cherchait une coterie, un clan pour mieux résister. Saison interminable à remplir de petits riens, où il fallait user jusqu'à la corde la moindre occupation pour éviter de penser à la faim, à la présence de la mort qui campait peut-être aux frontières de demain. L'antidote miracle qui tenait à l'écart du village pour un temps cette malepeur venue du fond des âges, c'était la compagnie. Ne jamais rester seul pour regarder dans les yeux ces jours froids comme le corps des serpents, voilà l'unique leçon que Jean-Baptiste avait retenue des hivers de son enfance. En plongeant dans un nouvel univers, il découvrait avec surprise qu'il existait une autre manière d'affronter les temps de froidure. Ici, la moindre visite était un événement à marquer d'une pierre blanche, tant il était exceptionnel qu'un voisin ou un parent pousse votre porte pour savoir si quelque couenne de lard parfumait encore la soupe ou si la mémoire ne vous faisait point défaut lorsqu'il s'agissait de prier saint Antoine. On se claquemurait, on se recroquevillait, on se calfeutrait. À la manière d'un escargot, la maison s'operculait de solitude pour se protéger du froid. Alors qu'à Saint-Gervais toute occasion était bonne pour aller veiller chez les uns ou les autres, dans cette maison du bout du monde, une fois seulement, peu après l'Épiphanie, une famille était descendue de la montagne des Arjules pour venir passer la soirée. Durant quelques heures, le bel ordonnancement des journées du Plan de la Joie, toutes vouées au culte du bois, s'en était trouvé bousculé.

Dans le chalet aux allures de petite citadelle, le bois était vénéré à la manière d'un dieu lare. Joseph l'aimait plus que l'or, bien davantage que sa femme et tout autant que Pernette, l'unique fille au regard couleur de noisette que la peste avait daigné lui laisser.

Sous le toit de Pernolet, on pouvait parler à un tronc sans craindre de passer pour un simple d'esprit, on caressait ou on gratifiait de tapes amicales poutres et planches comme on l'aurait fait pour une pouliche fringante et pour un peu on aurait gardé une place libre à la table familiale, convaincu qu'un jour sans doute, un morceau à peine équarri viendrait s'y installer. Outre le mulet, il y avait bien une vache et deux chèvres dans la maison mais au vu des gestes et des paroles que Joseph leur accordait, Jean-Baptiste avait bien vite compris que ces bêtes n'occupaient que des rôles secondaires dans la vie de tous les jours. « Le bois est habité du Bon Dieu puisqu'on y taille le corps des saints ou les bras de la Croix d'où viendra notre salut, c'est pour ça que je l'aime autant », répétait souvent Pernolet, et c'était toujours sur le ton d'une prière primitive venue de la nuit des temps qu'il s'adressait à chaque bille de sapin avant de se mettre à l'œuvre.

À son arrivée au Plan de la Joie, Jean-Baptiste s'était longuement demandé à qui pouvaient bien être destinées ces provisions d'ancelles qui caparaçonnaient de tous côtés les parois de la maison au point de lui donner un air bouffi. Aux Pratz, jamais personne ne se serait avisé à laisser autant de richesses au vu et au su de tout le monde. La fabrication de ces planchettes réclamait tellement de doigté et de savoir-faire que chacun veillait jalousement sur sa petite réserve. Seules les plus belles pièces d'une forêt pouvaient fournir un bois sans défaut que les plus expérimentés savaient convertir avec patience et obstination en manteaux protecteurs pour toutes les habitations. Toits de chalets, de granges ou de greniers étaient raccommodés, ravaudés mille fois, avant que la mort dans l'âme, on se décide à écorner son capital de forêt afin de ressusciter une toiture agonisante. La destination des ancelles inquiéta donc l'adolescent pendant longtemps sans qu'il ose s'en ouvrir à son hôte. Une visite exceptionnelle n'allait pas tarder à lui apporter la réponse qu'il cherchait.

On vit s'arrêter un matin devant la maison de Joseph deux attelages de mulets et leurs conducteurs, accompagnés d'un religieux qui semblait se faire obéir au doigt et à l'œil de cet équipage. À peine arrivé, le clerc dont Jean-Baptiste ne reconnaissait pas l'habit observa minutieusement les piles de bardeaux, piocha au hasard une ou deux planchettes qu'il examina sous toutes les coutures, puis après un assez long temps de réflexion, intima l'ordre aux muletiers de charger la marchandise sur les deux « glisses », ces grosses luges dont on réservait le plus souvent l'usage au transport du foin en hiver.

– Tâchez d'arrimer vos charges convenablement car celui qui s'aviserait à semer quelques articles d'ici à l'abbaye me causerait un si grand chagrin qu'il me serait impossible de lui payer sa journée… annonça le Régulier sur un ton patelin avant d'ajouter à l'adresse de l'habitant du Plan de la Joie : « Ne perdons pas de temps, Joseph, et partons sur l'heure marquer quelques arbres dans notre forêt du Chouet. »

Jean-Baptiste fut invité à participer à l'aventure avec mission de faire la trace dans l'épaisse couche de neige. Au bout d'une heure, les marcheurs atteignirent une vaste futaie nichée sur un replat s'étirant à l'abri d'une longue barre rocheuse.

– Tu connais cette parcelle aussi bien que moi, l'ami… alors à toi de faire… déclara le religieux lorsque la petite escouade se trouva à pied d'œuvre.

Joseph acquiesça d'un hochement de tête et entreprit aussitôt d'ausculter un à un les grands épicéas aux branches encore chargées de neige. Là, il caressait l'écorce d'un tronc, ici, il clignait de l'œil pour apprécier la direction d'un fût, plus loin, il frappait légèrement le bois de sa « goillarde », la grosse serpe qui ne le quittait jamais.

Jean-Baptiste ne perdait pas une miette de cette inspection. Dans sa tête, lui aussi procédait à une sélection, impatient de la comparer avec celle de son mentor. Ils arpentèrent ainsi la forêt une bonne partie de la matinée et chaque fois que Pernolet pointait du doigt un sapin en disant : « celui-là », le moine frappait l'arbre d'un coup d'une massette singulière qui imprimait dans l'écorce de l'élu, une petite croix de Saint-Maurice.

– Nous voilà à huit pièces, Joseph, constata le religieux au terme de leur équipée, c'est bon. Tu auras assez d'ouvrage jusqu'au début du carême, je reviendrai te voir à ce moment-là.

À peine de retour à la maison du Plan de la Joie, le religieux battit la générale et invita les deux équipages à reprendre la route de la vallée sans délai. L'idée d'entamer la descente le ventre vide ne semblait pas le tourmenter outre mesure, ce qui ne manqua pas d'impressionner Jean-Baptiste dont l'estomac criait son impatience depuis un moment.

– Eh bien voilà... Tu as fait connaissance avec frère Athanase, serviteur dévoué de l'intendant de l'abbaye d'Entremont et régisseur des forêts, indiqua Joseph en servant une écuelle de lait à son apprenti, après le départ du petit convoi.

Jean-Baptiste resta un temps les yeux dans le vague, ne sachant pas si son hôte sollicitait une question de sa part pour aller plus avant dans ses explications. S'essuyant la bouche d'un revers de main, le bûcheron enchaîna :

– Chez vous... les moines ont autant de forêts que par ici ?

– Chez nous ? Mais y a pas de moines...

– Ah bon... s'étonna Pernolet. Mais si vous n'avez pas d'abbaye ou de prieuré par chez vous, les terres appartiennent bien à un seigneur qui tâche de les faire fructifier au mieux et qui vous fait couper ses bois...

– Oh... les Dufresney et les Bongain ont bien quelques forêts mais dans le mandement de Montjoie, ce sont les communiers et les syndics qui s'occupent du communal.

Joseph ouvrit de grands yeux et reprit :

– Quoi ? Vous n'avez ni moines ni seigneurs qui vous mangent la laine sur le dos et ce sont des syndics qui s'occupent de gérer vos forêts et vos pâturages ? Alors crois-moi, vous vivez dans un pays de cocagne béni du Bon Dieu si vous ne connaissez pas ces accapareurs qui, jour après jour, sucent votre bien jusqu'à la moelle !

Jean-Baptiste n'avait pas encore une expérience suffisante de la vie pour réussir à démêler l'écheveau des charges et des redevances qui pressurait chaque famille. Il savait que dans sa vallée on payait la taille, la dîme ; il avait entendu parler de droit d'échute et de cens, mais quant à dire qui percevait ces impôts, c'était trop lui en demander. Toutefois il pouvait l'assurer, aucune abbaye n'avait mis sous sa coupe les terres de la vallée de Montjoie et jamais on n'avait vu circuler entre Prarion et Arbois quelque régisseur vêtu de l'habit monastique s'inquiétant de l'état des récoltes ou de la santé des forêts.

– Écoute un peu que je t'explique comment ça se passe chez nous… dit Joseph d'un ton solennel. Tu vois ces forêts qui remontent sous le Jalouvre ? Bon. Et ces prés qui s'étirent jusqu'au col de Cenise ? Ben c'est tout à l'abbaye d'Entremont ! Et paraît qu'ils en ont autant du côté de Grand-Bornand et peut-être bien encore ailleurs ! Quand viendra la bonne saison, je t'emmènerai un jour prier à l'abbaye, tu verras là-bas l'extraordinaire statue de la Vierge qui fait tant de miracles…

– À La Gorge on a aussi une statue miraculeuse de la Vierge… Il y en a qui font des dizaines de lieues pour venir la prier, coupa l'adolescent piqué au vif.

– Non mais écoutez-moi ça ! s'indigna Pernolet. À Entremont la statue de la Vierge contient une ampoule… Et tu sais ce qu'il y a dans cette ampoule, malotru ?

– Un os… Un morceau de vêtement… hasarda le Saint-Gervolain.

– Oh que non ! s'exclama Joseph en levant les bras. Elle contient du lait avec lequel la Vierge a nourri l'Enfant-Jésus. Alors tu dis quoi ?

– Je dis que même si Notre-Dame d'Entremont est capable de faire de grands miracles, eh bien je continuerai à invoquer Notre-Dame de la Gorge aussi longtemps que je vivrai parce que c'est Elle qui sait le mieux nous protéger, un point c'est tout.

– Vous vous chicanerez plus tard, venez plutôt m'aider à transporter Pernette près de son établi, ordonna Louise, la femme Pernolet, coupant court à un débat qui vu sa teneur risquait de s'éterniser.

Pernette avait les jambes paralysées depuis sa petite enfance. Un jour, elle était tombée par le « denieu », la petite trappe ménagée dans le plancher de la grange qui donnait directement sur le râtelier de l'étable. Elle s'était brisé la colonne vertébrale dans cette chute et n'avait plus jamais remarché. Depuis elle était tributaire des siens mais il émanait de cette fille d'une douzaine d'années une énergie communicative qui rayonnait dans toute la maison. Jamais inactive, elle aussi s'était prise de passion pour le travail du bois et avait acquis un précieux savoir-faire pour façonner les bardeaux préparés par son père. Jean Baptiste se souvenait encore de la première leçon que lui avait donnée la fille de la maison peu de jours après son arrivée :

– Si tu veux que les ancelles s'ajustent bien entre elles, il faut redresser la partie qui sera recouverte, sinon ton toit va être plein de creux et de bosses…

Saisissant alors un élément dans le tas à portée de sa main, elle le plaça dans un étau de bois et à l'aide d'une plane, en une série de gestes assurés, elle donna le bon profil à sa planchette. Elle répéta l'opération une dizaine de fois toujours avec la même dextérité, puis, visiblement satisfaite de l'effet produit par son travail, elle mit la plane entre les mains de Jean-Baptiste en disant : « À toi. »

Ce dernier, quelque peu embarrassé, s'appliqua tant bien que mal à reproduire les gestes de Pernette lorsque celle-ci soudain éclata de rire :

– Mais gros « bobet » ! Je t'ai pas dit de retoucher l'ancelle sur toute sa longueur ! Rien que la partie qui sera recouverte par les autres, le morceau qui sera à l'air libre y faut pas le toucher sinon ton ancelle vaut plus rien !

Mort de honte, Jean-Baptiste avait enregistré la leçon et pendant près d'une semaine il était resté au côté de Pernette afin d'apprendre à dégauchir convenablement les bardeaux.

Il avait endossé la tenue d'un apprenti appliqué et attentif au moindre besoin de la petite paraplégique. Veillant à ce qu'elle ait toujours assez de tuiles de bois auprès d'elle, il avait appris à la porter et à la déplacer avec ménagement d'un endroit à l'autre de la maison. Il avait aussi vite compris comment se servir de la plane avec adresse ; et, à la satisfaction de Pernolet, il faisait preuve d'une grande rigueur pour entasser la marchandise façonnée. Par ailleurs, ses talents de conteur s'affirmaient et il savait rendre le temps moins long en contant un à un les épisodes de son voyage initiatique.

Il n'avait pas fallu longtemps pour qu'une grande complicité s'instaure entre les deux adolescents et Jean-Baptiste n'en finissait pas de remercier le Ciel qui l'avait guidé jusqu'au Plan de la Joie. De temps en temps, il se demandait où pouvait bien se trouver à cette heure son oncle Gaspard et il aurait donné cher pour savoir si les belles pièces de tissu achetées à Genève se convertissaient peu à peu en écus. Mais lorsque sa pensée évoquait le souvenir de son parent, immanquablement lui revenaient en tête des images du paquet de livres maudits qui lui avait causé tant de tourment pendant son voyage. Chaque fois, il avait toutes les peines du monde à chasser ce spectre de son esprit.

– T'as pas l'air de regretter ton apprentissage de marchand... avait remarqué Pernette en le fixant droit dans les yeux.

– Je crois que je suis plus fait pour travailler le bois que pour tenter d'enjôler des paysannes de Bavière avec des carrés de mousseline ou des peignes en corne. Je ne sais pas assez mentir… avait répondu Jean-Baptiste avec une légère pointe de dépit dans la voix.

– Peut-être que je pourrai t'apprendre… confia l'adolescente après un temps de silence.

– Parce que tu sais mentir ? s'étonna le Saint-Gervolain.

– Pour accepter mon sort, il a bien fallu d'abord que j'apprenne à me mentir, j'ai souffert pour y arriver mais il m'a été plus facile de mentir aux autres par la suite, expliqua Pernette.

Changeant brusquement de ton et de sujet, elle reprit :

– Comme t'es gentil avec moi, si tu veux, après le souper je te montrerai mon secret.

Jean-Baptiste devint soudain rouge comme un coq.

– Ne va pas imaginer des choses qui offenseraient le Bon Dieu, dit la fille de Joseph sans pruderie excessive. Mon secret, c'est un savoir. Comme je t'ai appris à façonner les ancelles, peut-être pourrai-je…

Elle décida de ne pas en dire davantage, montrant par là qu'elle savait être fine mouche quand il le fallait.

– Allez, on verra ça plus tard… Amène la pierre à aiguiser, faut redonner du fil à ma plane… commanda-t-elle à l'apprenti bien obligé de réfréner sa curiosité.

Peu après le souper Pernette sortit de sous son matelas une tablette de cire et un stylet rudimentaire constitué d'un clou à ferrer les mulets fixé sur un manche en bois. Bientôt elle traça dans la cire son nom et son prénom, puis la formule « Deo Gratias ».

Jean-Baptiste n'en croyait pas ses yeux.

– Je sais pas ce que tu as écrit, mais je vois bien que tu sais tracer de vraies lettres comme un notaire ou un clerc, dit-il d'un ton admiratif.

– Je sais écrire mais je sais aussi lire mes prières et je crois bien que je saurais me débrouiller pour déchiffrer un papier…

– Attends, on va voir ça d'abord, fit Jean-Baptiste en déboutonnant fébrilement sa chemise et en sortant le certificat de baptême qu'il portait autour du cou serré dans un étui en vessie de porc.

Pernette posa le papier sur ses genoux et ses yeux commencèrent à fouiller le texte :

– Là, c'est écrit « Saint-Gervais » et là c'est ton nom « Jean-Baptiste ».

Son doigt courait d'un bout à l'autre de l'acte, arrêtant parfois sa course sur un mot retenant son attention :

– Regarde… Ici c'est écrit « Pratz » et là « Jean-Antoine Brondex ».

Le gamin sentit son cœur battre plus vite quand il entendit le nom de son village et celui de son père.

– Pernette… Montre-moi encore où c'est écrit « Jean-Baptiste » et puis « Saint-Gervais ».

La petite paraplégique s'exécuta sans rechigner et l'apprenti colporteur éprouva un véritable enchantement à découvrir ces signes chargés de sens. La fille de Joseph recommença la démarche à maintes reprises et, aussi subjugué que s'il avait assisté à une partie de bonneteau, chaque fois Jean-Baptiste hochait la tête en émettant des « oh » et des « ah » d'émerveillement.

– Bon, ça devient « rule » ! s'exclama Pernette lorsqu'elle eut répété la même opération une vingtaine de fois.

Elle reprit alors sa tablette de cire et traça le nom de Jean-Baptiste avec une certaine aisance.

– Tu sais ce que j'ai écrit ? demanda-t-elle en mettant bien en vue la tablette.

Jean-Baptiste répondit par une moue témoignant de son ignorance.

– Eh ben c'est ton nom ! lança Pernette, pas peu fière de se montrer à son avantage.

Ébahi, Jean-Baptiste réalisa soudain que cette fille plus jeune que lui, qui déjà venait de lui apprendre à redresser des ancelles, était en mesure de lui enseigner comment domestiquer son alphabet. Il constata que sa préceptrice faisait preuve d'une grande mansuétude à son égard et qu'elle ne profitait pas de l'ascendant que lui donnait son savoir pour le rabaisser ou l'humilier. Il lui en sut beaucoup de gré.

– T'as pas envie que je t'apprenne à tracer des lettres et que je t'explique comment il faut les assembler pour fabriquer des mots ? hasarda Pernette.

– Je ne sais pas… je sais plus… je sais plus… se contenta de balbutier le Saint-Gervolain.

Subitement, il partit se coucher, le cœur lourd d'un étrange chagrin.

Ce soir-là, il eut un mal terrible à s'endormir. Il repensait à la discussion qu'il avait eue avec Gaspard la nuit où ils avaient bivouaqué au-dessus de Romainmôtier. « Si j'avais ton âge, le voyage au pays de la lecture me tenterait », avait dit son oncle et Jean-Baptiste se souvenait qu'il avait même ajouté : « Cet hiver, si l'occasion se présente je me débrouillerai pour que tu puisses apprendre à déchiffrer l'abécédaire… »

Sa courte pérégrination entre pays de Vaud et Comté avait fait évoluer son jugement sur des savoirs qu'il avait traités jusque-là avec une totale indifférence. Dans sa lignée, personne n'avait jamais eu besoin de déchiffrer le moindre mot ou de signer son nom pour mieux supporter une existence faite de soumission et de labeur. Et si dans les environs de Saint-Gervais il se trouvait un laboureur ou deux sachant lire ou écrire, ces derniers n'obtenaient pas de plus belles récoltes que les autres et sous leur toit la tomme n'avait pas un goût meilleur que chez le dernier des illettrés. Mais voilà qu'en quelques semaines, Jean-Baptiste s'était aperçu que les certitudes acquises au fil du temps du côté des monts maudits, perdaient de leur saveur à trop voyager. Il avait constaté que dès que la volonté divine vous précipitait sur les chemins quadrillant le monde, toutes les connaissances accumulées par vos ancêtres, toutes celles qui vous servaient de guide et d'appui et que l'on se transmettait de génération en génération, toutes, se trouvaient soudainement dépréciées pour peu que votre clocher ne soit plus le pivot de votre univers.

Sans qu'il puisse le formuler, le Saint-Gervolain avait pris conscience qu'un abîme séparait une série de savoirs ancrés dans la vie et l'histoire de sa vallée d'avec d'autres savoirs plus universels.

Peu à peu, l'idée d'apprendre des rudiments d'écriture et de lecture commença à le tarauder, mais il mit bien du temps avant d'oser demander à Pernette de le prendre par la main pour le guider dans ce nouveau voyage. Loin d'avoir conscience de la difficulté de la tâche et de la ténacité dont il lui faudrait faire preuve pour que ses lèvres convertissent en paroles ces signes cabalistiques, c'est uniquement la peur du ridicule qui retarda son départ sur les sentiers de la connaissance.

Il se décida à faire le grand saut un soir du début janvier. Toute la journée à l'aide du « passe-partout » il avait aidé Joseph à scier des morceaux longs de deux toises dans des billons entreposés en haut de la maison depuis les premières neiges.

– Tu te demandes bien ce qui me pousse à rogner une longueur de chacun de ces billons… lui avait demandé Pernolet au milieu de la matinée. Ben c'est simple, tu vas voir…

Le bûcheron était allé chercher son fer à ancelles et à petits coups de maillet bien ajustés il avait commencé à fendre un quartier de bois dans la première bille à sa portée.

– Ah… pas de chance… avait-il constaté dès que le fer s'était enfoncé dans le bois sec.

Le salaud, y fait « l'hélice », il se tord ! C'est foutu… on gardera ce billon pour faire des planches ou des pièces de charpente.

Crachant dans ses mains il avait demandé à Jean-Baptiste :

– Passe-moi une autre bille… on aura peut-être plus de chance…

L'apprenti s'était empressé de rouler un autre morceau sur le plot où tel un grand prêtre Pernolet immolait les billes avant de fouiller leurs entrailles. Une nouvelle fois Joseph se mit à jouer du maillet et cette fois son regard ne tarda pas à s'illuminer :

– Regarde-moi ça… À quel beau fil y a là ! (Le bois éclatait lentement préférant se montrer conciliant plutôt que de se laisser injurier par la morsure du fer qu'il semblait fuir.) Repère bien le billon d'où vient ce morceau, car tu peux en être sûr celui-là il va nous donner une ribambelle de jolies mignonnes…

À toi… à moi… à toi… à moi… chanta la grande scie de sa voix monotone jusqu'à ce que les ombres bleues glissant du Jalouvre virent à l'indigo. Quand chaque goulée d'air ingurgitée par les deux scieurs eut la douceur d'une pelote d'épingles tant le froid se faisait vif, Pernolet décida qu'il était temps de rentrer.

Faute de lumière, Pernette venait d'abandonner le tissage d'une toile de chanvre. Elle se préparait à casser une miche de pain dur qui agrémenterait la soupe du soir, quand elle vit arriver Jean-Baptiste tenant sa tablette de cire et son stylet à la main. Aussi muet qu'un rocher, il resta là, pétrifié, jusqu'à ce qu'une poignée de mots parviennent enfin à s'échapper maladroitement de sa gorge :

– Pernette… ce printemps quand je rentrerai à Saint-Gervais je voudrais bien savoir écrire mon nom. Tu crois que j'y arriverai ?

Le cœur de la petite handicapée se mit à tambouriner dans sa poitrine d'une manière désordonnée.

– Je suis contente que tu te décides. Aie confiance, j'ai prié Notre-Dame d'Entremont pour qu'elle guide ta main, dit-elle.

Le Saint-Gervolain hésita à faire remarquer qu'il aurait préféré demander lui-même le bon secours de Notre-Dame de la Gorge pour veiller sur son entreprise, mais il se ravisa. À vivre sous le toit des Pernolet depuis quelques semaines, il avait eu le loisir de se rendre compte qu'ici, coutumes et convictions étaient différentes de celles de sa vallée. Jour après jour, il apprenait à s'accommoder de cette situation sans acrimonie ni rancœur, devenant sensiblement plus tolérant envers la façon de penser de ses semblables.

– Allume le « corzolet » et viens t'asseoir à côté de moi, murmura Pernette.

Jean-Baptiste éclaira la lampe à huile et s'approcha.

– Je vais d'abord t'apprendre à faire des barres, annonça l'adolescente en lui prenant la main et en plaçant le stylet comme il le fallait entre ses doigts. Si tu trembles comme ça, je me demande ce que ça va donner… ajouta-t-elle avec douceur. Faisant preuve d'une grande indulgence, elle le conseilla et l'accompagna dans ses premiers essais.

Jean-Baptiste découvrait une sensation jusque-là inconnue. Depuis longtemps il avait appris à soumettre à sa volonté un certain nombre d'objets. La hache, la scie, la houe lui obéissaient sans détour, alors qu'il se battait comme un beau diable pour amadouer ce minuscule stylet. Il avait beau essayer de lui faire tracer de petits sillons bien droits dans la cire, à chaque tentative le stylet n'en faisait qu'à sa tête et tantôt labourait, griffait, égratignait ou défonçait la cire sans jamais la caresser comme il le faisait lorsque Pernette le guidait.

Jean-Baptiste serrait les dents : il y arriverait coûte que coûte. Il fallait qu'au retour de Gaspard il soit capable de regarder son oncle la tête haute, en lui montrant qu'il n'avait pas perdu son temps à voler de ses propres ailes.

Pour cela il n'y avait qu'une chose à faire : s'enrichir d'un savoir qui faisait défaut au colporteur.

# CHAPITRE XVI
## Le bois de lune

Le soleil de mars crucifiait maintenant les vieilles neiges et les repoussait vers les pentes des rochers de Leschaux. Quand elles se regardaient dans le miroir du ciel bleu, les prairies considéraient avec dégoût leur livrée d'herbe brunâtre et déjà les plus effrontées s'endimanchaient de quelques touffes vert tendre au grand bonheur des chevreuils qui festoyaient à chaque crépuscule.

Pernolet venait de finir d'aiguiser son fer à ancelles. Après avoir promené son pouce sur le fil de la lame avec satisfaction, il décida de prendre un temps de repos et s'assit sur le banc de la « cort'na », la petite antichambre abritée de tous les vents où s'ouvraient les portes des diverses pièces de la maison.

– Jean-Baptiste ! appela-t-il. Va me chercher Pernette et dis-lui de prendre son « marque-lune » !

L'adolescent obéit et revint bientôt en portant dans ses bras la fille de la maison qui tenait serrée contre elle une étrange planchette.

Vingt-huit encoches marquaient les jours de la lunaison sur le morceau de bois sommairement décoré, au couteau, des quatre symboles représentant les phases de la course de l'astre de la nuit ; tandis qu'un brin de laine blanche passé autour de la planchette permettait de repérer le quantième du mois.

La petite handicapée possédait une connaissance sans faille des bonnes et mauvaises influences de la lune sur les travaux de l'homme. Elle était capable de dire sans hésiter si ce premier quartier était propice pour fumer les prairies ou si la lune décroissante allait vous apporter de belles couvées. À plusieurs reprises, Jean-Baptiste avait eu l'occasion de constater que souvent Joseph avait recours au savoir de sa fille, même si à cette occasion son statut de patriarche s'en trouvait un peu écorné. Ce comportement ne manquait pas de surprendre l'adolescent, qui jamais n'avait vu jusque-là dans son entourage un père solliciter le conseil d'un de ses enfants. La fille Pernolet tenait cette science d'une vieille femme pour laquelle elle éprouvait une affection indéfectible et qu'on appelait ici la Marie du Bachal. La vie n'avait pas été tendre pour cette miséreuse qui avait vu disparaître un à un tous ses proches, emportés par une cohorte d'épidémies sournoises. Aujourd'hui, elle vivait seule avec ses souvenirs dans un hameau situé à une demi-heure du Plan de la Joie et la présence épisodique de Pernette à ses côtés constituait la seule joie de son existence.

C'est chez cette recluse qu'au plus gros des travaux de l'été, la jeune paraplégique allait passer une partie de son temps, quand les siens trop occupés aux foins et aux moissons ne pouvaient lui accorder assez de sollicitude. Là, elle s'immergeait dans un univers étrange où les superstitions séculaires côtoyaient les mille petits savoirs que la vieille femme lisait dans la nature et que sa mémoire d'exception inventoriait puis classait pour enrichir l'usage. La Marie du Bachal ne s'était pas contentée de faire découvrir à sa protégée tous les arcanes de l'influence lunaire, elle lui avait aussi inculqué les rudiments lui permettant aujourd'hui de tracer quelques lettres ou de déchiffrer ses prières.

– Où est-ce qu'on en est, ma Pernette ? demanda Joseph lorsque sa fille fut installée à son côté.

– Au vingt-quatrième jour, père. On est en pleine lune dure.

– Alors faut se tenir prêts... Ce soir ou demain ils seront là...

Pareil à un ciel d'été où un nuage vient cacher le soleil pour un instant, le visage du chef de maison s'était rembruni le temps d'une patenôtre comme si une inquiétude soudaine venait de lui traverser l'esprit.

L'événement qui se produisit le lendemain démontra que la crainte fugace éprouvée par le tailleur d'ancelles avait été un signe prémonitoire. Peu après complies, on cogna à la porte du Plan de la Joie et trois hommes entrèrent avec des allures de gibier débuché. Jean-Baptiste ne comprenait pas grand-chose à cette visite aussi tardive qu'exceptionnelle, mais l'air grave qu'il lut sur le visage des arrivants lui sembla être un signe de mauvaise augure.

– Qu'est-ce t'as prévu, Ballanfat ? demanda Pernolet à celui qui paraissait mener la meute.

– J'en ai repéré un qui est bon faire ; juste en haut du chemin en bordure de la forêt du Rassat, répondit d'une manière hachée le colosse, en s'emparant de la fiole de « goutte » que le maître des lieux faisait circuler.

– Et pour le cacher ?

– La grange du Pacheux, y a encore assez de foin…

– Alors on y va ! décréta Pernolet. Jean-Baptiste ! Sors le mulet !

Cette fois le gamin avait compris. Il se trouvait enrôlé dans une escouade partant faire du bois de lune et il n'aimait pas ça. C'était une pratique vieille comme le monde dans le vallon de Cenise comme dans la vallée de Montjoie et dans tous les coins reculés de montagne où la loi perdait de son poids avec l'arrivée de la nuit. Jean-Baptiste savait bien qu'à Saint-Gervais, les soirs de pleine lune, il se trouvait toujours quelques aventuriers pour enfreindre le bon droit et aller couper un peu de bois de chauffage sur le communal. Les amendes et les coups de fouet dont les syndics gratifiaient ceux qui avaient la malchance de se faire prendre sur le fait, ne réussissaient pas à décourager ces chapardages répétés. Pour sa part, jamais jusqu'à ce soir l'adolescent n'avait participé à un de ces coups de main et il aurait bien donné mille écus pour éviter de se trouver associé à cette mauvaise action. « Quelque chose me dit que ce soir on ne fera pas cueillette de bois de chauffage. C'est la lune dure, le bon moment pour aller couper du bois d'œuvre sur les terres de l'abbaye… m'est avis que ce délit doit coûter cher quand on se fait prendre… » réfléchit Jean-Baptiste en harnachant le mulet qui rechignait à cette balade nocturne tout autant que lui et qui protesta encore plus vertement quand on lui mit des chiffons autour de chaque sabot.

Tout en serrant la sous-ventrière de la bête, le pensionnaire de Pernolet aurait bien voulu savoir si les bûcherons qui allaient endosser pour cette nuit des habits de malandrins, le faisaient par nécessité ou poussés par un irrépressible besoin de bafouer l'autorité de l'abbé. Il ne connaissait pas assez les mentalités du vallon pour apporter une réponse satisfaisante.

Ballanfat était parti en éclaireur pour s'assurer que la voie était libre jusqu'à l'endroit où la coupe illicite devait avoir lieu. Longtemps Pernolet interrogea le silence. Rien. La nuit laiteuse se taisait, Joseph en conclut qu'elle portait un regard bienveillant sur l'entreprise indélicate et qu'on pouvait se mettre en route.

– C'est celui-là... annonça Ballanfat quand ses complices l'eurent rejoint.

Joseph observa rapidement le plant choisi : un sapin d'une trentaine d'années, très droit, sans beaucoup de branches.

– On va le « quiller » pour qu'il tombe dans la petite combe, ça étouffera le bruit. Allez Simon ! allez Robert ! Traînez pas pour le foutre bas !

Le passe-partout se mit en branle... Les scieurs s'entendaient à merveille et les dents de leur outil mordaient le bois avec la fougue de petits carnassiers.

Le reste du corps franc se tenait aux aguets au cas où il aurait fallu s'égailler au plus vite.

Jean-Baptiste serra les rênes du mulet avec fermeté quand un craquement sourd annonça la mort de l'arbre.

– Allez ! vite ! commençons à le « déblotter », chuchota Ballanfat.

Aussitôt, avec des gestes d'une grande maîtrise, les quatre hommes se mirent à ébrancher la partie basse de l'arbre.

– Sciez la première bille ! ordonna Pernolet quand le tronc fut dégarni sur une longueur de deux toises. Je me charge de la faire tirer par mon mulet jusqu'au Pacheux pendant que vous finirez d'élaguer le reste.

La peur au ventre, Jean-Baptiste tirait les branches à mesure pour faciliter le travail des manieurs de cognées. Ce soir de nouveau la frousse s'accrochait à ses basques comme un mauvais chien. Il n'avait pas besoin de fermer les yeux ; là sur l'écran de la nuit, apparaissaient des silhouettes qu'il aurait bien voulu reléguer dans le grenier de sa mémoire : le corps du pauvre Coppel que Gaspard avait envoyé dans l'autre monde au-dessus de Romainmôtier... Le gisant de la chapelle de La Sarraz suivi de sa procession de bêtes immondes... Le visage des deux bessons qui le pistaient à la sortie de Contamine... Toutes ces images menaient grande cavalcade dans sa tête et Jean-Baptiste pensa un temps profiter de l'agitation régnant autour du sapin pour décamper et plonger dans l'obscurité afin de refouler aux cinq cents diables cette galerie de spectres... Courir, pour ne plus entendre le concert donné par ces haches endiablées... Courir, jusqu'à ce que ces visions se dissolvent dans le silence du vallon. Courir jusqu'à ce qu'à nouveau il redevienne maître de son entendement. Mais pourquoi fallait-il qu'une fois encore il se trouve contre son gré associé à une action réprouvée par le Ciel et les hommes, chargeant sa barque de péchés à son corps défendant ?

Jean-Baptiste n'avait pas trouvé au fond de lui-même l'énergie suffisante pour faire le grand saut au pays des ombres. Le rabot de sa mémoire ne détachait pas seulement des copeaux d'angoisse du bloc de ses souvenirs, il en libérait d'autres empreints de la douceur de vivre du Plan de la Joie : Pernette et son stylet creusant la tablette de cire... le fer à ancelles de Joseph écartant les fibres du bois pour y faire son chemin... Non, il ne pouvait pas se montrer assez lâche pour abandonner cette maison où il avait été conduit par la main de Dieu et où il était soigné comme une larve d'abeille dans son alvéole, nourri jour après jour de savoirs sucrés. Encore un peu de pratique, encore quelques heures d'effort et il saurait écrire son nom, reconnaître ses lettres. Tout était devenu limpide dans son esprit : il devait rester au Plan de la Joie pour ceux qui vivaient sous ce toit, pour le savoir qu'il y butinait et il n'avait plus qu'à accepter l'épreuve vécue ce soir comme si elle lui était envoyée par le Ciel. Il connaissait le remède capable de conjurer sa peur : se donner tout entier à la besogne qu'on lui avait confiée ; c'était la seule manière de faire taire la machine à penser qui l'encombrait. Il se lança à corps perdu dans une lutte farouche avec l'amoncellement de branches qui l'environnait. Ne sentant plus ni les morsures des éclats de bois lui entaillant les mains, ni les éraflures de toutes sortes s'imprimant sur ses membres, il joua de la serpe à tout va pour arracher une à une les branches retenues prisonnières sous le tronc, sans se préoccuper du rictus des haches embusquées dans l'obscurité.

– Jetez vos cognées et couchez-vous ! hurla une voix déchirant la nuit. Le premier qui cherche à…

Un des scieurs n'avait pas attendu la fin de la recommandation. Déjà il tentait de prendre le large en remontant la petite combe. Un coup de mousquet le cueillit en pleine course. Son corps roula pour venir s'arrêter contre l'arbre et dans une sorte d'étrange geste fraternel son bras étreignit le tronc de celui à qui il avait ôté la vie un peu plus tôt.

– J'allais dire qu'il est inutile de tenter de s'enfuir… j'ai huit hommes avec moi…

Pernolet avait reconnu la voix de frère Athanase le régisseur des forêts de l'abbaye d'Entremont. Trois lanternes venaient de s'allumer au bord de la combe où gisait le sapin.

– Approchez ! ordonna le religieux. À coups de mousquets dans les côtes, quelques sbires se chargèrent de faire remonter les bûcherons vers le frère Athanase.

– Pierre Ballanfat et son fils Simon, tiens donc… et toi Joseph Pernolet ! Pauvre de toi… constata le clerc en découvrant les visages des contrevenants. Ballanfat, c'est la première fois.. continua le régisseur, tu paieras ta faute à son juste prix… Mais toi, Pernolet… le tribunal de l'abbé t'a déjà condamné par deux fois… Nous avions fait preuve d'une grande mansuétude à ton égard, te permettant de racheter ta peine par ton travail en nous taillant des ancelles pendant huit ans. Tu n'as pas su résister à cet instinct qui te pousse à voler le bien d'autrui quand il prend des allures de sapins bien charpentés… Récidive… récidive… Tu en connais le prix… La sentence est exécutoire sur-le-champ.

Pernolet ne prononça pas un seul mot.

On escorta les larrons jusqu'à un bouquet de frênes dominant le chemin du Bachal. Lorsque, remontant la prairie, Pernolet entendit un bruit de passe-partout derrière lui, il comprit. On préparait le plot sur lequel on le ferait monter avant de lui passer la corde au cou. Savoir qui avait bien pu dénoncer leur entreprise ne le préoccupait pas du tout. Plus rien n'avait d'importance. Il avait aimé le bois de tout son corps, de toute son âme et il allait mourir à cause de lui, dans le fond il n'y avait rien là d'exceptionnel. Le seul regret qu'il emporterait au fond de sa poche, c'était de quitter pour toujours ce vallon au moment où le printemps allait triompher de la saison des glaces, au moment où la vie allait reprendre ses droits. Le morceau de chanvre qu'on préparait pour lui, allait le priver des mille petits bonheurs de la saison nouvelle, tant pis.

Alors qu'on lui liait les mains derrière le dos et qu'on lui passait la corde au cou il concentra sa pensée sur le visage de Pernette en se mordant les lèvres. Un éclair embrasa sa tête et la grande nuit l'aspira pour toujours.

Jean-Baptiste eut soudain le sentiment qu'une coulée de métal froid lui irriguait tout le corps tandis qu'une poigne de fer le serrait à la gorge. Insensible ment le sol se déroba sous ses jambes et il s'effondra parmi les touffes de vieille herbe aux relents d'hiver. Longtemps il resta ainsi prostré, comme enfermé dans une bulle de chagrin, baigné de la chaleur de ses larmes et de l'odeur de terre endormie montant du pré. La présence de cette poignée d'adultes, silencieux spectateurs de son malheur, le laissait d'une totale indifférence. Une fois encore, au milieu de cette nuit laiteuse, un pan de son existence venait de s'écrouler : un adulte qui l'avait guidé pour un temps sur le grand chemin de la vie venait de lui être volé. Il n'était pas près de revivre des moments de complicité aussi intenses que ceux qu'il avait connus ces dernières semaines lorsque Joseph lui enseignait le catéchisme du bois. Sans grands discours mais avec douceur et persuasion, le maître des lieux avait appris à son élève les gestes les plus secrets de sa pratique et surtout il lui avait fait prendre conscience de l'aptitude qu'il recelait au plus profond de lui-même et qui lui permettrait à son tour de convertir avec bonheur un quartier d'épicéa en tuiles de bois. À cette heure, Jean-Baptiste voyait la vie qui s'ouvrait devant lui comme un vaste désert blanc où il allait devoir faire sa trace. Lui faudrait-il, comme il le redoutait, choisir lui-même à tâtons une nouvelle direction ? Cette éventualité le tourmentait profondément et il en arrivait à souhaiter que ce religieux, placé par le Ciel sur sa route pour la troisième fois ce soir, jette les dés à sa place...

L'épisode tragique qui venait de s'écrire dans la nuit du vallon arrivait à son terme et tous ceux qui en avaient été les acteurs, murés dans leur silence se tenaient cois, à un jet de pierres du funeste boqueteau de frênes. Les gens d'armes souhaitaient au plus vite aller s'allonger sur la paille d'un fenil ou d'une grange et guettaient un commandement venant de leur supérieur tandis que les infortunés bûcherons affichaient un air où se lisaient détachement et lassitude. À les voir on aurait pu penser qu'ils se souciaient de leur sort comme d'une guigne. Frère Athanase, pour sa part, avait choisi de s'isoler pour se recueillir et prier. Depuis qu'il était régisseur des forêts de l'abbaye, à plusieurs reprises il lui était arrivé de tenir le sort d'un homme entre ses mains sans que jamais ce pouvoir lui procure une ivresse quelconque. Toutes les fois où pour faire appliquer la justice des hommes, il avait été contraint de faire pendre un sujet de l'abbaye, il en avait toujours été très affligé. Ce soir, il se sentait encore plus accablé que d'habitude car il venait de faire exécuter un homme qu'il considérait comme un artisan de valeur et dont il avait appris peu à peu à estimer le travail. Alors qu'un vent tiède se mettait à faire chanter la forêt, frère Athanase se souvint qu'à deux ans de là, il était parvenu à sauver de justesse la vie de l'habitant du Plan de la Joie. Quand Joseph s'était fait prendre pour un délit de la même farine, lui, l'administrateur des forêts, avait plaidé sa cause sans réserve auprès de l'abbé, montrant à ce dernier combien le talent du fabricant d'ancelles pouvait servir l'intérêt de l'abbaye. Plus tard, il s'était employé à chapitrer longuement Joseph, pensant le remettre ainsi dans le droit chemin. Hélas, le pauvre tailleur de bardeaux s'était avéré trop faible pour résister au chant des sirènes des amateurs de bois de lune, qui à la veille de chaque expédition, cherchaient à s'attacher les services de celui qui connaissait par cœur la moindre sapinière du vallon.

Le clerc implora longuement le Tout-Puissant pour que jamais plus il ne se trouve dans l'obligation d'ordonner l'exécution d'un habitant de la vallée puis il continua sa dévotion en priant pour le repos de l'âme de Joseph.

Au moment où il vit l'homme de Dieu mettre un terme à sa méditation, l'un des hommes d'armes jugea que le cours des choses pouvait reprendre ; il s'approcha de l'adolescent toujours à terre et le bourra de coups de pied en lui intimant l'ordre de se relever.

– Suffit… ordonna sèchement le régisseur des forêts, puis désignant du doigt le malheureux Pernolet, il intima l'ordre à deux autres de ses hommes, de charger le corps sur le dos du mulet. Malgré moult tentatives, jamais il ne fut possible aux séides de mener à bien leur macabre entreprise. Les coups de poing, les bastonnades n'y purent rien, le mulet refusait toute collaboration, aussi le représentant de l'abbé dut-il se résigner à faire lier le corps du tailleur d'ancelles à une perche pour le ramener vers le Plan de la Joie. Au moment où le tragique convoi se trouva en ordre de marche, frère Athanase se retourna vers ceux qui gardaient les prisonniers et ajouta à leur adresse :

– Vous passerez le reste de la nuit dans la grange du Pacheux et dès demain matin vous conduirez à l'abbaye ces trois drôles pour qu'ils y répondent de leur forfait. Soyez justes avec eux, leur châtiment est du ressort de l'abbé et non de votre fait. Quant à moi, il m'incombe de rendre aux siens le corps de Pernolet.

Entendant ces paroles, Jean-Baptiste s'était jeté aux pieds du clerc : « S'il vous plaît, frère, emmenez-moi avec vous, s'il vous plaît... » Et comme son interlocuteur restait de marbre il reprit :

– Je vous en supplie, accordez-moi le droit d'accompagner Joseph jusque sous son toit, je lui suis si redevable... Je vous le promets devant Notre-Dame de la Gorge, je ne m'enfuirai pas...

– Voudrais-tu dire que tu sais gré à Pernolet de t'avoir enseigné à voler le bien de ton prochain ? ironisa le religieux avant d'ajouter : « Mais qui es-tu donc, pour invoquer la Vierge du pays des glacières dans cette contrée ? Comment connais-tu cette bonne Dame ? »

– Le chemin qui m'a conduit au Plan de la Joie est bien long... répondit le Saint-Gervolain en appuyant sur les mots.

– Tu vas m'expliquer tout ça en chemin. Allez, en route ajouta le régisseur avec toujours autant d'économie dans les paroles.

– Et mon fils ? murmura soudain Ballanfat.

– Ah oui... c'est vrai... concéda le clerc. Qu'on le mette en terre dès demain matin si le sol n'est pas trop gelé, je n'oublierai pas de prier pour le repos de son âme... Cependant, tu le sais aussi bien que moi, Ballanfat, il n'y a pas de sépulture en terre chrétienne pour ceux qui bafouent le droit...

L'homme de Dieu ne chercha pas à savoir quelle réaction provoquerait sa réponse, sans attendre il s'était mis en route pour le Plan de la Joie.

Jean-Baptiste redoutait tout autant que frère Athanase, l'arrivée dans la maison du malheureux tailleur d'ancelles. Il allait falloir tambouriner à la porte, faire face à des visages remplis d'effroi et fouiller dans les recoins de son être pour trouver une poignée de mots faméliques qui de toute manière n'ajouteraient qu'un peu plus de sel sur les plaies ouvertes par le chagrin.

Tout en marchant, le régisseur pria encore pour que Dieu, tout à l'heure, emplisse sa bouche de paroles pleines de miséricorde. Jean-Baptiste, lui, se contentait de suivre de près ceux qui portaient la dépouille de Pernolet, et de temps à autre, quand le corps se balançait d'une manière trop accentuée, il venait se placer à sa hauteur et de la main, il arrêtait ce mouvement indécent.

La sinistre caravane ne s'attendait pas à être accueillie dans la maison du Plan de la Joie par une vieille femme assise sous la « cort'na ». Immobile, seulement éclairée par une mauvaise lanterne, elle caressait un chat dormant sur ses genoux et l'arrivée du funeste équipage ne la troubla pas le moins du monde.

– Qui es-tu ? demanda l'adjoint de l'abbé d'Entremont en apercevant cette silhouette inquiétante.

– Je suis la Marie du Bachal, répondit la vieille. Tu comprendras vite pourquoi je suis là… Quand on arrive à mon âge, on a le sommeil aussi percé qu'un vieux panier… aussi j'ai eu tôt fait de reconnaître Ballanfat et ses compagnons quand ils sont passés en bas de la maison et je vois encore assez clair pour savoir si ceux qui arpentent les chemins après complies portent une hache ou un crucifix…

« Quand un peu plus tard vous êtes passés à votre tour, j'ai compris qu'il y avait de la poursuite dans l'air et je me suis dit que la camarde ne tarderait pas à choisir un cavalier pour ouvrir le bal… J'ai pas eu de mal à m'approcher assez près de la combe de la corniche et j'y suis arrivée à l'instant où ce pauvre Joseph allait être pendu… J'ai pensé qu'il valait mieux que ce soit moi qui me charge d'annoncer l'affreuse nouvelle. La Faucheuse s'est assez souvent assise à ma table pour que je connaisse les mots qu'il est bon de prononcer quand elle a planté ses crocs dans l'âme d'un de vos proches… Voilà pourquoi je suis ici. Vous pouvez entrer, Louise et Pernette vous attendent…

Après un temps de silence elle reprit :

– Je préfère ma place à la tienne, l'homme d'Église… Un jour toi aussi tu paraîtras devant le Tout-Puissant et je voudrais bien voir comment tu justifieras ton geste de ce soir. Il y a à peine quatre ans, cinq hommes vivaient et travaillaient au Plan de la Joie. La grande peste est passée par là et Joseph fut le seul à être épargné… Jusqu'à tout à l'heure la pauvre Pernette pouvait compter sur sa présence pour l'aider à affronter la vie… Maintenant la pauvre fille devra se débrouiller seule. Que sera son existence maintenant… tu peux me le dire ?

– Ça suffit, vipère ! cria le régisseur des forêts. Tiens ta langue ou tu risques de goûter toi aussi aux fers de notre prison.

– Ne vous mettez pas dans un tel émoi, mon frère : je m'en vais, je m'en vais… Il me reste à passer chez Ballanfat pour y faire récit de ce que j'ai vu.

– Je n'ai pas une grande confiance dans les mots qui naissent de ta bouche, sorcière ! Je sais que tu raconteras les choses à ta manière… Mais n'oublie pas que les terres de l'abbaye sont des terres régies par le droit et que quiconque enfreint ce droit s'expose à être puni.

– Va pour le droit, mais jamais dans ce vallon vous ne nous forcerez à trouver aimables ceux qui nous font marcher à genoux…

La vieille femme s'était levée et s'appuyant sur un bâton elle venait de se fondre dans la nuit.

Contenant sa colère, frère Athanase franchit le seuil de la ferme d'une manière résolue. Il passa un long moment à l'intérieur et ressortit enfin, accompagné de Louise. La lumière du cierge qu'elle tenait à la main était trop faible pour éclairer suffisamment la « cort'na ». Hébétée, la femme de Joseph chercha du regard le corps de son mari puis, sans le moindre mot, sans la moindre larme, tremblant de tout son corps elle s'agenouilla auprès de celui qui avait trop aimé le bois et pria.

Profitant de l'intense émotion qui régnait, avec discrétion Jean-Baptiste pénétra dans cette maison qu'il aimait maintenant autant que sa ferme des Pratz et revint en portant dans ses bras la petite paraplégique au visage ravagé par le chagrin. Frère Athanase commença alors à réciter la prière des morts et les mots qu'il prononçait étaient autant de coups de fouet qui cinglaient celles et celui à qui le destin venait de réclamer un lourd tribut.

# CHAPITRE XVII
## L'Abbaye

Marc-Antoine de Regard venait de célébrer la messe dans l'église de l'abbaye. En toussotant il rangea sa chasuble et son étole avant de gagner sa bibliothèque pour y attendre l'heure du repas. C'était un homme d'une soixantaine d'années, au corps un peu empâté, se déplaçant à l'aide d'une canne à pommeau d'argent les jours de mauvais temps, quand une douleur lancinante s'emparait de ses genoux.

Il était rentré depuis peu d'un voyage à Turin où l'avait conduit une mission sur laquelle il restait d'une grande discrétion. Ce périple lui avait broyé le dos et il ramenait de son passage du Mont-Cenis dans le froid et les giboulées, un coryza des plus tenaces. Pourtant il jugeait ces quelques embarras de santé comme assez insignifiants au regard de la petite malle pleine de livres qu'il avait acquise dans la capitale des États.

L'abbé s'installa dans son grand fauteuil, posa les pieds sur une chaufferette et laissa un moment son regard caresser les pentes verdoyantes de la vallée du Borne avant d'ouvrir son livre de chevet De l'usage des passions, de l'oratorien Jean-François Senault.

Le printemps affichait des mines d'enfant boudeur et se faisait tirer l'oreille pour sonner le réveil de la nature. Alors qu'on avait célébré la fête de l'Ascension depuis déjà deux semaines, la pluie et le froid continuaient à mener grande sarabande. D'un bout à l'autre de la vallée c'était la même litanie, chacun se désespérant de constater que les fruits seraient absents des vergers à la fin de l'été, tandis que les blés malingres n'annonçaient qu'une récolte de quatre sous pour cette année.

– Monsieur l'abbé veut que je lui apporte son repas ici ou préfère-t-il manger devant la grande cheminée ? demanda Jean-Baptiste en pénétrant avec précaution et déférence dans la bibliothèque, au moment où la grosse cloche du monastère sonnait sexte.

L'abbé de Regard prit le bras du garçon avec douceur et lui dit :

– Mon petit, voudrais-tu bien répéter après moi : « Monsieur l'abbé souhaite-t-il prendre sa collation en sa bibliothèque ou préfère-t-il être servi devant la grande cheminée ? »

Sans sourciller Jean-Baptiste s'exécuta et formula la demande telle que l'abbé l'avait exprimée. Il savait que celui à qui il s'adressait était un amoureux du beau langage et que sans jamais se départir de son calme, il avait pour habitude de reprendre clercs, sacristain et gens de maison afin que leurs propos conviennent à son oreille.

« J'ai appris auprès de Joseph à tailler le bois, pensait Jean-Baptiste, et maintenant cet homme d'Église m'apprend à tailler mes phrases et à les ajuster pour qu'elles ne se chamaillent pas au sortir de ma bouche… Il me faudra bientôt, avant de dire des choses toutes simples, cracher chaque mot dans ma main pour l'astiquer, le polir et le faire reluire comme si à chaque fois je m'apprêtais à en faire cadeau à un évêque ou à notre roi. »

– Tu vas m'accompagner jusqu'à la salle à manger, ordonna l'abbé, mais auparavant, montre-moi la manière dont tu progresses sur les chemins du savoir.

Le religieux saisit un ouvrage de François de Sales et l'ouvrit à la page marquée d'un signet, demandant avec beaucoup de douceur :

– Veux-tu bien me lire cette phrase ?

Jean-Baptiste pencha la tête sur la page pleine de petits caractères et s'aidant de son doigt il déchiffra :

– Ê… tre… saint… c'est… fleu… rir… là… où… Dieu… vous… a… plan… té.

Ce n'est pas si mal... conclut l'abbé en pinçant gentiment l'oreille de son élève. Eh oui, comme il a mille fois raison, notre évêque ! « Être saint c'est fleurir là où Dieu vous a planté. » Il faudra que je t'aide un jour à exprimer tout le suc de cette phrase, je la trouve si vraie.

Jean-Baptiste croyait en toute bonne foi qu'il n'avait nul besoin d'analyser la maxime du bon monsieur de Sales. Dieu l'avait planté dans une vallée au pied des Dômes de Miage et jusqu'à l'automne passé, il y avait grandi vaille que vaille, sans jamais imaginer qu'il puisse exister d'autres jardins de par le monde où le destin aurait pu le mettre en terre. Son oncle Gaspard l'avait arraché de son courtil montagnard sans se soucier s'il lui égratignait les racines. Il l'avait emmené dans son bagage comme un de ces brins d'herbe à bouquetin, oubliant de lui bourrer les poches d'un peu de cette terre natale qui parfois lui faisait tant défaut. Pourtant, Jean-Baptiste constatait qu'après des mois de voyage, il n'avait pas dépéri plus que cela. Il était passé d'un pays à un autre, y glanant à chaque fois un peu de la substance caractéristique de l'endroit. Et si d'aventure, un jour il se mettait à fleurir au pied de son clocher ou ailleurs, ce serait grâce à tout ce qu'il aurait puisé en Comté, à Genève, dans le vallon de Cenise et dans les divers lieux où la providence l'avait entraîné depuis septembre dernier.

– Jean-Baptiste, à quels travaux devras-tu te consacrer une fois le repas terminé ? demanda l'abbé.

– Si le temps le permet, répondit le Saint-Gervolain, je donnerai la main à frère Benoît pour nourrir les abeilles, mais si la pluie ne s'arrête pas, j'aiderai l'Antoinette Belot qui vient pour la lessive.

– C'est un programme des plus respectables, toutefois quand tu entendras sonner none, tu me rejoindras en ma bibliothèque ; dans un premier temps je te dirai comment Jésus fut arrêté puis je te questionnerai pour savoir si tu as fait ton miel de ce que je t'ai conté à propos du sacrifice d'Isaac.

Jean-Baptiste acquiesça sans montrer la contrariété que faisait naître en lui la décision de l'abbé. De beaucoup, il aurait préféré consacrer son après-midi aux abeilles ou à l'essorage des draps en parlant de mille petits riens avec le frère Benoît ou cette commère d'Antoinette. Certes, il ne dédaignait pas vouer un peu de son temps à l'apprentissage de la lecture ou de l'écriture ; il craignait cependant que trop d'études ne lui gâte l'esprit. De plus en plus souvent il lui arrivait de se demander pourquoi l'abbé de Regard mettait tant d'assiduité à lui inculquer les épisodes de la vie du Christ, les mésaventures survenues à Moïse, à Abraham ou à tant d'autres personnages d'exception qui peuplaient les livres saints. Ces récits, très lointains parents de ceux qui vous adoucissaient une veillée d'hiver, étaient pour certains si compliqués à suivre qu'ils vous donnaient le tournis. Le plus étonnant d'entre tous, mais aussi le plus obscur d'ailleurs, était celui qui parlait de la Trinité. De ce qu'en avait retenu le Saint-Gervolain, il existait derrière les nuées, là-haut dans un coin du Ciel trois personnes : le Père, le Fils et l'Esprit Saint qui pourtant n'étaient qu'un seul et même Dieu... Jean-Baptiste avait bien failli s'endormir pendant la leçon, bercé par la mélopée de la savante explication que distillait l'abbé... Quelques coups de règle bien sentis l'avaient amené à un sursaut d'attention.

– Je n'arrive pas à m'intéresser au Bon Dieu, s'était insurgé Jean-Baptiste. Il est trop loin, Il me fait peur ! Je n'arrive pas à imaginer comment Il peut être ! Ceux que j'aime, ce sont les saints et la Sainte Vierge, voilà tout !

– Mais que me racontes-tu là ? s'était exclamé le religieux, au bord de l'apoplexie.

– Eh oui ! avait répondu l'adolescent avec beaucoup de naïveté, les saints, c'est comme s'ils étaient de ma famille ! Saint Guérin il sait comment sont faites nos vaches, et Saint Antoine, toujours suivi de son cochon, il doit avoir bien du souci pour se faire obéir de cette sacrée bestiole ! Le Bon Dieu lui, Il a jamais gardé les vaches… Il a jamais goûté de sérac… Je crois bien que c'est pour ça qu'Il m'impressionne tant…

L'abbé de Regard ne s'était nullement emporté en entendant ces propos iconoclastes. Le point de vue de Jean-Baptiste n'était que l'expression de ce que ressentait la foule de paysans de la montagne qui, depuis plusieurs décennies déjà, vivait en lisière d'un véritable désert spirituel. Depuis trop longtemps, dans bon nombre de paroisses, des prêtres au savoir famélique étaient les ultimes remparts, capables de contenir la vénération sans limites des fidèles pour une cohorte de statues et de reliques. Venue du fond des âges, une foi primitive reprenait ses droits et jour après jour, le Dieu de l'Évangile cédait du terrain face aux divinités d'un autre âge, à peine travesties des costumes de saints, choyées et honorées dans les campagnes depuis des siècles.

Marc Antoine de Regard était de ceux qui marchaient en tête de la croisade de la reconquête. Jeune abbé, il avait voici plus de trente ans, suivi les pas de François de Sales, l'accompagnant à plusieurs reprises dans ses visites pastorales. Aujourd'hui encore, il ne pensait pas sans émotion à la manière dont il avait été subjugué par la force des sermons de l'évêque de Genève et par la manière dont ce théologien savait parler aux gens simples. De cette époque datait un engagement sans faille au service de l'Église du renouveau. En choisissant de s'installer à demeure à Entremont voilà plus de dix ans, il avait voulu réaffirmer l'autorité du monastère et redonner aux églises qui en étaient les sujettes, une assise et un dynamisme devant en faire des modèles à des lieues à la ronde.

Aux yeux du supérieur de l'abbaye, cette croisade de la reconquête qu'il appelait de ses vœux, ne triompherait que si elle pouvait s'appuyer dans chaque paroisse sur la présence de prêtres instruits capables de conduire les fidèles sur les chemins de la vraie foi. Aussi s'employait-il à préparer le terreau nécessaire à cette renaissance en consacrant une bonne part de son temps à la recherche, dans toutes les paroisses de la vallée, de jeunes âmes douées d'assez d'intelligence pour faire quelques études. L'abbé de Regard en était persuadé, les prêtres de demain devraient posséder une culture solide s'ils voulaient un jour devenir des pasteurs aussi respectés dans leurs paroisses, que ceux qu'il avait eu l'occasion de rencontrer lors de ses passages en Lombardie. En guidant les pas de Jean-Baptiste jusqu'aux portes de l'abbaye, l'abbé était sûr que Dieu venait de lui faire présent d'une de ces âmes fortes dont l'Église avait tant besoin. « En faisant preuve de patience, pensait-il, on fera de ce jeune montagnard un valeureux serviteur du Tout-Puissant. » Avec toujours beaucoup de tact, peu à peu l'homme de Dieu apprivoisait ce gamin au destin peu ordinaire, lui inculquant assez de savoir pour que, avant longtemps, on puisse l'envoyer au collège de La Roche. Seul frère Athanase était dans la confidence car le supérieur de l'abbaye craignait qu'à dévoiler trop tôt ses plans, il ne voue son projet à l'échec. L'infortuné complice de Pernolet était encore un poulain farouche qu'il convenait de débourrer avec habileté. Confiant, Marc Antoine de Regard pensait qu'avec l'aide du Très-Haut il serait en mesure de mener à bien son entreprise.

Jean-Baptiste était à cent lieues d'imaginer le destin au parfum de cantiques et d'encens que l'abbé avait entrepris de lui tisser. Voilà bien deux mois qu'il allait de droite et de gauche dans cette abbaye posée comme un grand navire de pierre dans une vallée encore plus encaissée que celle de Montjoie ; pourtant, même si la chose l'ennuyait, il était obligé de reconnaître qu'il ne parvenait pas à trouver sa place dans le quotidien de cette communauté. Les gestes ouatés, les paroles feutrées commandant la vie de la grande bâtisse, restaient pour lui des règles de vie contre nature et ce monastère lui apparaissait, chaque jour davantage, comme une prison dorée où la quête de Dieu consumait le moindre regard. À son arrivée dans cette maison toute dévouée au service divin, il avait cru qu'on allait lui faire payer chèrement sa complicité involontaire dans l'affaire du bois de lune. Étrangement il n'en avait rien été… « Peut-être la main de Notre-Dame a-t-elle discrètement effacé ma faute dans le grand livre de l'abbé… » se disait Jean-Baptiste. Il n'avait cependant pas eu le loisir de remercier longuement sa bonne protectrice, frère Athanase l'ayant enrôlé sans détour dans l'équipe de maçons et de carriers travaillant à l'agrandissement d'une aile du bâtiment. C'est là que notre Saint-Gervolain avait appris sans passion à gâcher du mortier, à scier des blocs et à jouer du burin, sous la férule d'un manouvrier acariâtre, toujours mécontent du travail de ses compagnons et gémissant sans cesse sur son sort. Chaque soir, retrouvant le coin d'étable où il logeait, Jean-Baptiste avait bien du mal à ne pas se laisser envahir par les souvenirs du temps à la fois si proche et pourtant si lointain où il filait des jours heureux dans la maison du Plan de la Joie. À de rares occasions, il lui arrivait d'être distrait du chantier pour prêter main-forte à des frères convers employés à mener du fumier sur les terres du domaine ; c'étaient là de précieux moments de liberté pendant lesquels l'adolescent oubliait pour quelques heures l'univers confiné de l'abbaye dans lequel il avait le sentiment de rancir à petit feu.

Bien que serré de près par un bataillon d'averses, de giboulées ou d'ondées glaciales, le printemps perdait son allure de grand timide et si quelque journée éclatante lui faisait les yeux doux on le voyait se parer d'une tenue digne d'un fils de l'Olympe. Chèvres et vaches avaient repris le chemin des prairies et broutaient avec délectation une herbe drue, sous le regard bienveillant d'armées de gamins tout à la joie de reconquérir la moindre parcelle de leur vallée après le long ennui hivernal. Une immense frustration envahissait Jean-Baptiste lorsque tintaient à son oreille avec des accents mortifères, les sonnailles qui se répondaient d'une prairie à l'autre. Quand l'odeur des vaches lui emplissait les narines, quand il entendait monter des pâturages de longs meuglements, il en avait la tête toute chavirée. Il aurait tant voulu pouvoir mener paître ces bêtes, les traire, les flatter ou simplement passer de longs moments à les regarder ruminer ! Au lieu de cela, passant d'une échelle fatiguée à un échafaudage branlant, il charriait du mortier des journées entières. Pour ajouter à son malheur, alors qu'il était déjà rompu de fatigue, l'abbé de Regard arrivait quelquefois avec son entonnoir à savoir et lui frictionnait les méninges d'un récit de l'Ancien ou du Nouveau Testament.

Plus on avançait dans les beaux jours, plus le temps prenait une consistance pâteuse et gluante, et le Saint-Gervolain voyait venir vers lui un cortège de semaines mornes et souffreteuses qu'il n'avait pas le courage de regarder en face. Il était ficelé, bâillonné, asphyxié, dans cette nasse où les offices découpaient le temps comme une miche de pain frais. Il en était intimement persuadé, jamais il ne pourrait échapper à ce lieu cadenassé, tellement étaient rares les moments où personne ne le chaperonnait. Accroché à ses basques, il y avait toujours un moine, un convers, ou un fidèle de frère Athanase pour veiller sur lui et examiner les goulées d'air qu'il s'apprêtait à respirer.

Il redoutait les heures où il s'imaginait lire sa destinée dans les nuées ou sur les murs grisâtres de l'abbaye ; à cet instant, le désespoir lui mettait la main au collet et ne le lâchait plus. Son regard se voilait alors d'ennui et c'est à grand-peine qu'il cachait son chagrin aux yeux de ceux qu'il rencontrait. Souvent il avait pensé à fuir… mais quelle route lui fallait-il prendre pour retrouver son village ? Aller vers l'orient ? vers le ponant ? Ayant perdu tout repère géographique depuis le soir où il avait dû emboîter le pas de frère Athanase, il ne savait dans quelle direction partir. De surcroît, il se doutait bien que toute demande de renseignements destinée à éclaircir sa position risquait d'éveiller les soupçons de ses geôliers. Le soir où l'abbé lui avait conté l'aventure de Gaspard, Melchior et Balthazar, les trois rois mages, Jean-Baptiste s'était mis à pleurer comme une fontaine, non parce qu'il était touché par la beauté du récit, mais à cause de la rage qui l'avait soudainement gagné en entendant cette histoire. Lui aussi, il aurait voulu qu'une étoile se lève dans le firmament et lui indique le chemin conduisant vers les glacières… Mais il avait beau scruter le ciel même au mitan de la nuit, jamais il n'y trouvait le moindre signe. Au milieu de terres à ses yeux inhospitalières, il se voyait l'otage d'un abbé aux desseins impénétrables qui se moquait comme d'une guigne de ses espérances ou de ses sentiments. Si d'aventure l'espoir lui rendait visite pour une couple d'heures, Jean-Baptiste songeait qu'un jour, l'abbé jugeant que son hôte avait maintenant payé sa faute d'assez de travail, l'autoriserait à reprendre le chemin de Saint-Gervais. Mais combien de semaines tomberaient dans la gibecière de Chronos avant qu'il n'en soit de la sorte ? Sa pénitence au pied de la Vierge d'Entremont allait-elle durer des mois et des mois, l'empêchant de retrouver ainsi les siens avant bien longtemps ? Comme il n'en avait pas la moindre idée, sa rage et son désespoir s'en trouvaient amplifiés.

Une dernière semaine de mai fort pluvieuse obligea le chantier à se mettre en sommeil. Jean-Baptiste avait le dos si courbaturé et ses mains étaient si crevassées par la chaux et le maniement des outils, qu'il accueillit cette décision avec soulagement. Il fut envoyé à la cuisine pour prêter main-forte au frère Jude responsable de tout ce qui concernait les nourritures terrestres de l'abbaye. Ce moine qui sillonnait inlassablement son office avec des allures de belette avait un défaut : il était très bavard et ne pouvait se retenir de colporter aux quatre vents les conversations qui fleurissaient à l'ombre du réfectoire.

Un après-midi où Jean-Baptiste s'appliquait à récurer un gros chaudron avec du sable fin, frère Jude lui demanda d'une manière anodine :

– Alors comme ça tu vas bientôt nous quitter ?

Fouetté par cette question surprenante, le sang de Jean-Baptiste n'avait fait qu'un tour et il avait failli lâcher son chaudron :

– Pour aller où ? interrogea le marmiton étonné.

– Comment ? tu ne sais pas que bientôt tu seras élève du collège de La Roche ? confia le religieux tout heureux de son effet.

– Moi, au collège ? Mais… mais….

– Ah ! notre abbé ne t'a encore rien dit ! Laisse-moi alors te mettre dans la confidence, reprit frère Jude d'un air conspirateur. Voilà, pas plus tard qu'hier au soir, monsieur de Regard s'en entretenait ici même avec frère Athanase. Il lui disait que tu as fait de tels progrès pour lire et que ta mémoire s'imprègne si bien des leçons de l'Histoire Sainte depuis que tu es parmi nous, que bientôt tu porteras l'habit d'étudiant…

– Mais pourquoi est-ce que je ferais des études ? s'exclama Jean-Baptiste. Pour garder mes brebis ou pour être un jour colporteur, est-ce qu'il me faudra lire le latin ?

– Seigneur ! Mais si tu entres au collège c'est pour devenir prêtre ! Pour devenir un serviteur de Dieu qui un jour sera à la tête d'une paroisse…

Jean-Baptiste laissa sable et chaudron, s'essuya les mains dans son tablier et s'assit sur un tabouret en disant :

– Excusez-moi, frère Jude, j'ai besoin de réfléchir… Cette nouvelle m'a tellement tourneboulé qu'il me faut prendre un moment pour la digérer…

L'adolescent gagna la chapelle et dans l'opacité du lieu de prière il tenta de mettre de l'ordre dans ses idées. Il redoutait d'avoir à quitter cette abbaye où déjà l'air lui manquait, pour devenir le pensionnaire d'un endroit où il serait encore un peu plus enchaîné. Il lui était impossible d'imaginer ce que pouvait être la vie dans un collège, mais il supposait que dans cet antre, du matin au soir des adultes en tous points pareils à l'abbé de Regard, causaient, expliquaient, questionnaient à propos de mille choses que les candidats à la prêtrise devaient ingurgiter sans appétit. Apprendre, ce n'était pas ça aux yeux de celui qui avait failli devenir colporteur. Apprendre, c'était mettre ses pas dans ceux d'un Gaspard, reproduire le geste d'un Joseph Pernolet, vivre quelques jours aux côtés d'un frère Aubin ou d'une Pernette en butinant leurs paroles ou leurs silences. Mais apprendre ce n'était sûrement pas jouer les oisillons face à des fricasseurs de savoir aux mains blanches, vous donnant la becquée sans ménagement.

Jean-Baptiste se jura d'éviter à tout prix le collège. Il comprit bien vite qu'il devait pour cela tenir à distance la colère mauvaise conseillère qui soufflait à pleins poumons sur les braises de sa révolte. S'il se rebellait, s'il tempêtait, l'abbé allait encore raccourcir sa laisse et peut-être précipiter son départ pour La Roche. Hisser bien haut l'étendard de sa contrariété face à la volonté de l'abbé ne manquerait pas de faire naître des soupçons justifiés chez le pédagogue. Au contraire il fallait qu'il se montre assez zélé pour rassurer celui qui voyait en lui un postulant à la prêtrise. Jean-Baptiste décida d'être docile, sans toutefois basculer dans l'excès pour ne pas mettre la puce à l'oreille de l'abbé. Dès demain, il allait donner à son précepteur quelques gages de bonne volonté en pensant bien pouvoir les échanger contre un peu de liberté. Et si un jour, Dame Fortune se montrait assez complaisante à son égard en lui offrant une occasion de jouer les filles de l'air, il ne laisserait pas échapper cette chance : il tenterait le tout pour le tout.

Ce calcul impliquait qu'il fasse preuve de patience et ce n'est pas sans amertume qu'il pensait à tout le temps qu'il passerait à ronger son frein entre les quatre murs de l'abbaye.

Seul au fond de la chapelle de l'abbaye, Jean-Baptiste comprit soudain que pour la première fois de sa vie, il serait obligé de faire son deuil des activités qui jusque-là rythmaient ses étés. Non, cette année il ne ferait pas les foins avec les siens, pas plus qu'il n'emmontagnerait sur le versant d'Arbois, et pensant brusquement que probablement à la mi-août il n'irait pas au pèlerinage de La Gorge, son cœur se mit à battre beaucoup plus fort. Tant pis, quand il retrouverait sa vallée, même si c'était au cœur de l'automne ou au début de l'hiver, il s'inventerait un pèlerinage rien que pour lui. Ce jour-là, c'est lui qui conduirait la procession en chantant le cantique dédié à Notre-Dame, suivi des ombres de tous ceux qui avaient croisé son destin depuis le matin de septembre où par une pluie battante, il avait dit au revoir à sa vallée. Il y aurait là Margairaz l'aubergiste genevois, frère Anthelme le capucin au regard de serpent, et même ce conducteur de mulet croisé au fond de la Comté et qui avait failli le tuer d'un jet de pierre. Tous, ils seraient à ses côtés et prieraient pour les âmes des malheureux qu'il avait vus trépasser pendant son périple.

Jean-Baptiste s'étonna de la rapidité avec laquelle il venait d'échafauder cette nouvelle ligne de conduite. Comme il avait changé en quelques mois ! pensa-t-il au moment où il se remémorait sa rencontre avec Joseph Pernolet. Était-ce bien lui qui ce matin-là avait vécu mille tourments, ne sachant s'il valait mieux regagner Saint-Gervais ou suivre un étranger se proposant de l'accueillir sous son toit pour lui faire partager son savoir ?

L'adolescent avait le sentiment de vivre un moment crucial de son existence. Il venait de prendre une décision lourde de conséquences pour son avenir, sans douter un seul instant de sa justesse. À plusieurs reprises, il avait vu Gaspard opérer de la sorte, mais à l'époque, jamais il n'aurait imaginé qu'un jour, il lui soit possible d'agir à son tour avec la même détermination. Et pourtant si, c'était bien lui qui venait d'accrocher une petite étoile au firmament de sa vie, bien décidé à ne pas perdre de vue cette lueur de sitôt.

Au moment où les moines arrivaient pour l'office, une fierté qu'il avait bien du mal à contenir l'envahit. Il se sentait gagné par une étrange ivresse, très proche de celle qu'il avait éprouvée quand son doigt, suivant une caravane de lettres sur la page d'un livre, avait réussi pour la première fois à convertir ces signes en paroles.

# CHAPITRE XVIII
## Le retour

Depuis un mois, une partie de la famille de Jean Passerat avait pris ses quartiers d'été dans une masure à laquelle on ne pouvait plus donner le nom de chalet. Tandis que le père et deux de ses garçons étaient restés dans la vallée pour la fenaison, Nicolarde la mère, essayait tant bien que mal de faire face aux multiples tâches de l'alpage, sans pouvoir accorder grande attention à quatre marmots plus vifs que renardeaux, qu'une fillette d'une dizaine d'années faisait filer doux. Voyant arriver l'échéance avec une bonne dose de fatalisme, la femme de Jean Passerat se préparait à accoucher pour la neuvième fois. La Mélie de sur-le-Char viendrait peut-être l'aider à enfanter, sinon il lui faudrait se débrouiller avec la seule aide de sainte Marguerite. Par deux fois déjà, elle avait accouché sur la paille de cette grange, ne se souvenant plus si elle avait souffert pendant le travail, ou encore si une matrone s'était trouvée à son côté ces fois-là. Elle ne redoutait qu'une chose : qu'il n'y ait pas de prêtre à son chevet pour dire les prières, au cas où les choses tourneraient mal.

– Mâme ! Mâme ! y z-arrivent ! y z-arrivent ! glapit un petit bonhomme crasseux couvert de guenilles, en franchissant le seuil de la pièce ouverte à tous les courants d'air qui faisait office de cuisine.

Nicolarde se signa rapidement et semblable à une poule appelant sa couvée au premier coup de tonnerre, elle regroupa sa marmaille dans ses jupes en apercevant frère Athanase suivi de Jean-Baptiste qui approchaient de sa misérable demeure. Après avoir essuyé son front ruisselant et s'être désaltéré, le religieux adressa quelques mots de circonstance à la pauvresse, tandis que son porte-bannière préparait étole et chasuble. La famille Passerat, avec un bel ensemble, allait mettre genou en terre devant l'entrée du chalet, sans faire cas du sol boueux que le piétinement répété des bêtes avait transformé en un véritable cloaque. Avec rudesse, le clerc tira Nicolarde et sa tribu sur une portion de terrain à peu près sèche puis toujours sans ménagement, il les fit s'agenouiller, dans un concert de vagissements et de pleurs que la fille aînée tentait d'endiguer à grands coups de taloches.

Le petit bonhomme en guenilles qui avait signalé l'arrivée du religieux s'approcha, tendant la fiole d'eau bénite que l'on conservait précieusement dans chaque alpage en prévision de toutes les occasions où il fallait éloigner l'armée des esprits maléfiques campant sur l'alpe. Frère Athanase entama la bénédiction de la maison, des bêtes et des gens avec un certain empressement. Lorsqu'il en eut terminé avec ses prières, la femme Passerat se releva péniblement et vint baiser l'étole du ministre, aussitôt suivie d'une poignée de marmots hilares qui se chamaillaient à qui mieux mieux, pour avoir le privilège d'être le premier à embrasser la bande d'étoffe sacrée.

La maîtresse de maison se glissa à l'intérieur de son antre pour en ressortir quelques instants plus tard avec, dans les bras, un fromage à la croûte verdâtre qui dégageait une odeur infecte. Elle le présenta sans vergogne à l'envoyé de l'abbé, avec une petite lueur de bonté désarmante au fond des yeux.

– Tu te moques de moi, Nicolarde… dit d'une manière dédaigneuse frère Athanase. Ce serait faire offense à notre abbaye que d'oser lui offrir cette tomme. Va me chercher un fromage un peu plus présentable, ajouta-t-il d'un ton cassant.

L'air hébété, la malheureuse fit demi-tour ; on l'entendit fourgonner dans sa cave avant qu'elle ne réapparaisse avec un fromage, qui cette fois, avait un peu meilleure mine.

Pendant que Jean-Baptiste replaçait avec précaution les vêtements sacerdotaux sur la claie en se demandant comment le présent de la famille Passerat allait supporter le voyage, le clerc inspecta de son regard froid le chalet, les pâturages et les quelques vaches efflanquées qui broutaient en amont de la maison. Il resta un long moment sans dire le moindre mot, puis, sans autre forme de procès, il donna l'ordre de se mettre en route en direction d'un autre alpage.

Frère Athanase et son acolyte avaient commencé la bénédiction annuelle des troupeaux et des alpages le jour de la fête du Précieux Sang de Jésus qui marquait le début de juillet. Depuis, par tous les temps, ils arpentaient de concert les montagnes placées sous la juridiction de l'abbaye. Ces deux infatigables marcheurs avaient commencé leur périple dans la vallée de Grand-Bornand avant de mettre le cap sur la montagne des Auges. À cette heure ils quadrillaient un immense plateau sur lequel on rencontrait par endroits des étendues de pierres aussi délavées que de vieux ossements. Les rares chalets que l'on croisait par ici semblaient n'avoir que Dame Misère pour suzeraine.

Jean-Baptiste se sentait revivre à dérouiller ses jambes sur les chemins de ces montagnes calcaires et il n'oubliait jamais de remercier le Ciel de lui avoir procuré cet exercice. À suivre par monts et par vaux l'adjoint de l'abbé en qualité de servant, le Saint-Gervolain retrouvait avec délectation cet espace qui lui avait terriblement manqué pendant tout le printemps, quand les murs de l'abbaye étaient son seul horizon.

Comme il s'était montré assez bon disciple depuis plusieurs semaines, magnanime, l'abbé l'avait soustrait du chantier où il s'était brisé le dos des journées entières à porter pierres et mortier. Dès lors, voyant qu'on apercevait plus souvent le grimaud dans le sillage du redoutable régisseur des forêts que sur les échafaudages de l'abbaye, les moines et les convers s'étaient montrés un peu moins avares de leur estime à l'égard du nouveau protégé de l'abbé.

Par un petit matin où il accompagnait frère Athanase dans des forêts surplombant dangereusement le torrent du Borne, l'adolescent avait pris son courage à deux mains pour questionner son mentor :

– Frère, à marquer des sapins au-dessus de ces abîmes nous risquons de nous rompre le cou à tout moment… Je craindrais moins d'avoir à faire mon paquet si j'étais sûr d'avoir obtenu votre pardon… Frère, ayez pitié… Délivrez-moi de ma peur… Jamais depuis la nuit où j'ai dû contre mon gré aller couper du bois de lune, vous ne m'avez reparlé de ma pénitence… Je ne voudrais pas arriver devant l'Éternel sans savoir si j'ai assez expié aux yeux de la justice de l'abbé.

Le moine esquissa un léger sourire et posa sa main sur la tête de son aide en disant :

– Depuis ton arrivée à Entremont, tu as bien changé, Jean-Baptiste. Ton séjour parmi nous a ouvert ton cœur. Avec monsieur l'abbé, nous voilà assez récompensés de notre bienveillance à ton égard. Ce n'est peut-être pas l'endroit le plus approprié pour te confier une grande nouvelle, mais je vais quand même le faire en espérant que tu sauras garder ta langue : à l'automne tu entreras au collège…

– Pour devenir prêtre ? interrogea Jean-Baptiste en saisissant le bras du religieux et en s'efforçant de simuler un très grand étonnement.

– Oui, oui, mon enfant… pour devenir prêtre… continua le clerc en s'asseyant sur la mousse. Le chemin sera long, tu sais ; pavé de difficultés… et il te faudra bien du courage pour atteindre ce but. Nous allons prier tous les deux en ce lieu qu'aurait aimé saint Bruno, pour que le Très-Haut soutienne tes pas.

Jean-Baptiste jubilait intérieurement. La confidence de frère Athanase était une victoire. Pour la première fois depuis leur rencontre, l'homme de Dieu venait de lui parler avec un peu de chaleur dans le propos, ne craignant pas de lui révéler le dessein caressé par l'abbé à son intention. Cet homme si distant, qui pouvait vous côtoyer une journée entière sans vous adresser le moindre regard, venait de baisser sa garde. Jean-Baptiste devait lui prouver qu'il avait eu raison de le faire et pousser doucement son avantage. Il s'efforça de poser quelques questions sur sa vie future dans le souci de montrer que son avenir ne le laissait pas indifférent. Toutefois il n'oubliait jamais de badigeonner son propos d'un soupçon d'humilité, en faisant remarquer assez souvent que le modeste habitant du pays des glacières qu'il était, ne se jugeait pas digne d'une vie de collégien.

Les plus beaux jours de l'année paradaient, drapés dans l'odeur des foins mûrs. Ces grands seigneurs, vassaux du soleil, dispensaient sans compter dès les premières heures de la matinée une lumière accablante qui pourtant ne trompait personne. Chaque matin l'aube pointait un peu moins vite tandis que sur les envers, la rosée paressait de plus en plus longtemps. Les habitants de la vallée avec une pointe de désenchantement pour les uns ou beaucoup de fatalisme pour les autres, mesuraient à ces signes manifestes l'amorce de la lente descente vers les entrailles de l'année.

Jean-Baptiste avait appris de frère Jude que la bénédiction des alpages touchait à sa fin.

– Après la Saint-Jacques, il vous restera à bénir les chozalands du vallon de Cenise et vous en aurez fini de vos pérégrinations, avait confié le maître queux de l'abbaye, ajoutant « in partibus » à l'intention de l'acolyte de frère Athanase : C'est là-haut qu'on fabrique le meilleur beurre de la Création… Si tu pouvais m'en rapporter une petite motte tu me ferais grand plaisir…

Ce n'était pas sans une certaine amertume que le Saint-Gervolain envisageait de retrouver la vallée où le hasard l'avait déposé peu avant Noël. À plusieurs reprises il se demanda si, quand il passerait au Plan de la Joie, frère Athanase se montrerait assez généreux pour lui laisser le temps de serrer un moment Pernette dans ses bras ou pour l'autoriser à dire trois Ave sur la tombe de Joseph Pernolet. À un moment où il était plus urgent d'échafauder une tactique destinée à préparer sa fuite, il aurait bien voulu balayer d'un revers ces questions encombrantes mais il n'y parvenait pas. Toutes les fois où il s'évertuait à ajuster trois idées, bases de son plan de bataille, d'une chiquenaude, les ombres du Plan de la Joie réduisaient en poussière son beau raisonnement.

À jouer les enfants de chœur aux quatre coins de l'alpe pendant des semaines, patiemment Jean-Baptiste avait amassé assez d'informations pour mieux apprivoiser la topographie de la région. Il était maintenant en mesure de retrouver à coup sûr la direction de la vallée de l'Arve, le fil d'Ariane qui lui permettrait de rallier Saint-Gervais ; tout comme il était capable de se repérer dans le lacis de montagnes, de combes et de vallons ceinturant l'abbaye d'Entremont. Avec raison il considéra qu'il avait une connaissance suffisante de la région pour s'y déplacer seul, s'y cacher au cas où quelqu'un serait à ses trousses, voire pour y prendre de vitesse quelques poursuivants. La chose était entendue, il ne pouvait reculer, le grand moment était arrivé : s'il ne profitait pas de ces dernières journées de galopade dans les montagnes pour fausser compagnie à cet abbé qui voulait le pousser sans bruit vers le collège, il serait définitivement prisonnier d'une vie pour laquelle il n'avait aucune inclination.

Le jour de la Saint-Jacques, pendant l'office, Jean-Baptiste pria longuement : Notre-Dame d'Entremont par politesse et Notre-Dame de la Gorge par attachement. Il calcula avec application le nombre de jours qui le séparait du pèlerinage du quinze août et jugea alors que si tous les saints de la montagne voulaient bien lui apporter un minimum de secours, il pourrait être à l'heure au grand rendez-vous.

– L'été prochain, le jour de la « miou », j'espère bien aller prier Notre-Dame dans cette église dont vous avez tant parlé avec ton oncle, lui avait dit Dorine quand, un matin de novembre dernier, il avait quitté l'auberge des Fourgs pour rentrer seul vers son village.

Le souvenir fugace de cette petite phrase déclencha grand carillon dans sa tête. Il fallait qu'il soit lui aussi au seuil de la chapelle de la Gorge le jour de la fête de l'Assomption, même s'il avait affreusement peur de ne rencontrer ce jour-là dans la grande prairie que des visages anonymes ou les ombres de ceux qu'il avait aimés.

À la fin de l'office, à pas feutrés, frère Athanase était venu s'asseoir près de lui. Jean-Baptiste avait vite compris que le clerc allait profiter de la solennité du lieu pour lui confier quelque chose d'importance. Tournant son regard vers son énigmatique voisin, il attendit que ce dernier commence à parler :

– Demain nous partons pour trois jours dans le vallon de Cenise. Je sais combien cette visite peut faire resurgir en toi de souvenirs douloureux. Es-tu prêt à les affronter où préfères-tu ne pas m'accompagner ?

– Je risque bien de pleurer une fois ou deux, répondit l'adolescent, mais comment puis-je envisager d'aller au collège si je ne suis pas capable d'affronter les épreuves que le Bon Dieu place sur ma route ? Frère, si vous voulez bien de moi, je vous suivrai comme je l'ai fait pendant tout ce mois.

Le religieux caressa son menton longuement, signe qu'une profonde réflexion l'absorbait puis il se remit à prier. Jean-Baptiste maintenant croyait assez bien connaître son guide pour savoir que ce silence avait valeur de consentement.

Le lendemain, frère Athanase sonna le départ bien avant que les premières lueurs de l'aube ne caressent les toits de l'abbaye. Jean-Baptiste était prêt, il avait depuis longtemps ramassé ses quelques affaires et s'occupait à reconstituer dans sa tête les séquences d'une histoire que lui avait un jour contée l'abbé de Regard. Dans ce récit, il y avait un homme appelé Loth fuyant une ville dont il n'avait pas retenu le nom, et puis la femme de ce pauvre Loth, changée en statue de sel parce qu'elle s'était retournée. Eh bien, il allait faire la même chose que ce personnage de livre saint : en franchissant la grande porte du monastère, il ne se retournerait pas, de peur de se voir immédiatement changé en étudiant…

Lorsque les deux marcheurs arrivèrent en vue du Plan de la Joie, le ciel avait pris l'allure d'une coupole rosée. Sous l'effet de cette étrange lumière, les rochers de Leschaux paraissaient s'être métamorphosés en parois de marbre pourpre tandis qu'un souffle tiède, inhabituel à ce moment de la journée, caressait les grandes fougères et les épilobes du bord du chemin. Même si une belle journée dépliait ses ailes, trop de signes annonçaient que le temps ne tarderait pas à changer. La maison de Pernolet était close et à voir les bataillons d'herbes folles qui croissaient jusque sous la « cort'na », on pouvait être sûr que le chalet n'avait pas été habité du printemps. Se demandant ce qu'il avait bien pu advenir de Pernette et de sa mère, Jean-Baptiste se tailla un chemin parmi les orties et les boutons d'or pour retrouver le petit tumulus à la tête duquel une simple pierre fichée en terre signalait la sépulture du tailleur d'ancelles. D'un regard, il quémanda l'autorisation de dire une prière. La gorge nouée, le visage aussi pâle qu'un linge, soumis, il attendit la décision de frère Athanase. D'un pas lent, ce dernier avança jusqu'à la hauteur de son auxiliaire et commença à réciter un Pater à haute voix. Jean-Baptiste, incapable de prononcer le moindre mot, saisit un peu de terre dans sa main et la serra autant qu'il put.

Par une chaleur exténuante, le représentant de l'abbé et son aide remontèrent le vallon pour aller bénir les alpages de Comborse et de Rochasson. Dans l'après-midi, le ciel prit une teinte métallique et les citadelles de calcaire à l'entour semblèrent endosser des armures inquiétantes, pressées d'en découdre avec l'orage à venir. Inlassablement, frère Athanase reproduisait les mêmes gestes, prononçait les mêmes prières. Dans tous les chalets rencontrés, il se retrouvait face à des familles d'alpagistes assommés de fatigue dans les yeux desquels ne se lisait que la peur de la colère céleste à venir. Jean-Baptiste donnait l'impression d'être prisonnier d'une profonde rêverie mais en vérité il était fort occupé à passer le paysage au peigne fin. Il s'imprégnait de chaque détail du terrain, collectionnant des divers aspects du relief pour s'en servir de repères au cas où…

À grandes enjambées, le moine progressait en direction d'un chalet oublié au fond d'un vallon cerné d'éboulis, suivi comme son ombre par son adjoint qui, chaque fois qu'il observait le ciel, voyait augmenter son inquiétude. Ici, on ne rencontrait plus que quelques sapins cacochymes, chevaliers servants de pelouses assez intrépides pour vouloir se tailler un fief à l'ombre de couloirs rocailleux.

Un éclair fulgurant déchira le ciel, Dieu tira un grand rideau au-dessus de la Création et le ciel s'assombrit un peu plus. Plus bas, sur le versant du soleil, montaient les cris de ceux qui rassemblaient au plus vite le bétail. La montagne tout entière meuglait. Un nouvel éclair zébra le ciel avant de poignarder les contreforts de Leschaux. Une avant-garde de gouttes larges comme des écus vinrent exploser sur le sol, annonçant que les noces de la pluie et de la terre pouvaient commencer. Un cortège d'éclairs précéda l'arrivée de trombes d'eau venues du diable vauvert.

Pour la première fois depuis qu'il le connaissait, Jean-Baptiste entendit hurler frère Athanase :

– On fait demi-tour ! Il y a un fenil à peu de temps d'ici !

Tournant vers les nuées un visage pétri de peur, le religieux lança un « Seigneur, protégez-nous ! » désespéré, et aussitôt il se mit à dévaler la pente sans paraître gêné outre mesure par son habit gorgé de pluie. Jean-Baptiste, les poumons en feu, tâchait de ne pas perdre de vue la silhouette qui traçait sa route dans un mur liquide. Chaque déflagration venue du ciel le soulevait du sol et quand des rameaux de lumière incendiaient la montagne, ses yeux se fermaient et sa course se bloquait. Tout à coup, le gamin sentit que la pierre sur laquelle il venait de poser son pied se dérobait ; il resta un instant étonné entre ciel et terre avant de retomber lourdement et d'entamer une courte glissade sur l'herbe détrempée. Il constata qu'il avait perdu sa claie dans sa chute. Il eut le temps d'apercevoir quelques tommes éparpillées autour de lui avant qu'un nouvel éclair claquant à deux pas lui fasse croire sa dernière heure arrivée. Fouetté par la peur, il se releva d'un bond, sans plus penser ni à sa claie ni à son côté endolori. Il plongea vers la vallée. Par chance, bientôt les appels répétés de frère Athanase le guidèrent et il put ainsi rejoindre sans encombre un fenil frangé de brume.

– Merci… merci, frère ! parvint à dire Jean-Baptiste en tombant dans les bras de son sauveur. Il n'était plus qu'une enveloppe vide, un petit sac d'os et de chair endolorie que la peur venait de laminer. Le régisseur des forêts n'était pas sorti lui non plus indemne de ce temps d'Apocalypse : son teint de cire et ses yeux cernés de gris étaient là pour en témoigner. Il grelottait autant que son jeune compagnon.

Comme il n'y avait pas moyen d'allumer un feu pour se sécher, les rescapés creusèrent un trou dans le foin et s'y blottirent pour tenter de s'y réchauffer. Ni l'un ni l'autre ne prononçaient le moindre mot. Telle une mouche prisonnière d'une lanterne, l'orage se cognait sans répit contre les parois du Jalouvre et de Leschaux. Désespéré de ne pouvoir s'échapper de ce cirque de montagnes, il trépignait tant et plus.

Enfin, comme vidée de ses forces, la tempête se calma, laissant place à une pluie opiniâtre. Voyant que le jour déclinait, Jean-Baptiste s'extirpa de son nid en disant :

– Frère, je vous remercie de ne point m'avoir grondé quand vous m'avez vu arriver ici sans ma claie, mais avant qu'il ne fasse nuit, je veux la retrouver, non pour les tommes mais pour votre étole et votre chasuble que je ne veux pas laisser souiller par la sauvagine pendant la nuit…

– Va, répondit le clerc en toussant. Je prierai pour qu'il ne t'arrive rien…

Jean-Baptiste était cette fois dehors, des langues de brouillard rampaient de-ci de-là, mais il voyait encore assez pour ne pas perdre son chemin. Sans difficulté, il remit la main sur sa claie qui par chance n'avait pas souffert de sa cabriole. Il ramassa deux tommes, les arrima tant bien que mal sur son « réf » et commença à remonter le vallon en maugréant contre ses pauvres jambes rendues aussi dures que du bois par le froid et la pluie.

Il ne tarda pas à abandonner le sentier pour descendre dans une combe abrupte où, par sécurité, il progressa en s'accrochant à de petits aulnes. Il descendit ainsi jusqu'à atteindre le lit asséché d'un gros ruisseau qu'il remonta précautionneusement, tant les pierres étaient devenues glissantes. Lorsqu'il croisa un éboulis venant mourir au bord du cours de ce ruisseau, Jean-Baptiste bifurqua dans le chaos de gros blocs qu'il avait eu le loisir de repérer en montant vers Comborse. Il ne fut pas long à trouver une anfractuosité suffisamment spacieuse pour qu'il puisse y loger avec sa claie. Il était au sec, dans une tanière bien difficile à deviner depuis le chemin, et il avait de quoi se nourrir : que désirer de plus ? Même s'il grelottait, même s'il était aussi trempé qu'une soupe, il était persuadé d'avoir fait quelques pas vers la liberté.

Par bonheur, le lendemain le soleil était de retour. Que la vie parut belle au Saint-Gervolain quand ses hardes eurent séchées ! Il passa la journée tantôt à dormir dans son terrier, tantôt à scruter les environs. La vie de l'alpe reprenait paisiblement son cours après le terrible orage. Étrangement, Jean-Baptiste éprouva un léger dépit en constatant qu'aucune brigade de chozalands ne sillonnait la montagne en huchant afin de retrouver sa trace. Personne n'avait l'air de se préoccuper de sa disparition, ce qui affecta quelque peu son amour-propre. Il passa trois jours dans cette tanière, découvrant heure après heure que tout un petit monde animal vivait autour de lui. La première nuit, un rongeur fort occupé à grignoter le bois de sa claie le tira de son sommeil en sursaut puis dès le lever du soleil, le sifflement aigu des marmottes lui signala tout mouvement insolite se produisant sur le versant opposé. Maintenant c'étaient des espèces d'oiseaux inconnues qui venaient effrontément prélever leur dîme sur l'impressionnant tas de croûtes de tomme que Jean-Baptiste laissait au seuil de sa demeure.

Au matin du troisième jour, le neveu de Revenaz se résolut à abandonner son gîte. Il y avait peu de chance qu'au détour du chemin il se trouve nez à nez avec celui qu'il avait accompagné pendant toute la bénédiction des alpages. Et puis, il avait hâte de mettre à exécution le projet qu'il avait échafaudé durant son bref séjour au désert : il allait descendre au hameau du Bachal pour prendre conseil auprès de la vieille Marie. Il ne l'avait croisée qu'à une seule reprise au retour de la fatale aventure de Pernolet, mais la force de caractère dont elle avait fait preuve cette nuit-là lui avait fait forte impression. Il considéra qu'elle ne pouvait lui être que de bon secours. En chemin il croisa un homme rentrant une « trosse » d'un foin odorant, aussi fin que des cheveux d'enfant : il n'avait pas vu frère Athanase. Un peu plus bas, Jean-Baptiste jugea inutile de s'écarter de sa route pour aller questionner un groupe de gamins gardant leurs vaches ; il préféra mettre le cap au plus vite sur le hameau du Bachal qui se lovait dans une dépression de terrain à l'abri des vents et des avalanches.

À un jet de pierres du groupe d'habitations, il posa sa claie sous un boqueteau de frênes pour prendre le temps d'observer les lieux. La porte d'une seule des trois maisons du hameau était ouverte, deux poules allaient et venaient, et un potager bien ordonné indiquait que l'endroit respirait encore. Un peu plus tard, Jean-Baptiste reconnut la silhouette de la vieille Marie venant puiser de l'eau au bassin, il continua sa faction un temps mais n'ayant décelé aucune présence humaine autre que celle de la gardienne du lieu, la sentinelle quitta son poste de guet et rejoignit le hameau.

– Tu ne vas pas me croire, Pernette, mais nous avons encore de la visite… annonça la vieille femme en passant le seuil de sa maison, et celle-ci te fera davantage plaisir que celle d'avant-hier… ajouta-t-elle.

Jean-Baptiste, quelque peu emprunté, resta le temps d'une antienne les bras ballants, puis ses yeux s'habituant à l'obscurité de la cuisine, il s'approcha de la petite paraplégique, l'emporta dans ses bras comme il le faisait au Plan de la Joie et vint l'asseoir sur le banc de la « cort'na » effleuré par les derniers rayons du soleil.

Les deux adolescents discutèrent jusqu'à une heure avancée de la nuit. Pernette voulait tout savoir de la vie à l'abbaye, elle n'en finissait pas de questionner le visiteur sur les mois qu'il avait passés au contact de l'abbé Jean Antoine de Regard. Avec une assez bonne dose de fausse modestie Jean-Baptiste ne se fit pas trop prier pour puiser à pleines mains dans sa boîte à souvenirs. Il put à loisir bâtir le cadre du récit qu'il lui faudrait peaufiner s'il voulait mettre dans sa manche l'auditoire railleur et incrédule qui dès son retour au village des Pratz l'assaillirait de mille questions.

Au moment où la fatigue commença à tarir les ruisseaux de son odyssée, le Saint-Gervolain proposa à la petite handicapée de la ramener sur sa couche en ajoutant, sûr de son effet :

– Maintenant il fait trop nuit, Pernette, mais demain je te montrerai quelque chose qui va bien t'étonner…

– Je sais, répondit la fille de Joseph d'un air chagrin. Tu lis maintenant mieux que moi... cette face de carême d'Athanase ne s'est pas privé de le clamer haut et fort quand il est passé. Tout ce que j'espère, c'est que tu en feras bon usage.

La réaction de sa protégée laissa Jean-Baptiste penaud, l'effet qu'il escomptait avait fait long feu et c'est franchement dépité qu'il gagna la grange pour y dormir.

– Si tu arrives dans ta paroisse dans cet état, t'auras bien du mal à faire croire que t'es devenu autre chose qu'un mendiant ou un vaurien, constata la Marie du Bachal quand elle vit son hôte émerger de sa nuit.

Malgré les protestations véhémentes du garçon, elle passa la matinée à lui redonner un aspect présentable. Sans ménagements, elle lui frotta la couenne dans un grand cuvier et lui tailla les cheveux avant de soigner son côté contusionné à l'aide d'une pommade à base de fleurs de souci.

– Je n'ai pas de vêtements de rechange à te donner, il n'y a ici que des nippes fatiguées... mais si tu restes deux ou trois jours sous notre toit, avec Pernette, on fera de notre mieux pour rapiécer ton habit, proposa la maîtresse des lieux.

– Je veux pas vous faire de peine, s'empressa de répondre le gamin, mais je vais partir de suite. Si je reste ici, je crois bien que frère Athanase aura tôt fait de me colleter pour me serrer à l'abbaye jusqu'à ce que le collège me tende les bras !

– Sois rassuré, dit Pernette, cet assassin est déjà passé ici depuis belle lurette... Il était persuadé de te trouver au nid en arrivant... On peut dire qu'il a été bien contrarié de ne pas te remettre la main dessus ! Il a tout fouillé, hurlé, tempêté, nous promettant même le fouet si on mentait. Il t'a attendu une journée, tantôt dissimulé dans la grange, tantôt à surveiller le chemin qui redescend vers la vallée. Il a même veillé une partie de la nuit suivante en disant que ta mauvaise conscience te pousserait à chercher le réconfort de tes semblables, si tu ne t'étais pas rompu les os dans ta fuite... Au matin du deuxième jour il est remonté en direction de Cenise, certainement pour glaner quelques nouvelles dans les chalets où vous étiez passés. Depuis, plus de trace de ce maudit.

Jean-Baptiste avait écouté Pernette avec intérêt, se pensant définitivement tiré d'affaire.

– Tout doux, l'ami... tout doux... avertit la vieille Marie en voyant le sourire qui s'affichait sur le visage du fugitif. Ne pense pas qu'accompagné de hautbois et de musettes, tu vas pouvoir filer vers ta vallée, accueilli dans chaque village par un concert d'acclamations et de vivats... Dès que tu passeras le premier hameau au-dessus de Petit-Bornand, il se trouvera bien un mouchard ou deux pour se faire un plaisir d'aller signaler ton passage à l'abbé... Tu n'auras pas fait une lieue que tu seras crocheté sans égards. La solution la plus sûre si tu veux rentrer dans ta paroisse sans chicane, je vais te la donner : tu vas remonter d'où tu viens, passer sous la dent du Jalouvre, il y a un col... Après, tu redescends de l'autre côté et là tu te débrouilles, je n'y suis jamais allée...

Jean-Baptiste resta quatre jours au Bachal. Il faucha, nettoya la source alimentant la maison et remplaça même quelques ancelles du grenier pendant que les ravaudeuses redonnaient à son habit une allure ordinaire. Il aurait pu rester jusqu'à la fin de l'été dans ce havre de paix tant il y avait à faire, mais l'appel de sa vallée lui rongeait le cœur chaque jour un peu plus.

– Pernette... Tu as toujours ton « marque-lune » ? finit-il par demander un soir à celle qui lui avait fait découvrir la lecture.

– Bien sûr, répondit la jeune handicapée. Demain nous serons le jour de la Sainte-Claire si c'est ce que tu veux savoir et dans quatre jours ce sera la fête de l'Assomption.

Un silence embarrassant s'installa, jusqu'à ce que, prenant son courage à deux mains, Jean-Baptiste réussisse à dire :

– Alors demain matin il faut que j'y aille…

Il n'osait pas l'avouer à celle qui lisait si bien dans ses pensées mais il aurait voulu la prendre sur son dos, l'emmener jusqu'à La Gorge, et prier, prier encore, pour que Notre-Dame fasse un miracle et lui redonne l'usage de ses jambes. Là, dans cette nuit tout entière remplie de l'odeur des premiers regains, il caressa un instant une vaine chimère : porter sur son dos cette fille si peu ordinaire à travers les montagnes, l'installer dans la maison des Pratz et la garder pour lui, pour lui seul, même si Notre-Dame ne lui déliait jamais les jambes. Mais ce rêve était trop insensé, trop déraisonnable, le traduire avec des mots n'aurait servi à rien sinon à déposer un petit paquet de chagrin supplémentaire sur les genoux de Pernette. Pour contenir son émotion, Jean-Baptiste se contenta de sortir de son bagage un petit fascicule à la couverture bleue dont les pages avaient un peu souffert de la pluie :

– Tiens, c'est pour toi, dit-il en le tendant à la fille de Joseph. C'est un almanach, je l'ai volé à l'abbé avec l'espoir de te le donner… Mais sois rassurée, ce savant a tant de livres dans sa bibliothèque qu'il ne s'apercevra pas qu'il lui en manque un… Fais-moi plaisir, on va en lire une page à tour de rôle. Je n'irai pas plus vite que toi pour cheminer le long de ces lignes et si je me cogne à un de ces mots que je ne connais pas, alors c'est toi qui m'aideras à l'apprivoiser.

Les deux adolescents lurent de concert l'histoire d'Adam et Ève chassés de l'Éden, Marie les écoutait, crachant chaque fois qu'il était question de ce serpent à l'origine de tous les malheurs du Monde. Elle se gardait bien de le montrer, mais le spectacle de ces deux drôles déchiffrant avec application leur page d'almanach lui procurait un bonheur indicible.

Les lecteurs s'arrêtèrent pour suivre du regard la lune qui venait de faire son apparition dans le ciel. Alors qu'une lumière trompeuse s'amusait à jouer avec les pans de la nuit, les murailles de calcaire faisant face au hameau du Bachal se couvraient d'une fine pellicule d'argent.

– Tu devrais partir maintenant, gamin, ce serait plus facile… conseilla la vieille femme.

Jean-Baptiste referma l'almanach. Qu'est-ce qui serait plus facile ? Marcher sous la lune tel un roi mage en route pour Bethléem, ou quitter cette antichambre du Paradis Terrestre sans qu'on puisse lire la trace des larmes sur son visage ? Il passa la bretelle de sa claie à l'épaule et prit congé de Pernette et de Marie avec un immense chagrin au cœur.

Remontant le vallon une dernière fois, il passa devant le fenil qui l'avait abrité quelques jours auparavant. Se souvenant soudain qu'il transportait dans son paquetage la chasuble et l'étole de frère Athanase, il s'arrêta. Avec beaucoup d'attention, il disposa les habits sacerdotaux sur un petit aulne en demandant à la lune de veiller sur eux; puis, à la manière de Loth il prit la route du col sans un regard pour ces lieux qui l'avaient tant nourri.

# CHAPITRE XIX
## Et demain…

Par quelle alchimie du voyage Jean-Baptiste se retrouvait-il parmi la foule de pèlerins massés devant le sanctuaire de La Gorge ? Depuis le soir où il s'était mis en route avec le seul secours de la pleine lune, il avait passé des cols, traversé des vallées inconnues, demandé sa route à maintes reprises, mendié un croûton de pain par ici, un bol de lait par là, pour enfin hier, s'accorder avec quelques gens de la paroisse de La Giettaz prêts à se mettre en route pour rejoindre le glorieux sanctuaire.

Le jeune voyageur ne réalisait pas encore qu'il venait d'écrire la dernière page de son périple. Fourbu, le ventre vide, il avait du mal à se persuader que ce soir, il dormirait aux Pratz dans la ferme familiale, réchauffé par la présence rassurante de ses brebis. Sa route n'allait pas plus loin. Les jours prochains apporteraient dans leur hotte des soucis de toutes sortes mais pour la plupart, ces tracas ou ces tourments à venir, il en connaissait le visage : les colères du Ciel abîmant la récolte, la maladie qui sans crier gare plantait ses serres dans le cou du premier venu, les petites bassesses de ses frères de misère qui l'obligeraient à souvent montrer les dents… Il ne craignait pas de retrouver ce lot de misères quotidiennes, c'étaient celles qu'avaient connues son père et ses aïeux et celles que connaîtraient un jour ses enfants. Il était temps de dire adieu à l'imprévu, au surprenant, à l'étrange ou à la nouveauté qui l'avaient accompagné depuis des mois. Dans l'univers qu'il retrouvait il ne croiserait plus ces trublions avant longtemps.

La foule qui entonnait à pleins poumons un nouveau cantique l'intéressait moins que l'inventaire des souvenirs qu'il commençait à établir. Dans sa tête défilaient des images de barques arrivant au port de Genève, de bivouac au-dessus d'une belle abbaye, de coupe de bois dans le froid piquant de la Comté… Des visages aux contours imprécis apparaissaient furtivement avant d'être balayés par de nouvelles réminiscences de son odyssée. Mais il arriva toutefois un moment où cette galerie de petits morceaux de passé perdit de sa brillance. Pourquoi soudain le monde devenait-il opaque alors qu'il faisait grand jour ? Pourquoi ses jambes refusaient-elles de le soutenir alors que ses paupières étaient aussi pesantes que les cloches qui carillonnaient à l'entour ? Tandis que les accents des cantiques semblaient lui arriver de fort loin, les souvenirs de son périple se firent d'abord imprécis avant de se brouiller définitivement dans sa tête. Affaibli par les privations et les efforts des jours passés, l'adolescent venait de s'évanouir.

– Je le connais, c'est Jean-Baptiste Brondex des Pratz ! s'exclama un gamin tout fier de son savoir en se faisant une place parmi les badauds entourant le pèlerin inanimé. Je vais aller chercher son oncle le colporteur, je l'ai vu près de l'étal du marchand d'oublies en bas de l'auberge.

Au moment où l'estafette revint accompagnée de Gaspard, Jean-Baptiste venait de reprendre ses esprits : le bouillon que lui faisait ingurgiter un jeune chapelain agenouillé à son chevet, semblait l'avoir quelque peu revigoré.

– Malotru ! s'exclama le migrant en voyant son neveu assis au milieu d'un parterre de curieux fort satisfaits de ce divertissement imprévu, mais qu'est-ce que tu fais là ? D'où arrives-tu ?

Les questions de Gaspard claquaient comme des coups de fouet aux oreilles du gamin sans que celui-ci soit en mesure d'élaborer la plus simple des réponses. Son esprit fonctionnait trop lentement et son corps ne semblait pas pressé de lui obéir :

– J'ai faim, Gaspard… j'ai faim, parvint enfin à articuler Jean-Baptiste.

– Si ce n'est pas plus grave que ça, je connais une bonne médication ! diagnostiqua Revenaz en soulevant son neveu pour prendre la direction de l'auberge. T'as envie de manger un poulet ? demanda le colporteur tout en taillant son chemin parmi la foule qui emplissait la prairie.

– Un poulet ? mais il n'y a que les gens du Chapitre de Sallanches ou les seigneurs du Fresney pour câliner leur gosier avec un tel délice. Et puis faudra pas compter sur ma bourse pour nous régaler…

– Ne te soucie pas de payer, tu te souviens du petit paquet de livres qui te chagrinait tant ? Eh bien, il m'a assez rapporté pour que…

– Même si je crève de faim, je veux bien me contenter d'une soupe de serre-ceinture plutôt que de manger une viande payée avec cet argent-là ! s'indigna Jean-Baptiste à qui la colère redonnait de l'allant.

– Holà… je vois que tu continues chaque matin à rincer ta conscience dans l'eau bénite… renchérit le colporteur un brin moqueur. Rassure-toi… Ce poulet, je vais le payer avec un écu que m'a rapporté la vente d'une pièce de mousseline de Hollande cet hiver à Munich, ça t'ira mieux ainsi ? Allez, raconte-moi plutôt ce que tu es devenu depuis ce matin d'hiver où j'ai dû te laisser aux bons soins de Dorine dans un coin perdu de la Comté... Ce jour-là, je m'en souviens, tu avais déjà quelques orteils dans l'au-delà et je croyais bien ne plus jamais te revoir !

Engloutissant son poulet plus qu'il ne le savourait, le neveu de Gaspard dressa à grandes lignes les contours de son épopée tout en prévenant bien son parent qu'il lui faudrait des jours et des jours pour gratter jusqu'à l'os sa provision de souvenirs.

– Et toi... depuis quand es-tu rentré au pays ? finit par demander Jean-Baptiste quand son estomac se montra moins courroucé.

– J'étais là au début du mois de mai, répondit le trafiquant. Ce n'est pas dans mes habitudes de rentrer si tôt, c'est vrai, mais ne va pas imaginer pour autant que les affaires aient été mauvaises cette année... Loin de là, toutefois, il me tardait de revenir mettre de l'ordre dans mes affaires, car cette fois la chose est entendue : à l'automne je m'installe définitivement à Munich. (Gaspard s'arrêta pour vider un gobelet de cidre puis reprit :) Ce n'est pas dans cette auberge enfumée, un jour de pèlerinage, que je peux te raconter la cascade d'événements qui font que j'ouvrirai boutique à l'automne dans un quartier de la plus belle ville de Bavière, mais dès demain, je te le promets, je t'expliquerai tout ça par le menu. Tu vois, ça me fait tout drôle de penser que l'an prochain, le jour de la « miou », je ne serai pas ici pour prier la Reine des Cieux... Tout ça c'est à cause du négoce...

Il marqua un temps d'arrêt comme s'il cherchait les mots justes pour exprimer quelque chose d'importance puis sur le ton de la confidence il ajouta :

– Le négoce, dans le fond, c'est comme ce poulet... Tant que tu n'en as pas goûté, tu t'en passes très bien, mais une fois que tu en as tâté, la condition de laboureur t'apparaît bien fade...

Jean-Baptiste ne savait que penser de ce jugement à l'emporte-pièce. L'expérience qu'il avait amassée en roulant sa bosse pendant neuf mois sur les chemins de diverses contrées, l'engageait à se montrer circonspect face à un avis de ce tonneau. Il lui faudrait peser et soupeser l'opinion de son parent tout comme les mille choses qu'il avait engrangées depuis son départ. L'automne et son cortège de jours gris serait le bienvenu pour cette opération délicate. Repu, l'heureux revenant se laissait porter par le va-et-vient incessant qui emplissait l'auberge. Le brouhaha ambiant, l'odeur de la viande rôtie, la pénombre du lieu, l'assommaient plus qu'ils ne l'enchantaient. Ce jour de liesse au fond du vallon de La Gorge, il l'avait espéré de tout son être, il en avait rêvé maintes et maintes fois, il l'avait peint et repeint aux couleurs de l'espérance, et pourtant maintenant qu'il le touchait du doigt, il n'en tirait qu'une satisfaction bien maigre qui le laissait un tantinet chagrin. Il ne parvenait pas à se fondre dans la masse de ceux qui étaient venus ici pour dire merci, implorer ou simplement puiser un peu de la chaleur humaine capable de réchauffer le lumignon de leur existence. Son corps était bien là dans la grande prairie mais sa tête, elle, était encore sur la route. Définitivement étranger à l'allégresse et à la ferveur qui moutonnaient au-dessus du vallon, il allait se préparer à quitter le pèlerinage sans même oser demander à Gaspard des nouvelles de sa mère et ses sœurs, tant il redoutait la réponse à venir. Son choix était fait : il serait mieux à prier tout seul devant le petit oratoire des Grassenières à quelques centaines de toises d'ici. Il allait se lever pour mettre à exécution son projet, quand dans l'embrasure de la porte de l'auberge, il vit se découper une silhouette qu'il connaissait bien. Dorine ! Elle était là, celle qui pendant des jours avait veillé sur lui tel un ange gardien, celle qui l'avait aidé à se tirer des griffes de la maladie au début de l'hiver dernier ! Jean-Baptiste faillit renverser une table en se précipitant dans les bras de la jeune Comtoise ravie de ces retrouvailles :

– Jean-Baptiste, toi ici ! mais on a cru que tu étais mort ! Combien de fois avec Gaspard et ta mère nous avons demandé à ceux qui rentraient s'ils ne t'avaient croisé... Plus personne ici n'espérait te revoir... Allez... je vais trahir un secret... Gaspard a déjà fait donner cinq messes pour...

– Le repos de mon âme... s'esclaffa Jean-Baptiste avant de poursuivre : J'en fais don à quelques-uns que nous avons croisés de Genève aux Fourgs et qui aujourd'hui en ont davantage besoin que moi...

Son oncle le gratifia d'une bourrade qui n'était peut-être pas seulement amicale avant de proposer dans un souci de diversion :

– Si nous allions tous les trois jusqu'à la source miraculeuse pour remercier la Sainte Vierge d'avoir permis nos retrouvailles en ce jour de l'Assomption ?

Ils remontèrent le long de la berge du Bonnant pour atteindre la minuscule chapelle prise en tenaille entre le flanc de la montagne et le torrent. On rencontrait sur ce sentier tout ce que la région comptait de malheureux : estropiés, goitreux, simples d'esprit progressant péniblement dans un chaos de blocs de tuf et de schistes, pour s'en aller recueillir un peu de l'eau miraculeuse jaillissant du rocher. En chemin, Jean-Baptiste s'arrêta et quelque peu embarrassé il s'adressa à la compagne de Gaspard :

– Dorine... je voudrais te demander quelque chose... Tu attendais bien un bébé pour le printemps ?

La Comtoise saisit la main de l'adolescent et la serra très fort avant de répondre :

– Je l'ai perdu peu après la Chandeleur... J'ai d'ailleurs bien failli perdre la vie en même temps mais n'y pensons plus, on va prier Notre-Dame pour qu'avant longtemps elle m'en donne un autre...

– J'aurais mieux aimé que ce cousin soit savoyard plutôt que bavarien... crut bon de faire remarquer Jean-Baptiste.

– Bavarois... corrigea Gaspard. Quant à moi, j'aurais mieux aimé avoir un neveu qui rentre de sa campagne avec quelque chose dans sa besace... ajouta le trafiquant toujours moqueur.

Piqué au vif, Jean-Baptiste fixa son oncle. À deux pas de la Sainte Chapelle où ils arrivaient, le gamin venait de reconnaître le jeune chapelain qui un peu plus tôt lui avait servi une écuelle de bouillon. Il s'approcha du prêtre qui lisait, assis le dos contre un gros bloc de pierre :

– Père, me prêterez-vous votre livre juste le temps que je montre à mon oncle ce que je rapporte de mon voyage ? lui demanda-t-il.

Ébahi, Gaspard vit son neveu prendre l'ouvrage dans ses mains et lire le texte de la couverture d'une traite :

– Introduction à la vie dévote... par François de Sales... évêque et prélat de Genève... À Lyon chez Pierre Rigaud... en rue Mercière au coin de rue Ferrandière à L'Horloge...

Gaspard saisit le livre, le redonna au chapelain et prit Jean-Baptiste dans ses bras ; l'émotion lui nouait la gorge :

– Tu sais lire... tu sais lire... Dieu soit béni. Mais comment t'as fait pour apprendre ? Si tu savais comme je suis content de voir que tu n'as plus peur des livres...

Le chapelain qui regardait la scène avec tendresse intervint :

– Je ne connais pas cet enfant, mais... il serait dommage qu'il n'entre point au collège pour y parfaire son savoir...

Jean-Baptiste sentit alors une onde froide lui remonter le dos ; instinctivement il répliqua :

– J'en serais ravi, mais le Ciel en a décidé autrement : je pars bientôt pour « les Allemagnes ». Munich, la Bavière...

– Ah ! tu apprends le métier de colporteur, alors, comme tu as de la chance, mon petit… dit le prêtre en se replongeant dans sa lecture.

# GLOSSAIRE

**Abader (s')** (v.) : se lever pour se mettre en route.

**Ancelle** (n.f.) : bardeau de 63 cm de long utilisé traditionnellement pour la couverture des toits.

**Allemagnes (les)** (n. f.) : dans la vallée de Montjoie ce terme désignait l'Alsace, l'Allemagne du sud et l'Autriche actuelle, régions où l'on émigrait traditionnellement au xviie siècle.

**Bobet (n. m.)** : individu peu dégourdi ; souvent employé sans connotation méprisante.

**Borne (n. f.)** : cheminée monumentale que l'on trouve dans les fermes traditionnelles de la vallée, utilisée comme fumoir pour la viande.

**Bayar (n. m.)** : civière destinée à des transports divers (pierres, récoltes…) dans la vie rurale.

**Badian (n. m.)** : niais.

**Chozaland (n. m.)** : habitant de chalet d'alpage.

**Coyu (n. m.)** : couloir de montagne.

**Châler (v.)** : faire la trace dans la neige fraîche ; par extension : traverser un champ non fauché.

**Cavale (n. f.)** : une jument.

**Coquet (n. m.)** : un œuf

**Coz'na (n. f.)** : cuisine de la ferme traditionnelle où se trouve la borne. Ce n'est pas une pièce à vivre, mais un lieu ou l'on cuisine et où l'on travaille le lait.

**Cort'na (n. f.)** : espace clos sur trois côtés, couvert par le plancher de la grange et qui donne accès à l'habitation.

**Corzolet (n. m.)** : petite lampe à huile.

**Courtil (n. m.)** : terme de vieux français qui en patois donne « corti » : le jardin.

**Décroche-bacon (n. m.)** : qualifie un enfant ou un adolescent très grand pour son âge.

**Déblotter (v.)** : ébrancher un tronc.

**Dénieu (n. m.)** : petite trappe située dans la grange par où l'on fait descendre le foin dans le râtelier.

**Fayard (n. m.)** : hêtre.

**Genépi (n. m.)** : plante de la famille des absinthes ou armoises, qui pousse sur les moraines glaciaires et dont on fait une liqueur.

**Gris (n. m.)** : de 1610 à 1648 la Franche-Comté est saignée à blanc par la guerre de Trente Ans ; les troupes suédoises alliées des Français sont redoutées des populations. On les appelle les Gris à cause de la couleur de leurs uniformes.

**Glisse (n. f.)** : luge utilisée essentiellement pour le transport du foin en hiver. On l'utilise rarement pour transporter des produits lourds.

**Miserere (n. m.)** : appendice aigue évoluant vers une péritonite et la mort.

**Magnin (n. m.)** : artisan qui appartient à la famille des chaudronniers et des ferblantiers. Capable de raccommoder les vieux ustensiles, récupère aussi de vieux métaux.

**Moin-ni (n. m.)** : personne qui se plaint toujours ou qui met beaucoup de temps pour faire les choses.

**Malotru (n. m.)** : en Français, désigne une personne sans éducation, aux manières grossières. Dans le parler local, désigne un gosse, avec toutefois un côté péjoratif.

**« Miou » ou « miout » (n. f.)** : le 15 Août, jour de la fête de l'Assomption. Marque la fin des gros travaux de l'été.

**Murger (n. m.)** : tas de pierres accumulées au fil des ans à force d'épierrer une parcelle.

**Miole (n. f.)** : mule ou mulet

**Monts affreux (n. m.)** : terme qui désigna pendant longtemps la région du Haut-Faucigny où se trouvent les « glacières ».

**Mandement (n. m.)** : découpage administratif d'une région.

**Pêle (n. m.)** : dans la maison, pièce qui bénéficie de la chaleur de la borne à laquelle elle est adossée.

**Pia (n. f.)** : la trace.

**Faire la pia** : marcher le premier dans la neige profonde.

**Quiller (v.)** : abattre

**Ref (n. m.)** : claie en bois, permet de porter de lourdes charges.

**Rûle (adj.)** : ennuyeux à cause de sa monotonie.

**Rûle (n.f.)** : personne pénible à supporter.

**Sôcques (n. f.)** : galoches.

**Seille (n. f.)** : récipient en bois pour mettre l'eau ou le lait.

**Sérac (n. m.)** : fromage maigre fabriqué avec le petit-lait.

**Sarvan (n. m.)** : esprit malin de la famille des lutins qui prend plaisir à tourmenter les humains et à profiter de leur crédulité.

**Tarabé (n. m.)** : pas dégourdi ; terme méprisant.

**Trosse (n. f.)** : fagot de foin.

**Etre use** : usé.

**Varoce (n. f.)** : aulne vert.

Achevé d'imprimer
en avril 2014
sur les presses de Mégaprint
Avea Basim Yayin
sur la rive droite du Bosphore
dans la vieille Stamboulia
chère au coeur de tous les Occidentaux,
pour le compte et le plaisir
des Éditions

La Fontaine de Siloé

à Montmélian
Savoie